ちくま文庫

バナナ

獅子文六

筑摩書房

目次

「バナナ」

獅子文六

クレとゴ

新式な洋間にはちがいないのだが、明るい反射を期待してる壁面に、草色のドンスが張ってあったり、パイプ脚のイス・テーブルの背後に、ラデンの輝く書棚が控えていたり、安井曾太郎の静物の隣りに、康有為《こうゆうい》の聯《れん》が下っていたり、何か、トンチンカンな居心地である。しかし、室の中は、ユンケルの大きな石油ストーブで、汗が出るほど暖められ、広々とガラスを用いた南面から、朝の光りが豊かに射し込み、街の雑音も、あまり耳立たないから、東京の冬の住居としては、快適の方であろう。

テーブルの上には、食べ荒した朝飯の食器が、そのままになってる。中央の大井にカユの残汁がよどみ、カラシ菜の油いためや、赤い豆腐や、色のよくない漬物なぞが、大皿小皿の中に、わずかな影を留めている。

恐らく、そんな食物を、タラフクつめこんだと見えて、厚地のパジャマも破れんばかりに、大きな腹をつきだし、行儀悪くイスにのけぞりながら、新聞を読んでる男は、かきあげた頭髪が、薄くなってはいるが、体重二十二貫——いや八十二キロ以上はありそうな、福々しい人物である。しかし、眉毛が太く、眼玉が大きく飛び出し、厚い唇がへの字に結ばれた人相は、なかなか大規模であって、近頃の日本人には珍らしかった。まず、大藩主とか、豪賊の面がまえであって、人は畏敬するだろうが、よく見ると、ガタガタ普請のような、気安い点がないでもない。大きな眼玉も、新聞の活字を追いながら、トロンとして、視線もさだかでなかった。といって、居眠りをしているのではない証拠に、時々ゲーッと、すばらしいゲップの音を、立てるのである。

その向側に、黄色ッぽいウールの茶羽織を着て、レースのようなものを編んでる細君は、美人ではあるが、顔が小さく、鋭く、細い首に青筋を浮かしている。皇族のように、面高かで、なで肩で、その上、姿勢を正してるから、大変、品がいいけれど、眼つきだけは、料亭のオカミのように、スキがない。まだ、四十を越したか越さぬかと見えるのに、右の額ぎわから、ハケではいたように、一流れの白髪が見える。その他の部分は黒々として、そのシラガの部分も、端の方は美しい茶色を呈して、三段のシブい色調を誇っているのは、天然現象とも思われなかった。

彼女は、さっきから、良人《おっと》が大きなゲップを放つ度に、眉を動かしていたが、それよりも気にさわる対象を見出した。

「いやだわ、まだ、ハイがいる！」

一疋の冬のハエが、室の暖かさに活動を始めて、食べ残しの皿の上を舞っていた。女中さんが、いつまでも下げにこないから、こんなことになるのである。

「あら！」

ハエは、ついにカユの丼に飛びこむと、残汁に羽根をとられて、バタバタしだした。

細君の叫びを聞いて、良人は静かに顔をあげたが、やがて、太い腕がのびて、ブツリと、ハエをつぶしてしまった。

「まア、きたない。なんてことをなさるの」

細君は、良人を烈しく叱りつけただけでは気がすまず、腕をつかんで、イスから立ち上らせた。

「手を洗ってらっしゃい！」

八十二キロの体重が、何の抵抗もなく、洗面所の方へ移動していくのと、入れちがいに、若い女中さんが現われた。

「あんた、いつも、おかたづけがおそいのね。二人いるんだから、どっちか、手があいてるはずよ」

「一しょに、お食事してました」

「かたづけものが済んでから、お上りなさいよ。グズグズしてるから、お丼にハイが飛びこんじゃったわよ。もう、それ、使わないから、犬の食器に回して……」

女中がムッツリして、皿小鉢を運び盆にのせ、台所に去ろうとすると、

「龍馬は、まだ、起きないの」

「お坊っちゃまですか、さア……」

「もう、九時でしょう。起して頂戴」

そこへ、良人が帰ってきた。

「よく、お洗いになって？」

「うん」

「消毒しとくと、なおいいんだけど……」

それには答えないで、良人は、またイスにもどって、新聞をとり上げた。

「あなた、龍馬のことですがね」

細君は、イスを寄せた。

「うん」

「この頃、少しヘンだと、お思いにならない？」

「そうさな」

「夜おそく帰ってくるのは、いまに始まったことじゃないけど、この頃は、おそくなり方がちがうと思うの」

「どう？」

「つまり、マージャンやパーティーでおそくなるんじゃないらしいの」

「それなら、結構じゃないか」

「逆よ。あたしは、普通の交際以上のことが、始まったんじゃないかと、心配してるの」

「いや、大丈夫だ。あいつは、全学連へは入らんね」

「そんなこと、考えちゃいないわ」

「わからんな、すると……」

「あら、わかってるじゃないの。あの子だって、もう、二十一ですよ。その上、女友達も、大勢いるんですよ」

「だから？」

「恋愛よ、きっと、そうよ」

細君は、思い余って、そういったのに、良人は、大口を開いて、笑い出した。ひどく重量に富んだ、塩気のきいた笑い声である。

「お笑いになることはないでしょう」

「ハッハハ」

「あなたは、どうして、そう不真面目なの。たった一人の息子が、恋愛を始めるとなったら、あたしたちの大事件よ。少しは、ご自分の若い時のことを、考えてご覧なさい……」

少しは、自分の若い時のことを、考えてみろ、といわれて、良人は、キョトンとした顔をしたが、これは、今に始まったことではない。

細君は、年と共に、その誤解を深めていくようである。今では、抜くべからざる信念となってるようだが、彼としても、何分、昔のことであるから、ハッキリしたことはいえないにしても、彼等が夫婦となった動機が、彼の方からモチかけた恋愛ではなかったと、断言できるのである。その経過も、格別のハナバナしさはなかったと、記憶するのである。しかし、細君の方では、あだかも、二人の結びつきに、大恋愛があって、あらゆる周囲の反対と戦い、やっと一緒になったと、思ってるばかりでなく、その恋愛の火つけ役は、彼であって、彼女は、熱情に圧倒されて、焔を燃やすに至ったのだと、信じていないと、どうも、世の中が面白くないらしいのである。

（そう思いたければ、そう思わしとくだけのことだ。わたしの方では、どっちでも、一向、差支えないのだからな）

ただ、最近、細君の幻想が、よほど昂進してきて、何かにつけて、過去を装飾したがるのは、迷惑というよりも、彼女の変調として、気がかりでないこともない。四十代になって、女が恋愛の再評価なぞ始めるのは、穏当といえないのである。

一体、彼が細君の紀伊子と結ばれたのは、シナ事変の起った年だから、二十何年もたっているが、彼女と知り合ったのは、それより五年ぐらい前で、まだ、四ツ谷のF女学校の下級生だった。彼も、神田のM大学へ、毎日、国鉄電車で通うので、一緒に家を出ることもあったが、友達と会っても、誰もからかう者がなかったほど、紀伊子は、子供っぽかった。

彼は、呉天童といって、台湾人であり、その頃は日本国籍を持っていたが、実質的には、異国の留学生だった。尤も、中学時代から、東京へきていて、その学校の寄宿舎へ入っていたが、M大学へ進むと共に、日本人の良家の風に浴せよ、という父の命令で、千駄ケ谷の紀伊子の家に、食事付きの部屋借りをすることになった。

紀伊子の家は、浅草橋で油問屋を営み、千駄ケ谷の住宅も、相当の普請で、父親が存命だったら、台湾留学生を下宿させることもなかったろうが、母親と二人暮しになってから、その家と地所が唯一の財産という運命に落ちて、呉天童との繋がりを生じたのである。

呉天童は、まったく、手のかからない下宿人だった。何を食わしても、どんな扱いをしても、少しも文句をいわないし、その上、台湾の生家が富んでいるから、下宿料以外の付け届けもあった。母親が、先ず、彼に好意を持った。紀伊子は、最初、彼をバカにしていたのだが、女学校卒業前になって、突然変異を起した。

原因といえば、彼女が親しい同級生と、口論したことからなのだが、その友人は、卒業すると、すぐ、許婚者《いいなずけ》の毛並みのいい青年と、結婚する予定だった。

「あたし、そんな結婚、絶対反対よ。あたしは、自分で選んだ、自分の好きな人でなくちゃ……」

「じゃア、どんな人？」

「男の中の男よ」

行きがかりで、彼女も、飛んだことを口走ったが、そんな男が、この時代に、ザラに見当るわけもなかった。しかし、友人の幸福にヤキモチが半分としても、後の半分は、真剣な幻でもあった。一種の思春期現象かも知れないが、紀伊子は、ニキビ大学生とか、チンピラ会社員なぞが、不潔で、コセコセして、メメしくて、ひどく反感をそそられたが、それとはまったく反対の男が、必ず出現することを、疑わなかった。その代り、その男が、どんな階級の生まれであれ、どんな無教育の男であれ、敢えて辞さないというよりも、むしろ、そんな男である方が、註文にかなった。気性の烈しい娘が、家運の没落に会うと、そんなことを考えるのであろう。

しかし、男の中の男というむつかしい第一条件に、たまたま呉天童が当選したのは、奇妙であった。彼が手近かにいたことは争えないが、怠け者で、粗忽家で、食いしん坊で、金儲けの才覚を知らず、立身に興味がなく、しかも、台湾人である男に、まだ十八歳の乙女の方から、烈しい想いをささやいたのだから、普通ではなかった。ただ、容貌だけは、呉天童も、西郷隆盛を近代化したような偉相であって、体格もそれに準じていた。看板だけは、男の中の男であった。そして彼が台湾の生まれであることは、紀伊子にとって、何の障害でもなかった。彼が日本の国内で生まれていたら、彼女も、夢の描き方に制限を受けたにちがいない。とにかく、二人の結婚は、彼の方が受けて立ったのが、真相であって、現在、彼女が考えてるような、ハナバナしいものではなかった。尤も、台湾人と結婚するということで、周囲の反対があり、彼女がヤッキとなって闘った事実はあるが、それも、大恋愛の波瀾というほどのものではなかった。

二人は東京で結婚したが、披露式は台湾で行われた。紀伊子も、赤い絹の花嫁服を着せられ、三日間も宴会が続いた。その頃は天童の父も存命で、商売は栄えていた。

しかし、天童は、間もなく、家業をつぐ意志のないことを明らかにし、日本で生活したいと告げた。父親は自分が無学であったから、息子を日本の大学に学ばしたのだが、もし天童が日本で官吏とか、学者とかになるならば、彼の望みを許すといった。天童は、日本へ帰りたい一心で、直ちに承諾した。そして、呉商行《ごしようこう》の後継者は、弟の天源ときまったが、彼は兄とちがって、商人に生まれついたような男であり、決して人情家でもないのに、位を譲ってくれた兄を徳とし、今もって、報仕を忘れないのである。

呉夫婦は日本へ帰って、千駄ケ谷の紀伊子の家を、彼女の母から買い受け、そこに住み続けたが、天童は、父親と約束したように、日本で官吏にも、学者にもなる様子はなかった。もともと、紀伊子の異国趣味も、台湾人の義父母と共に暮したいほど、強烈ではないことを、天童もよく知っていたし、彼は彼で、日本にいなければ充たすことのできない慾望を持っていたから、故郷に留まる気がなかったのである。

彼は少年時代から東京で暮してる間に、すっかり食いしん坊になってしまったのである。うまいものを食う時ほど、人の世に生まれた甲斐を感ずることはなく、それも、食通といわれるような味覚の批評家ではなくて、自分の好きなものを、ガキのように、むさぼり食うのが、無上の愉しみだった。そして、生国の中国料理は勿論のこと、日本料理も懐石料理からウナギ、てんぷら、すし、おでんに至るまで、どんなものでも好きであり、また、フランス料理も、日本式洋食も、トンカツまで大好物で、要するに、何でもござれの食いしん坊なのだが、自分でウマいと感じた店のものでなければ、見向きもしない見識は持っていた。だから、なまなかの日本人より、彼は東京の和洋料理店を知っている。そして、世界中の都で、東京ほど、食うことに恵まれたところはないと、思ってる。洋食だって、洋行する必要がないほど、各国の料理が食べられるし、日本食は関西料理、長崎料理、秋田料理まである。そして、大小の料理店の数の多いことといったら、これまた世界一で、銀座、新宿、渋谷へ行くと、食べもの屋でない店を探す方が、骨が折れる。

東京は、天童にとって、天国であり、台湾からの仕送りで、働かないで、うまいものばかり食う生活を続けるうちに、紀伊子が男の子を産んだ。天童は、天龍と命名したかったのだが、紀伊子は相撲取りの名のようだといって、真っ向から反対した。そして、龍馬という名に落ちついたが、その頃の日本の空気からいって、その命名は賢明だった。彼の姓でも、呉をゴといわずに、クレと呼ぶ方が、利益のある場合が多かった。

龍馬が四歳を迎えた時には、大東亜戦争の中期だったが、天童は逸早く、台湾へ疎開した。食物の都東京に食物が欠乏しては、無意味であり、台湾はまだ豊富なことを知ったからである。

終戦後一年経って、彼は妻子と共に、東京へ出てきた。もはや、彼は日本人ではなくなっていたが、戦後の東京では、その方が住みよく、クレよりもゴとして、第三国人の利益にあずかった。尤も、彼としては、戦前だって、自分を日本人だとは思っていなかったし、現在も、台湾政府に愛想をつかしてると同時に、中共政府を少しも信用する気になれないから、具体的な中国人意識の持ちようがなかった。

天童夫婦が再び東京の人となったのは、結婚後十年目だったが、夫婦も十年一緒になってると、たいがい気ごころも知れると共に、良人として、また妻としての値打ちもわかってくるもので、紀伊子も、どうやら、男の中の男へ嫁いだというのは、錯覚だったと、思うようになっていた。朝から晩まで、ゴロゴロしていて、ウマいものを食う工夫ばかりしてる良人は、

「豚の中の豚よ」
と、罵りたくもなるが、それを口に出していえないのは、彼女も、買いかぶりの罪が自分にあるのを知ってるし、そして、追々に、世間がわかってくると、男の中の男なんて、オバケよりも存在の怪しいものだと、アキラメがついてくるからでもあった。それに、天童は男の中の男ではなかったにしても、良人として、寛大この上もなく、ヤキモチもやかず、とりたてた浮気もせず、結構な旦那であることが確実で、別れたところでトクはなかった。

ところが、戦後三年目ぐらいに、天童は弟の天源の入れ知恵もあったが、どういう風の吹き回しか、生まれて始めて商売というものをやって、大金を儲けたのである。その頃は、第三国人が濡手《ぬれて》に粟のつかみどりをやって、誰も儲けた時代だが、天童は台湾の弟から送ってくる物資を売り、日本から薬品や機械を送り、往復貿易で儲けたが、その金の全部を、東京の地所買入れに注ぎ込んだのが、当ったのである。その頃は、台湾と通商協定もなし、密貿易も公然で、勝手なことができた上に、東京の地価は、タダのように安かった。

彼が商いに乗り出した期間は、二年間ぐらいなもので、その間は、生まれ変ったような活動家になったが、正規の貿易が始まる頃から、ピタリと手をひいて、また、もとの徒食生活に返った。しかし、彼の目星をつけた地所は、バカバカしい値上りを見せ、また、台湾の弟も、儲け過ぎて政府に狙われ出したので、神戸へ店を移し、そこを本拠にして事業をひろげ、兄への仕送りを断たないから、天童の家の生計は豊かで、数年前に、赤坂台町に、現在の美邸を新築した。そして、彼の偉相も一層カンロクがつき、いつの間にか、新華僑の頭株に、祭り上げられた。新華僑というのは、大陸出身の在日華僑に対し、台湾人の華僑をそう呼ぶのであるが、戦後、その連中が頭角を現わし、旧華僑をしのぐ勢力を持ってきたのである。

こうなってくると、妻の紀伊子も、少し戸惑い始めた。

「ことによると、やっぱり、男の中の男……」

と、最初の鑑定を、思い出したのである。尤も、途中でアキラメたことを、取消すまでには、まだ遠かった。世間では、良人の相場が上ったけれど、家の中ですることを見ていれば、昔と少しだって変らず、豚の中の豚といいたくなる所業も、かなり多いのである。

呉天童も、永く日本に住んでいながら、朝飯だけは、中国風でないと承知ができず、おカユに四川菜は、欠かしたことはないが、その他に、季節の野菜料理一、二品で、いかにもウマそうに、ゆっくり朝の食事を愉しむのが、通例だった。食いしん坊のたたりで、慢性胃炎をわずらっているが、おカユは三杯ぐらい、きっと平らげるのである。

「紀伊さん、空飛ぶ円盤が、日本にも出たらしい。写真とった少年がおる……」

天童は、新聞を見ながら、突然、大きな声を出した。

「どうだって、いいわよ、そんなこと……」

細君は、さっき、話の腰を折られた恨みが、残っていた。

「どうでもよくはない。宇宙旅行ができるか、どうかいうことに、大関係あるからね」

「あなた、月の世界へでも、行きたいの」

「行きたくはない。しかし、行かなくてはならん時がくるかも知れん」

そのような、とりとめないことをいうのは、良人の癖であるから、細君も、対手《あいて》にならなかった。

しかし、天童は、案外マジメな調子で、

「日本が、北京政府の支配でも受けるようになれば、ぼくには住みにくくなるから、アメリカに逃げるつもりでいたが、アメリカも怪しくなる日がないとはいえんわけだ。すると、宇宙旅行の必要が起きてくるわけではないか」

これには、紀伊子も笑い出した。

「あんた、そんな神経質なところがあるの。頼もしいわね」

「ぼくは、どちらかといえば、そういう気質だね」

「あら、お見それしたわ。ところで、月世界へ行くのもいいけど、今日は、あんた、総社へ行くことを、忘れちゃダメよ。午ご飯の会だったわね」

「今日だったかね」

「そーら、ご覧なさい。きっと、忘れてると、思ったわ」

「あんな会は、どうでもいいのだ……」

天童は、中華民国在日華僑東京総社という長い肩書の会の幹部なのだが、めったに、顔出しをしたことがなかった。今日は、台湾からきた要人の歓迎午餐会があるので、主だった新華僑は、全部、顔を揃えるのだが、彼は日を忘れるほど無頓着だった。中共政治を恐怖するくせに、台湾の方にも、背を向けてる男なのである。

「いらっしゃらないの、じゃア……」

「なるべくな」

「行かないなら、行かないで、さっきの龍馬の問題を、ゆっくり相談して頂戴よ」

「そんな問題が、あったかな」

「いやだわ、張り合いがないっちゃありアしない……」

と、細君が舌打ちをしたところへ、ドアが開いて、当人の龍馬が姿を現わした。

いい体をした、足の長い青年で、顔が締ってるのは母親似だが、眼鼻立ちの巨大なのは、父親譲りであろう。近頃の若い者には珍らしく、頭を坊主刈りにしているが、黒と赤のV字襟の白いスエーターを着てるところは、皇太子さんや、石原裕次郎と同様である。

「早くから、起されちゃったよ。なんか、用？」

と、文句をいいながらも、表情は屈託がなかった。

「ちっとも、早かないわよ。もう、十時よ」

母親は、編み物をやめた。

「ところが、今日は、休講があってね。朝寝は、予定のうちさ」

息子は、父親のそばに行って、ピースのカン入りから、一本抜き出した。両親に、〝お早よう〟のアイサツをすることを、母親は常に要求するが、彼はそれを怠って久しいのである。

「ゆんべ、ちょいと、飲み過ぎちゃってね」

「あんた、まだ学生だってことを、忘れないでね」

「学生だから、飲むんだよ。サラリー・マンになっちゃ、飲み代《しろ》もあぶねえからな」

いうことがナマイキである代りに、まったく、日本人の日本語である。そこへいくと、父の天童の日本語は、注意深く聞く人には、発音の怪しいところがある。しかし、父親の方は、中国人と会っても、立派に、広東語をしゃべるが、龍馬は、全然、ダメである。彼は日本語だけしか、言語を持たない。従って、日本語で、ものごとを考える。自分の血液が、半分だけ日本人であることぐらいは知ってるが、気分的には、百割の日本青年なのである。

「何いってんの、まだ、お酒の味もわかりアしないくせに……。昨夜は、どんな連中と、一緒だったの」

母親は、探索の第一手を下した。

「どんな連中って、いつもの連中さ……。そんなことよりさ、酒田の奴がさ、酔っぱらやがってね、金もねえのに、踊りにいこうっていうから、おれア……」

そこへ、女中さんが、コーヒーとトーストをのせた盆を、運んできた。龍馬は、父の好きなシナ・ガユには、まったく興味がないので、彼だけ別な朝飯を食うのを、例としていた。

「今日は、朝飯ぬきにすらア……」

と、彼は手を振った。

「すると、酒田さんとご一緒だったの。それから……」

母親は、探索を続けた。

「近藤だの……」

「それっきり？」

「男はね」

「女のお友達が、あんなおそくまでご一緒だったの。どなた？」

「サキべーさ」

「いつか連れてきた、お嬢さん？」

と、母親の眼が光ったが、

「お嬢さんてシロモノでもねえけどさ」

「だって、G大の文科生でしょう」

と、紀伊子は、サキべーというアダ名の娘の顔も、本名が島村サキ子であることも、すぐに、思い出すことができた。

「とっくの昔に、学校、やめてるよ。バカなんだ、あいつときた日にア……。あの面で、シャンソン歌いになる気なんだからね。止せったって、聞きアしねえんだ」

「いやに、ケナすのね」

「ほんとに、バカなんだ、人はいいんだけどね。それが、ついに、ホンバンになっちゃって、サキが紫になって、近々、デビュするっていうんだよ」

龍馬のいうことは、とりとめがなかった。

「何よ、紫ッて？」

「ステージ・ネームさ。あいつの名前、島村サキだろう。島をとれば、ムラサキじゃないか。その島を下へ持ってけば、紫シマ子になって、スマートで、且つ、源氏物語的古典味もあるって、当人、大得意なんだぜ」

「いやアね、本気で、そんなもんになる気なの」

「そんなもんてこともねえけど、あいつに向くかどうかは、疑問なんだ。でも、いくら忠告したって、ダメなんだ。それに、オダてて、商売にしようって奴も、いやがってね」

龍馬は、ピクリと、太い眉を動かした。当人としては、軽い反射運動に過ぎないのだけれど、知らない人が見ると、若いギャングの親分のような、ドスのきいた表情になるのである。

性格とつり合わない外貌を持つことで、父の天童と似ているが、型だけは、少しちがうらしい。

「だって、サキ子さんて、シロートでしょう。それで、すぐ舞台に立って、お金がもうかるの」

「ワケねえんだ、それが……。美松スズメだって、雲山ハズミだって、みんな、シロートからデビュしたんだからね。サキベーの方が、少しア基礎があるかも知れねえんだ。ラジオで、三つ鐘が鳴らせる奴なら、誰だって、スターになれるんだぜ、宣伝一つで……」

「それにしても、よく、親ゴさんが……」

「オヤジは反対らしいけど、あいつ、ママいないだろう。それに、パパってのも、年中、競輪ばかりいっててさ……」

「何のご商売？」

「青果仲買人とか、何とかいうんだろう。朝のうちに働いて、後はヒマな商売らしいや」

「すると、八百屋さんから、コミッションでもとって、暮しておいでになるのか知ら。結構なご商売ね」

紀伊子は、冷笑した。

「そんなこと、どうでもいいさ……。とにかく、サキベーがデビュするとなれア、おれだって、黙っていられないよ。後援会みたいなものも、こさえてやんなけれアならないし、切符だって、サバいてやらなけれア……。その騒ぎで、ここんところ、毎晩おそくなるってわけさ……」

紀伊子は母親の本能で、息子が恋愛を始めたのではないかと、直覚することはできたものの、その対手が島村サキ子であるかどうかは、即座の判定がむつかしくなった。龍馬が彼女を語る態度が、あまりにもサバサバしてるし、また、彼がウソや演技が得意な性分でないことも考え合わせると、毎晩おそく帰ってくる理由は、あまり心配ないかも知れなかった。

――あの娘さんだと、ハッキリしないだけでも、感謝すべきだわ。

彼女は、一、二度遊びにきたことのある島村サキ子に、反感を持っていた。礼儀を知らないのが、この頃の娘の常とはいっても、サキ子の態度は、人を食ってるのか、無神経なのか、見当もつかなかった。紀伊子に紹介されても、まるで、家政婦にでも対するような頭の下げ方で、その上、煙草をフカし、ゲラゲラ笑ってばかりいた。確かに、育ちのよくない娘だと思ったら、果してその通り、父親というのは、ジャンパーでも着て、商売をして歩く人間であろう。そして、当人も、学校をやめて、シャンソン歌手になるというのだから、龍馬の嫁になる資格は、いよいよゼロである。

——でも、あの娘さんでないとすると、龍馬は、どんな対手を見つけたのか知ら。

それは、かいもく、見当もつかなかった。

「パパ……」

龍馬が、新聞を読んでる父親に、話しかけた。

「お願いがあるんだ、パパ……」

「なんだ」

やっと、天童が答えた。大器量の人物のように、重く、静かな声だった。

「二十万円ばかり、都合してくんねえかな」

龍馬の調子は、二十円ネダってるほどに軽かった。

「へえ、二十万円ね」

「おれの貯金、二十万あるんだ。ところが、後、二十万、どうしても足りねえんだ」

「お前、二十万も、貯金があったのか」

「それア、あるさ。神戸の叔父さんに貰ったのや、その他、不時の収入ってやつがあるからね」

「見上げたものだな。近頃の学生に、貯蓄思想があるとは、思わなかったよ」

「金ってやつはね、パパ、額がまとまらないと、威力がねえんだよ。二十万てのは、千円の二百倍なんてもんじゃないね。まア、十万から、金らしくなるかな。ママから貰うお小遣いなんてのは、あれア金じゃないよ。ゼニだよ」

龍馬は、ネダリゴトも忘れたように、気焰を上げた。

「そうか。ゼニと金か。わたしなぞも、ゼニ使いの方だな」

「パパだって、少し溜めとけば、時には、待合ぐらいいけるのに……」

「待合遊びか。あれは、そう面白いこともないな」

父親は、同じように、無感動だった。

「そうかな、おれも、知らねえけど……。一流キャバレでも、パパはダメかな。でも、パパも、気の毒なところがあるよ、ウマいもの食うだけが、愉しみってのは……」

「気の毒ということもないが……」

話は、とりとめのない方角に発展して、二十万円の口が、どこかへ紛れ込んだのは、案外、父親の知恵かも知れなかった。

ところが、女はアサハカであって、

「ちょっと、龍ちゃん、そんな大金を、何につかうの。二十万と二十万といえば、四十万よ、冗談じゃない……」

「心配することないよ、株の思惑やるってんじゃないから……」

「あたりまえよ、学生が株に手を出すなんて……」

「ヘッ、何にも知らねえな。クラスに二人いるんだ、株でもうけてるやつが……」

「あきれた……。よく、学校で許しとくわね」

「知能的なアルバイトだよ、文句ねえさ」

「まア、人のことはいいわ。あんたは、何の必要で、そんなお金が欲しいの」

「なアに、ちょいとした健全投資を、やろうと思ってね」

「ゴマかさないで、ハッキリいったら、どう？」

「ゴマかしアしないよ」

「あんたは、自分の欲しいものを、買うんじゃなくて、人に貸すか、上げるか、するんでしょう」

「うえッ、おれ、そんなに、気前よくねえよ」

「いいえ、隠したってダメ、誰に融通してあげるんだか、ママは見当ついてる」

「へえ、誰さ」

「サキ子さんよ。サキ子さんがムラサキになるについて、お金がいるからよ。さもなければ、そんな大金……」

紀伊子は、カサにかかっていった。

ところが、龍馬は、母親を憐れむような、大きい溜息を洩らしてから、

「ママの先きぐりも、病気みたいなもんだな。とても、長生きは、むつかしいや」

新聞を読んでる天童が、ニヤリと頰で笑った。

「お黙り！」

「まア、落ちついて、聞きなさいよ。おれは、車を買う金が欲しいんだよ。五四年のコンソルで、新車同様の売物があるんだ。エンジンの音だって、めっぽういいし、タイヤも減ってないし、四十万じゃ掘出しなんだよ。ねえ。ママ、おれだって、いつも、友達の車や、黒ナンバーばかりコロがしてんの、いい加減、キマリが悪いじゃないか。それにさ、家に一台あれば、ずいぶん便利だぜ。ママの買物の時だって、ハイヤー呼ばなくても、おれが……」

龍馬は、一心に、口説き立てた。彼は学校の自動車部の部員であり、免許証も、高校二年の時に、とっていた。

　呉の家も、自家用車の一台ぐらいあったって、おかしくない生活で、また、富める華僑は妙に自動車好きであって、天童の友達で、車のない者はないほどだが、彼は、ハイヤーにさえ、あまり、乗りたがらなかった。タクシーは絶対お断りで、乗物は、都電が一番好きだった。おそくても、レールの上の走り心地は、安定感があり、そして、安全性も高いからである。見かけによらず、彼は、臆病者だった。

　紀伊子の方は、反対に、自家用車のないことが、人生最大の不幸と考えてるくらいで、そのために、何度、良人といい争いをしたか、知れなかった。それだけに、龍馬の希望には、一方ならず、心を動かされた。本来なら、気のきいた運転手を置いて、ピカピカした車を、わが家の車庫に納めたいのだが、息子の運転する中古車でも、ないよりマシと、考える外は

なかった。そして、息子が金を欲しがる理由を、あれほど疑ったことも忘れて、

「そう、車が欲しかったの。そんならそうと、早くいえばいいのに……」

「あんまり早くいうと、蹴られちゃうからな……。とにかく、買ってよ。ね、いいでしょう、ママ……」

龍馬は少年に返ったような口をきいた。すると、彼女は、指を立てて、良人の背の方に向け、ケシかける真似をした。

「お聞きのような、次第なんだ。パパ、頼んます」

龍馬は、父の側へいった。

「何も、聞いていなかったな」

「ずるいな、パパは。格安の自動車、買おうってんだよ」

「反対だな、それは……」

「なぜ？」

「わたしが自動車とバナナは、嫌いだということを、知らんわけあるまい」

天童には、バナナは下賤で、且つ、危険な果物であるという考えがあった。彼はバナナの産地である台中市の近くで生まれ、バナナが一本一銭以下の最も下級な果物であることを、知っていた。その上、子供がバナナを食うと、下痢するという言い伝えがあり、両親は口にすることを禁じたが、一度、下婢が知らずに食べさせて、エキリに罹って以来、まったく、

コリてしまった。日本人が、どうして、あんなにバナナが好きなのか、彼には理解できなかった。あの安香水のような、刺戟の強い匂いをかいだだけでも、彼は、胸が悪くなるのである。父親のバナナ嫌いは、どうでもいいが、自動車嫌いの方は、この際、何とか修正を求めたかったので、龍馬は、

「ねえ、パパ……」

と、男の子の媚態まで見せて、口説きにかかろうとすると、

「そうだ。今日は、総社の午餐会があったな。少し早く家を出て、用事も足さなければならん……」

急に、立ち上った父親は、動く銅像のような体を、更衣室に運んでいった。

唄ばやり

「おせん、酒はまだかア」

島村貞造は、台所の方を向いて、大きな声を出した。

「はい、ただ今……」

「何をグズグズしてやがんでえ」

貞造は、鶴見の競輪で負けて帰って、機嫌がよくなかった。風呂へも行かずに、革のジャ

ンパーを着たまま、長火鉢の前にアグラをかき、青柳鍋で一パイ始めて、すでに、お銚子をカラにしたところだった。

「おせん、サキ子の奴、何時に帰るといった？」

彼は、また、大きな声を出した。玄関を入れて、四間の家だから、そんなに怒鳴らなくても、聞えるのである。

「晩ご飯までには、きっと帰るって、いってみえましたよ」

「何が、みえますでえ。そんな言葉使いするんじゃねえって、いってるじゃねえか」

「はい、お待ち遠さま。少し、ヌルかったか知ら……」

カッポー着の袖を伸ばして、お酌をする手つきが、ジミな髪や顔かたちに似合わず、器用だった。

酒のおカンは、頃合いだったが、貞造は口をへの字に曲げて、返事もしなかった。唇は大きいし、アゴは張ってるし、見かけは気むずかしそうな人相だが、それほどの男でもなかった。毎日、商いにいく横浜の市場でも、荷受会社や仲買人仲間で、貞さんといえば、つきあいのいい、気サクな男として、通っていた。そういう男が、家へ帰ると、ムツカしい面がして見たくなるのは、亭主の威厳を保つ量見かも知れないが、一つには、妻のおせんさんが、甘やかし過ぎるからだろう。

妻といっても、彼女はまだ内縁なのだが、それは彼女の意志であって、貞造はいつでも正妻にしたいのである。ところが、彼女は、貞造の娘のサキ子が結婚するまで、待ってくれといって、一向に承知しないのである。

彼女は、横浜の野毛の小料理屋で、出戻りの身を、女中として働いていたのだが、そこへ飲みにいく貞造に、いろいろ世話になった。彼の妻が病死して、娘と二人暮しが心寂しい時だったので、おせんさんの背負ってる借金や、係累の始末もしてやって、わが家へ入れたのである。その時に、ハッキリとわが娘に、後妻を迎えたと宣言すればよかったのだが、娘にも、世間にも、何かキマリが悪かったとみえて、結婚式もしないで、ズルズルベッタリだった。そして、そのうちには、娘も、だんだんわかってくるだろうと、ノンキに考えていたのだが、サキ子は、そういうことには、至ってカンの鈍い生まれで、おせんさんを、どこまでも、手伝いのオバさんか何かと思い込み、実情に気がついたのは、やっと去年あたりのことだった。だが、もう何年にも、おせんさんと呼び慣れて、今更、お母さんとは、いえなくなっていた。

ところが、おせんさんの方では、サキ子の母親になる量見が、毛頭なく、自分の教養のないことや、貞造に救われた恩を、過度に意識して、お嬢さんに仕えるという態度を、いつまでも改めない。尤も、サキ子をお嬢さんと呼ぶことだけは、貞造に叱られて、近年はやらなくなったが、気持の方は、少しも変えようともしない。

無論、おせんさんも、事実上の良人である貞造に対しては、女としての愛情もいだいているから、二人きりの時には、少しは甘えたり、スネたりすることがないでもないが、それにしても、世間の細君から見れば、みごとな服従振りで、あらゆる女権を返上して、一向に悔いない。こんな女性が、まだ生き残ってるから不思議である。

たとえ、内縁にしろ、それほど女房がへりくだってくれれば、亭主は大満足のはずだが、貞造は、家へ帰るとプリプリしてるのは、ものごとに過度はいけないという証拠でもあろう。ことに、おせんさんがサキ子のことで、頑強な卑下を続けると、彼は堪らなく、イライラしてくるのである。

「おせん、サキ子の奴ア、唄うたいになりてえんだってな。お前にもそういったろう」

「ええ、何だか、そんなことを……」

「おめえにア、きっと、詳しいことを、話してるにちげえねえ」

「いいえ、べつに……」

「かくすんじゃねえよ。おれにいわねえことでも、あいつは、おめえにア打ち明けるんだからな……。一体、あいつは、どういう量見なんだ。せっかく、大学まで入ったてえのに、急に、唄うたいになるなんて、気がちがったんじゃねえのか」

「それアね、あたしも、止めちゃアみたんですよ。学校やめるのは、惜しゅうござんすからね。でも、ああ見えて、サキちゃんは、なかなか考え深いんですよ。それに、学問もあるし、筋道の通ったことをいいますからね。そう一がいに、反対することも……」

「それが、いけねえんだ。とかく、おめえが甘いツラを見せるから、あいつは、つけ上るんだ。まア、考えてみろ。何が不足で、芸人なんかになるというんだ。学費だって、小遣銭だって、不自由させたことア一度もねえじゃねえか。どこのお邸のお嬢さんにも、負けねえだけのことは、させてあるじゃねえか」

貞造は小さな家に住んでいても、毎月十万やそこらの稼ぎはするので、一人娘に金を注ぎこむのを、惜しみはしなかった。

「全体、大学の文科なんかへ、上げることはなかったんだ。お針のケイコにでも、やっとけばよかったんだ。あれから、すっかりナマイキになりアがって、理窟はいうし、タバコは喫うし、男の友達はこしらやアがるし……」

「それア、あんた、サキちゃんばかりじゃありませんよ。この頃のお嬢さんは、タバコどころか、ウイスキーまでのむんだそうですからね。昔の娘と、一緒にはなりませんよ」

おせんさんは、なかなか時代を知ってるが、貞造の方は、紀元節復活論を、おでん屋でブッたこともあるので、

「そうはいわさねえ。今の娘だって、女は女だ。女のくせに、ウイスキーなんか飲みアがって、腹が焼けるにきまってらア。腹が焼けた日にア、子供はできねえぞ。女が子供を産めねえようになって、それでも、女の役がつとまるかってんだ……」

貞造も、だいぶ酒が回ってきて、話がおかしくなってきたが、その時、玄関の格子戸の自動ベルが鳴って、

「ただいまア……。おそくなりましたア」

サキ子の声が、聞えた。

「あんた、叱るんなら、お酒の入らない時にして下さいよ」

おせんさんは、貞造にそういうと、すぐ、玄関へ迎えに出た。

「お帰んなさい。早かったわね」

「早くもないわ、ご免なさい……。コレ、もう帰った？」

サキ子は、丸い親指を、立てて見せた。

「ええ、お酒あがってるところ……」

「どう、ゴキは？」

「そうね、ホッホホ」

「あんまり、よくないらしいな。どうしようかな」

男の子のように、モジャモジャさせた髪を、一振り振るような仕草で、首を傾けたサキ子は、まるで、コンパスでかいた円のように丸い顔に、丸い眼と鼻の持主であって、浅黒い肌に少しも白粉を用いていないから、中学校の生徒のように、子供じみて見えるが、白いナメシ革のカア・コートに、黒いスラックスの姿は、どこか、オシャレと見せないオシャレを企む年齢を感じさせた。少くとも、眼を閉じて、彼女のガラガラ声だけ聞いていれば、三十女とまちがえるかも知れず、早くいって、早熟なのか、未成熟なのか、見当のつかぬ娘であった。

彼女は、半開きにした入口の格子戸の間から、外を窺うようにして、家へ上ろうともしないので、おせんさんは、

「どなたか、お連れになったの」

「ええ。お父《と》ッつァんに、会って貰おうと思って、龍馬さんとね、それから、あたしのマネジャーになる人を……」

呉龍馬というF大生が、サキ子の親しい友人であるとは、おせんさんも、度々、聞かされていた。

「まア、じゃア、大切なお客さまじゃないの。お帰しするわけにもいかないし……ちょいと、待って下さいね」

おせんさんは、急いで茶の間へ引返して、何か暫らく話していたが、再び玄関へ現われた。

「さア、どうぞ……」

八畳の客間といっても、タンスが置いてあったり、床の間の隣りが押入れだったりするけれど、そのタンスにしても、チャブ台にしても、べつに、安物というわけではなかった。そして、天井の蛍光燈の眼新しいシェードは、貞造の見かけによらぬ現代趣味を、示してるのかも知れなかった。

上座に、制服姿の龍馬が、窮屈そうに、また少し迷惑そうな顔で、坐っていたが、その隣りの席の男は、テレビのアナウンサーなぞによく見かける中級的好男子で、黒っぽい縞のセビロを、小ザッパリと着こなし、頭髪の櫛目を美しく、弁舌の方も、アナウンサー並みに達者と見えて、

「結構なお住いで……」

なぞと、坐るが早いか、おせんさんにお世辞をのべた。

サキ子は、自分の家だから、すぐ茶の間へ入って、座敷へは出てこないが、父親とゴタゴタ話してる声が、フスマ越しに、筒抜けだった。

その声が、やっと止んだから、貞造が出てくるだろうと思ったが、シンとした間がいやに長く、家の者は客を置いて、どこかへ出かけたのではないかと、疑わせるほどで、正坐しつけない龍馬は、早くも、シビレの苦痛を、眉間に現わした。

その時に、エヘンと、大きな咳払いと共に、フスマが開いて、貞造の姿が見えた。いつか、ジャンパーを脱いで、揃いのツムギの和服を着ていたが、その着換えに、手間取ったのであろう。

「わたし、島村です」

どういうものか、彼は、参議院議長のように、荘重な声を出し、体もいつもより、反りかえってる様子だった。

「や、これは、お父さまで……。始めて伺いますのに、こんな時刻に飛び込んじゃいまして、何とも早や……。手前、宍倉平吾《ししくらへいご》と申しまして、お嬢さまとは、計らずも、ご別懇に願っております。今後、何かと、お父さまにも、ご理解を頂けませんことには……」

と、両ヒジを突っ張って、大仰なお辞儀をした。

今度は、龍馬の番である。彼も、サキ子を家の前まで送ってきたことはあるが、中へ入るのは始めてであり、まして、父親とは、まったくの初対面である。同じ世代の若者だと、もの怖じしないので有名な彼も、初対面のオトナというのは、まったく苦手であり、何とアイサツをしていいのやら、見当もつかない。その上、シビレがきれて、腰から下は不安定となり、体を動かすと、つんのめりそうな気がした。従って、宍倉平吾とは反対に、極めて頭の高いお辞儀をせざるを得なかった。

「ぼく、呉龍馬で、サキベーの友人です」

対手の娘のアダ名を口にしたのも知らず、やっと、それだけいうと、顔が赤くなって、もちまえの太い眉の下に、眼がギョロギョロして、まるで、怒ったような表情になった。

——これが、ボーイ・フレンドという野郎か。ニヤケ男かと思ったら、ひどく、不愛想な奴だな。

貞造も、父親として、龍馬に対する観察を、怠らなかった。しかし、龍馬は、それきりで、石地蔵のように黙りこんだのにひきかえ、宍倉平吾の弁舌は、流れるようであって、どっちつかずの世間話の間にも、貞造の気をひいたり、取り入ったりする技巧を弄して、口を休める時もなかった。貞造も、根が商人であるから、対手にそう出られると、にがい顔ばかりもしていられなくなって、警戒はしていても、笑い声の一つも、立てるようになってきた。すると、言葉づかいも、参議院議長のような装飾を忘れて、生地が顔を出すのは、やむをえなかった。

「まア、世の中ってえやつは、そうしたもんでさアね、ハッハハ」

その辺を見計らって、宍倉平吾が、話の緒を切った。

「ところで、お嬢さんの今度のご決心ですが……」

「決心て、学校をズルけたことですかい」

貞造は、トボけてみせた。

「それも、関連はありますが、つまり、シャンソン芸術家として、すばらしい天分を、多くの人々の前にお示しになろうという……」

「何をネボけやがったんだか、飛んでもねえことを、考えたもんですね。唄が好きなら、ひとりで歌ってれアいいんで、商売にすることアありませんよ。また、たかが素人芸で、身すぎのできるものでもありませんし……」

「そこが、失礼ながら、お父さまの見解と、ちがいますので……。お父さまのは、つまり、親の慾目の反対ということになるんですが、芸術家発掘を職業としてるわたくしが、お嬢さんのシャンソンを、始めて聞いた時にア驚きましたな。日本に、こんな歌い方のできる人がいたかと、ね。昨年来朝したフランスのシャンソン歌いとそっくり――いや、それ以上です。歌詞に対するすばらしい理解と、知性に溢れた表現が、従来の日本のシャンソン歌いと、まったく違うんです。これを天下に紹介しなければ、あたしも自分の職業に恥じなけれアならんと、それから、馬力をかけて、お嬢さんを口説いたんです。ですから、今度のご決心も、罪ありとすれば、あたくしの双肩にかかるのでありまして……」

「なアに、オダテに乗る奴が、一番間抜けなんでさア。あたしの仲間でも、ヘタな小唄を、師匠にオベッカいわれて、やれ披露だ、会だと、金をしぼられてるのがいますよ。シャンソンとかいうのも、よくは知らねえけれど、西洋の小唄みてえなもんでしょう。あんなものは、道楽にやってこそ、面白れえんだ。何も、商売にすることアありませんよ。サキ子だって、大学までいきながら、芸人になることアねえ。チャーンと、学校を出て、いい婿さん貰って、普通の暮しをすれアいいんです。あたしア娘に稼がせるほど、働きのねえ男じゃありませんぜ……」

貞造として、一番強調したいのは、そこの点なので、小さな家に住んでいても、収入はそこらの会社員なんかより、タップリあるんだというところを、見せたかったのであろう。

「ご尤もです。こちら様なんか、お嬢さんを大学へお入れになるほどのご家庭ですし、サキ子さんご自身も、お金なんか目当てで、ステージへ立たれるわけじゃアありません。それに、世の中も変りましたからな。以前のように、小学校しか出てないような歌手じゃ、将来、見込みありません。魚屋の娘が流行唄で成功するとか、八百屋の息子が……」

「あたしア青果仲買人ですぜ」

「いや、失礼……。小売りのことを申したんですが、とにかく、教養のない歌手は、もう、時代に追いつけません。ことに、このシャンソンの方は、インテリ専門でして、サキ子さんのように、フランス語の原語が読めるような方でないと……。ご存じでしょうが、副総理をやっておられた市井さんのお嬢さんも、有名なシャンソンの歌手でしてな」

「大臣の娘がですかい」

貞造は、ひどく驚いたらしかった。保守党の領袖《りようしゆう》の娘が、内外の舞台へ立ってるのは、誰も知ってる話だが、貞造や彼の仲間の話題ではなかった。

「市井スキ子さんていえば、世界に名が響いてますよ。お父さんの名は、アメリカぐらいにしか、響いてませんが……」

「へえ、大したもんですね。だが、うちのサキ子にア、とても、その真似はできませんよ。第一、これといって、師匠についたわけじゃなし……」

それは、貞造のいうとおりであって、彼女は子供の時から、唄が好きというだけで、市井スキ子のように、音楽学校へ通ったわけではなし、正規の教育なぞ受けていなかった。人前で歌ったのは、学校の記念祭や、仲間のパーティーぐらいのものだが、彼女がシャンソンに熱をあげ出したのは、昨年、ニコル・ルビエというフランスの歌手が、来朝した時からだった。ルビエは、いかにも素人くさい芸と態度の持主で、美人ともいえない娘だが、個性と教養に溢れ、歌手として立つ前に、小説や詩集も出していた。その経歴が、ひどく、サキ子の憧れとなったらしい。彼女も、大学の文科へ入って、将来は〝挽歌〟のようなベスト・セラーでも書きたいと思ったが、どうも、長く机に向ってると、頭が痛くなる性分で、ゴタゴタと文字を列べるよりも、声とメロディで、小説や詩を発表する方が、割りドクであると、気がついた。また、ルビエがやってるように、自分で書いた詩を、自分で唄にして、人に聞かせるところまでいけば、本望この上もなかった。それに、流行歌の方では、三人娘とか何とか、成功者が乏しくないが、ルビエが歩んだ道の方は、まだ誰も、手をつけていない。早く名乗りをあげた者が、勝ちであると、眼をつけたのも、二十一歳の娘にしては、商機を知っていた。やはり、父親の遺伝であろうか。

島村サキ子が、ニコル・ルビエの真似をしようとしたのは、一種の先物買いであるが、彼女のために、父親を説得にきた宍倉平吾という男も、その点では、オサオサ劣るものではなかった。

宍倉は、以前、映画雑誌なぞをやったこともある男だが、現在は、渋谷で小さな喫茶店を営み、芸能関係の客や、龍馬の仲間のようなF大生も、出入りしていた。龍馬がサキ子と知り合ったのも、この店なのである。彼のような生え抜きのF大生は、自校の女子学生と交際することを、ヤボと心得てるが、外の大学の女の子となら、話は別であった。

宍倉平吾は、商売の方は細君に任せて、常連のお客とゴルフに出かけるような男だったが、島村サキ子が興に乗じて、店でシャンソンをうたうのを聞き、また、風変りな野望を知って以来、すっかり彼女に打ち込んでしまった。もっと正確にいえば、彼自身の先物買いに、打ち込んでしまったのである。

彼も、芸能界のことには明るいので、あの美松スズメがまだ無名時代に、その天分を先物買いして、巨利を博したマネジャーの話を、よく知ってる。ただ、金が儲かるばかりでなく、スターをつくる愉しみ、また、そのスターの出演の自由を、背後から、意のままにあやつる愉しみも、自分がスターになった以上であることが、想像できるのである。彼も、一度は、映画スターになりたがったほどで、その可能性がなくなった今日、せめて、スターのマネジャーとして、腕を振るってみたいのである。

そして、彼は島村サキ子をケシかけて、デビュの決心をさせたばかりか、その方の準備も着々と進めていた。そして、彼女の父親のガンコ者で、彼女が大学を退学したことにさえ、叱言ダラダラであると聞いて、その説得にきたわけなのだが、親の反対があっては、デビュの妨げがあるというよりも、もし、彼女がスターになった場合、親が慾を出して、マネジャーを買って出る（その例は、少くない）ことを、あらかじめ封じて置きたいと、考えたからでもあった。

　しかし、そのための訪問に、龍馬を同伴したのは、ほとんど意味がなかった。彼は、かくべつ、サキ子が唄うたいになることを、賛成してるわけではないのである。といって、それを防止するほど、積極的な意志も示さないが、そんな男を、説得の訪問に連れてきたって、役に立つわけはなかった。彼自身も、同行を望んだわけではなかった。ただ、どういうものか、サキ子が、

「リューチンも、一緒にきてよ。その方が、第一、タクシー代だって、助かるじゃないの」

と、ガラになく細かいことをいって、きかなかった。リューチンとは、龍馬の通称であるが、彼も、親にネダった自動車は、まだ手に入らないので、友人の車を神奈川県日吉の貞造の家まで、運転してきたのである。

　サキ子が、紅茶と果物を運んできた。近頃は、下町風の家庭でも、紅茶セットぐらい、欠かさない。リンゴは、商売がら、スターキングの上物だった。

「お前、唄うたいになりてえそうだな」

　父親は、抜き打ちに、バッサリと、娘をやっつけたつもりだったが、

「フ、フン」

と、サキ子は、不思議な笑い方で、答えただけだった。フテブテしいとも、無邪気とも、見当がつかなかった。

「止せやい、どうせ、モノになりっこねえんだから……」

「それア、やってみなければ、わからない」

彼女は、反抗的というよりも、賭けを愉しむ人間のような調子だった。

「いや、わかってるよ。恥をかくだけのことだ」

「恥なんか、かかないわよ。しくじったところで、モトモトじゃないの」

「いやに、度胸きめやがるな……。一体、何だって、そんな量見を起したんだ。女は、家ンなかへ、引込んでれアいいんだぜ」

貞造は、わざと、古臭い考えを、露出してみせると、

「それが、やはり、やむにやまれぬ、芸術的要求というやつで……」

宍倉《ししくら》が助け船を出したが、彼女は、

「いやよ、そんな表現……。あたしは、ただ、有名になりたいだけよ」

「へえ、有名になって、どうするってんだ」

「どうもしないわよ、有名になることが、終着駅よ」

「女が有名になったって、仕方がねえじゃねえか」

「女だから、有名になりたいのよ。それに、女だと、早く有名になれるのよ」

サキ子は、龍馬の方を見て、軽く舌を出した。

「そんなら、おめえ、チャーンと学校を出て、女代議士にでもなった方が、早道だぜ」

「あんなの、ちっとも、有名じゃないわ。ほんとの有名ってのはね、お父ッつァん、自分にしかできないことをやって、克ちとる獲物のことよ」

「ナマいい出しアがったな。シャンソンとか何とかだって、おめえ一人の発明した芸じゃあるめえ。ほかに、やってる奴が、いくらもいるじゃねえか」

「いや、そこなんです。そこが、是非とも、ご理解を願いたいとこなんで……。つまり、サキ子さんのシャンソンは誰にも真似手のない……」

と、宍倉平吾が、売薬の能書《のうがき》じみたことを、列べ立てたが、貞造も、聞き飽きたのか、次第に、眼を龍馬の方に、注ぎ出した。

――何だい、こいつは。サキ子のことで、おれを口説きにきたにちげえねえんだが、さっきから、黙りこくって、何にもいやアがらねえ。それに、一体、こいつはサキ子と、どういう仲なんだ。惚れ合ってるんなら、もう少し、ベタベタしても、よさそうなもんだ……。

さすがに、貞造も、親の立場になって見る眼は、慎重だった。わが娘と同席してる青年が、もし恋愛関係にあるとすれば、いくらかくしたって、眼づかいの端にも、表われるのだが、さっきから、ずいぶん注意しても、その形跡がうかがわれない。龍馬が、しきりに尻をモジモジさせてるのは、恋人の父の前に出て、固くなったのではなくて、どうやら、シビレをきらした結果らしいのである。そして、貞造の気に入ろうとする様子は、ミジンもなく、怖い眼つきをして、唇を堅くひきしめ、一刻も早く、この家を退散したいといわぬばかりだった。

実際、龍馬は、人の家へきて、行儀よくしてるというだけでも、苦手なのだが、今日のような目的で、他家を訪問するのは、まったく気が進まなかった。第一、自分が行ったところで、何の役にも立ちはしないことを、よく知っているのである。しかし、サキ子が、例によって、強引な我儘をいって、どうしても来いというので、タテをつくのも面倒くさく、同行したのだが、自分は、車の運転だけすればいいつもりで、車中で待っているというのを、ムリに座敷へ引っぱり上げられたのに、過ぎない。しかし、彼とても、いつ、誰に対しても、そう従順な男というわけではない。男の友人の間では、ケンカ早いので、通り者になってる。それが、また、ガール・フレンドなる者に対しても、ずいぶん野蛮な言動に及ぶこともある。それが、サキ子だけには、なんのかんのといいながら、結局、服従させられてしまうのは、不思議といってよかった。

貞造は、しかし、ムッツリと黙り込んでる龍馬に、反感ばかりも持たなかった。一番、気に入ったのは、彼の坊主刈りなのである。青果市場の若い者でも、ニワトリの尻のような頭ばか、不精ッたらしく額に髪を垂らした連中ばかりだが、昔は、みんな、龍馬のような頭ばかりだったと、懐かしくなるのである。そして、彼がわが娘の尻をねらう態度も見せないという二つの長所を発見して、ちょっと口をきいてみたい衝動に駆られた。

「あんた、いかがです、リンゴでも……」

「ええ」

「あんたは、やはり、音楽の方で……」

「いや、ぼくは、自動車部と、空手部に入ってます」

彼は、自動車運転を始める以前から、学校の空手部の優秀な部員だった。

「空手チョップって、お父ッつァん、力道山がやるでしょう、あれもその一つ……」

サキ子が、首を傾げてる父に、説明した。

「あア、あれか。あれを食っちゃ、たまらねえや。じゃア、あんたは、ケンカは強いね」

「滅多にやらないけど、龍馬さんがやったとなったら、すごいわよ。いつかも、渋谷のヨタモンが、三人がかりで……」

また、サキ子が返事の代役をした。

貞造は、今でも血の気の多い方で、ケンカ話には興味があるらしく、コマゴマと、娘が語る武勇伝に、顔をほころばせていたが、

「もう、止せよ、サキべー……」

当人の龍馬が、イヤな顔をして、手を振った。彼自身は、ケンカが得意の芸だとは、思っていないらしいのである。

宍倉平吾としても、肝心の用向きが、ケンカ話とすりかえられては、迷惑なので、それを機会に、

「ところで、いかがでしょう、お父さま……」

と、貞造との話を戻そうとしたが、彼はそれには答えずに、

「龍馬さん、あんたは、サキ子が唄うたいになるのを、どう思います」

「ぼくですか、さア……」

「こいつが、そんなことをやって、成功すると、思いますか」

「さア、ぼくは、サキベーが歌手として、適してるとは、思わないんだけど……」

彼は、いかにも困ったように、赤い顔をして、頭をかいた。

「龍馬さん、あなたは、音楽のことはわからないって、持論でしたね」

宍倉が、あわてて、口を出すと、

「そうなんですよ。まったく、自信ないですよ。でも、歌手に適してなくても、絶対に成功しないとは、いえないと思うんだ。日本の社会って、ヘンテコでしょう」

彼のいうことは、まったく、とりとめがなかった。それは、デタラメをいってるわけではなく、当人としては、いうべき筋道があるのだが、逆上気味のために、言葉が混乱してるらしく、

「サキベーが、どうしてもやりたいっていうんだから、やらせる外ないですよ。そして、日本の社会のヘンテコ性ってものがあるんだから……」

「どう、ヘンテコなんですね」

貞造が、からかうようにいった。

「どうって、いろいろあるでしょう。ぼく、日本人じゃないから、よく知らないけれど……」

「え、あんた、日本人じゃないんですか」

彼は、ひどく驚いて、シゲシゲと、龍馬を見回した。

「いいえ、リューチンは日本で生まれたし、お母さんも、日本の方だし、お父さんが台湾生まれというだけなのよ」

と、サキ子が、一所懸命に、龍馬の身分証明をしても、貞造は、せっかく兆した娘のボーイ・フレンドへの好意を、拭き消されたような顔つきだった。

ところが、宍倉が何気なく、口にした一言が、また別な反応を起したのである。

「龍馬さんのお父さんは、呉天童といって、在留中国人じゃ有名な方ですよ」

「へえ、そいつア驚いた。すると、神戸の呉天源さんの兄さんじゃありませんか……」

車

夜の京浜第二国道を、走らせてる車のなかで、

「うまくいきましたねえ」

と、宍倉平吾がいった。

「そうかなア」

龍馬は、ハンドルを握りながら、気のない返事をした。二人とも、運転台に列んでいて、

座席の方はカラだった。

「あのオヤジさん、最初は、ずいぶん強硬だったたから、サキ子さんも、ハラハラしてたでしょう」

「そうでもねえだろう、誰が何てったたって、やる気なんだから……」

「無論、あたしだって、その覚悟だけど、後で、つまらねえゴタゴタは、起したくないからね。しかし、よく折れたもんだ、あのオヤジさん……」

「それア、君が市井スキ子の話を、持ち出したからさ。副総理だの、大臣だのってものを、あのオジさんは、尊敬してるんだよ」

「それも、多少の効果はあったかも知れないが、ガラリと変ったのは、あんたのお父さんの名を聞いてからですぜ」

「うちのパパは、交際ぎらいで、総社の事務所にも、あんまり顔を出さないんだ。第一、もし、サキベーのオヤジと知合いなら、ぼくに何とかいうはずだよ」

「そうですか。でも、あんたの叔父さんとの関係を、よく知ってましたね。叔父さんは、神戸で何してらっしゃるんです」

「隆新公司《ロンシンコンス》ってね、輸出入やってるんだよ。台湾の店は、呉商行だったんだけど、戦後、神戸に本店を置いて、そういう名にしたんだ」

「何の輸出入です」

「さア、ずいぶん手広くやってるらしいぜ。綿布だの、雑貨だの、油だの……」

「すると、サキ子さんのお父さんの商売と、関係はないらしいですね。どうして、あんたのお父さんや叔父さんのことを、知ってるんだろう」

「そうさね。でも、それより、ぼくは、君に聞きたいことがあるんだ」

「何です」

「君は、本気で、サキベーが成功すると、信じてるのかい」

「何をいってるんですよ。そう信じなくて、こんなに夢中で、奔走できますか。店のことまで忘れてるんですぜ、あたしア……」

「店では、ジャマ者だもの、君なんか……。ぼくは、今でも、サキベーは、デビュなんて、やめた方がいいと、思ってるんだがな……」

「あんたが、そんな弱音吹いちゃ、困りますね。彼女の恋人たるあんたが……」

「何イ？」

「いやだね、そんな、怖い顔しないで下さいよ」

「恋人なんていうと、承知しねえぞ」

車が、ヨロヨロしたほど、龍馬は、ハンドル持つ手も忘れて、昂奮した。

「あやまりますよ。もう、二度といわないから、空手だけはごカンベン……」

宍倉は龍馬を、金持の坊ちゃんとして、甘く見てるのだが、彼の空手の腕前だけには、恐れをなしていた。さっき、サキ子が父親に話した龍馬の武勇伝は、宍倉の喫茶店〝キキ〟で起った事件だから、彼は全部を、眼のあたりに見ているのである。

〝キキ〟はコーヒー五十円の店だけれど、いささか高級ぶってるので、ヨタモンの客などは、いい顔で迎えなかったが、それを根にもって、毎夜、いやがらせにくる三人組があった。そのために、学生やアベックの客の足が、遠のいたほどだった。

龍馬は、何にも知らずに、サキ子と〝キキ〟へ遊びにきたのだが、女連れの学生と見て、彼等は、たちまち好餌と思ったらしい。

遠くの席から、大きな声で、からかい始めたが、龍馬は、対手にならなかった。空手をやる者が、ケンカ沙汰を起すのは、初段になるかならぬかという頃が、一番多いのだが、龍馬は、すでに二段だった。柔道や剣道とちがって、空手は高段者が少いので、二段というのは、兵隊の位でいえば、少将に相当するだろう。

従って、自重を知っているから、身危からざる前に、術を用いるようなことは、決してない。もし、ヨタモンの一人が、便所へ行く風をして、二人のテーブルに近づき、彼の靴をしたたか踏んづけるような真似をしなかったら、彼はすべてを忍従したにちがいない。

「止し給え」

龍馬は、しずかに対手を制した。そして、同様に静かに、足を引いただけなのだが、対手は、モンドリ打って、床へひっくり返った。まるで、わざとひっくりかえったとしか、思われなかった。

「やりアがったな」

後の二人が、飛んできた。カウンターにいた宍倉はあわてて、止めに入ろうとしたが、その時、龍馬は、地に根が生えたような姿勢で、スックと立っていた。

「皆が迷惑するから、外へ出よう」

その態度と、親譲りの面構えを見て、ヨタモンたちも、少し怯んだ様子だったが、道路へ出るやいなや、ボクシングでも習ってるらしい一人が、下から拳をつきあげた。

アッと思った時には、その男が地面にノビていた。後の二人も、尻モチをついたり、眼を抑えて、シャがんだりしていた。それが、三秒間の出来事だった。龍馬の体は、突く動作と、蹴る動作を、演じたようにも思われ、また、何もしないようにも、思われた。とにかく、瞬間の幻として、すべてが済んでしまった。

宍倉も、盛場で商売をしてるので、ケンカにはよくブツかるが、こんな速い勝負は、始めて見た。そして、ヨタモンたちの負傷は、宍倉が多分にコーヤク代を払わなければならなかったほど、念入りだった。

「空手ってやつは、こわいぜ」

金をとられたグチばかりでなく、彼は、シミジミと、人に吹聴した。

ヨタモンを対手にした時にも、龍馬は、べつに激怒した風ではなく、何か機械的動作を行ったように、ケロリとしていたが、一体に、鈍感なタチであって、大ガイのことをいわれても、気にする男ではなかった。陽気で、素直ではあるが、どこか間のびがしていて、そこが、宍倉なぞに、甘く見られるわけなのである。

それなのに、宍倉がふと口にした一言で、あんなに怒るのは、どういうことなのか。

「彼女の恋人たるあんたが……」

宍倉としては、ほんの冗談をいったつもりなのである。サキ子と龍馬が、親しく交際してるのは、事実であるから、それにちょいと色彩を塗ってみたに過ぎない。彼の店には、若い男女の客が多いから、それくらいのことは、しょっちゅう、口にしてるのである。そういう男女が、互いに恋愛していようが、いまいが、彼の知ったことではなく、まず、店のマスターとしてのサービスといった気持に過ぎない。

実際、サキ子と龍馬は、〝キキ〟に現われても、情緒的な場面を、一度だって、見せたことはなかった。F大生の仲間とやってきた時も、彼等二人の時も、少しも変らなかった。お宮貫一の時代とちがって、この頃の若い者は、恋仲であったとしても、ウツむくとか、ササヤキ合うとかいうことは、あまりやらない代りに、関係の公示は大胆であるから、喫茶店の主人の眼には、すぐ止まるのであるが、サキ子と龍馬は、気は合うらしいが、従兄と従妹といった程度を出なかった。それを知ってるから、宍倉も、あんな冗談が軽く飛び出したので、ほんとに恋愛してると思ったら、かえって、言葉を慎しむのである。

――だから、どうして、あんなにムクれるんだか、わけがわからねえ。しかし、あの怒り方は、タダゴトじゃなかったぞ。つまり、痛いところを、つかれたっていうやつじゃないのかな。

宍倉は、そう推論したくなった。

――そうかも知れねえ。龍馬さんは、ウブなところがあるからな。だが、そうなってくると、こっちの都合は、悪くねえな。

彼は、龍馬がサキ子のデビュに乗気でないことを、よく知っていたが、もし、内心、サキ子のことを想ってるようなら、結局、彼女の意志に引き回されるだろう。彼が協力したところで、大したプラスにはならないが、彼の親は裕福だから、金を引き出させる見込みがある。宍倉も、細君がガンばっていて、店の金を、そうそうサキ子のために、使えないので、一人でも、富める後援者が欲しいのである。

彼が、そんな思案をしているうちに、車は、渋谷の明るい灯の中を、走っていた。

「君んところへ、ちょっと寄ってこう。近藤が待ってるかも知れねえ。この車、あいつのだから、返してやらなくちゃ……」

龍馬は、怒ったことも忘れたように、平常に返っていた。

〝キキ〟は、ウナギの寝床のように、細長い店で、照明は暗いし、室内装飾は陰気な民芸調だし、静かな洞穴のような感じだが、若い人たちが、こういう店を好むのは、母親の胎内が恋しいからだろうか。

車の置場は、だいぶ離れているから、龍馬は、宍倉よりもおくれて、店の内へ入ったが、近藤はまだきていなかった。

「野菜のサンドウィッチくれよ。サラダを、倍にしてな」

彼は、女の子に註文した。晩飯をほんとに食べていないから、腹がへってきたのである。父親の食いしん坊にひきかえ、彼は生まれながらの偏食家で、学生の好物のトンカツやギョーザは、全然口に入れず、トマトとか、生のキャベツというようなものなら、モリモリと、馬のように、多食する。またソーメンとか、モリソバの如きものも、大好きである。つまり、冷たいものが好きらしいが、そういえば、酒の方も、ビールなら、五、六本は平気だが、日本酒や老酒《ラウチュ》には、まるで、手を出さない。

彼は、今夜は早く、家へ帰りたかった。中古自動車購入の件で、いかに父親を説き伏せるか、母親と相談する必要があったのである。しかし、近藤の車を借りた以上、彼に渡して帰らなければ、万一、盗まれでもした時に困る。それにつけても、ツクヅク、自分の車が欲しい。そして、溜池の市に出ていた、五四年型のコンソルが、女神のように美しく、彼をさしまねく。

——どうして、パパは自動車嫌いなんだろうなア。ツムジが曲ってるよ。

彼は、父親が恋路のジャマをする男のように、憎らしかった。叔父の天源は、車も持ってるし、金もあるし、龍馬を可愛がってくれるし、彼が父親だったら、きっと望みをかなえてくれるにちがいなかった。父に内緒で、叔父にネダってみようかとも思ったが、父を欺くことになるのが、彼の気に入らなかった。そのくせ、彼は母をゴマかして、小遣銭をせびるのは、平気だった。うるさく叱言をいう母親を、カラかったり、ダマしたりするのは、スポーツに似た快味があるが、寛大で、無口な父親は、かえって、道徳的な重さで、彼にのしかかっていた。

龍馬が、普通の倍もサラダを多くしたサンドウィッチを、大半、平らげたところへ、調理室へ行く通路から、宍倉が出てきた。

「龍馬さん、困ったことが、できちまったよ」

彼は、車に乗せて貰った礼をいうのも忘れて、龍馬の隣りに、腰を下した。

「何だい」

「留守中に、電話が掛ってきてね、双葉ホールの方が、怪しくなってきたんですよ」

「そんなことかい」

「そんなことかって、大問題じゃありませんか。四月の三日ってのは、昔の神武天皇祭で、何となく、人の頭にある日ですよ。それに、金曜日ってのは、インギがいいんだ。だから、あたしア早く申込んどこうというのに、間に立った野郎がハンマで……」

島村サキ子――ではない、紫シマ子の第一回シャンソン発表会は、丸の内の双葉ホールで、四月三日夜に行うということは、少くとも、サキ子と宍倉の間では、確定していた。双葉ホールは、収容人員も頃合いであり、品も悪くないし、足場もいいし、週日なら、小屋代もそう高くないから、その日にきめて、すでに、ポスターの図案にも、四月三日という字を入れさせた。

「まだ、印刷にはかかっていないから、いいようなもんの、方々で、あたしア、宣伝して歩いてるんだ。今更、変えたくねえんですよ。せっかく、サキちゃんのオヤジさんのO・Kをとった日に、こんなことが持ち上るなんて……」

宍倉は、くやしそうに、舌打ちした。

「日なんか、どうだって、いいじゃないか」

龍馬の方は、ノンキだった。

「そうはいきませんよ。頃は花どき、学校は休暇中、月始めで、サラリー・マンの懐ろも暖かいって時を、狙ってたんだ、こっちア……」

「いつやったって、そんなに、人は来やしないよ」

「あんたは、どうして、そう弱気なんだろうね。インテリ歌手、才女シャンソンてえキャッチ・フレーズだけでも、人気は湧くんですぜ」

「サキベーが才女かい？　そいつは、少し……」

「つまらねえことというヒマに、こっちの相談に乗って下さいよ……。いや、双葉ホールが、そんなに奪い合いだとは、知らなかったね。尤も、四月三日を先約したというのが、ダフ屋みたいな奴で、つまらねえ試写会をやるっていってるんだが、一応、そいつにかけ合ってみる手もあるんですがね」

「じゃア、そうしたらいいのに……」

「ところが、タダでいうことをきいてくれる奴は、いませんよ。それでなくったって、金が要って、困っているところなんだ。あんたがた後援会の皆さんが、黙ってるって法はありませんよ」

「それア、切符ぐらい、売るよ」

「切符は、無論ですが、資金の工面も分担して下さいよ」

宍倉は、本音を吐いた。彼は、龍馬や彼の仲間が、不自由のない家の息子であることを、よく知っていた。最初から、彼等をアテにして、サキ子をかつぎ上げるほど、腹の黒い男ではなかったが、準備にかかると、案外に経費がいるので、そんな慾が出てきたのである。

「ダメだよ。おれも、金が欲しくて、何とか、オヤジを口説き落そうとしている最中なんだから……」

「こっちの方が、先口ですぜ。あんたが頼みにくいなら、一度、あたしをお父さんに、紹介してくれませんか。あたしから、よくお願いしますよ」

そこへ、近藤が入ってきた。

近藤敏夫は、龍馬の級友で、自動車部の仲間であるが、スーッと入ってきたところは、新婚旅行のムコさんといった風に、セビロも、ネクタイも、キチンとした装いだった。

「車、ありがとう」

「いや……。どうだったい、サキベーのオヤジは……」

彼は、龍馬たちのテーブルに坐ると、ホープを一本、抜き出した。

「その方は、うまくいったんですが、一難去れば、また一難でね……」

宍倉は、すべての事情を、クドクドと話し出した。龍馬がダメなら、近藤の方にタカろうという考えなのだろう。

「どうでしょう、近藤さん、あんたの方で、何とか、融通つきませんかね」

「金かい、そうさね……」

近藤は、タバコの煙を、ゆっくり吐き出した。若いくせに、いやに、落ちついたもの言いをする男なのである。

「十万か、二十万……」

「その金を、ぼくが出したとして、だね。形は、どうなるの。出資なら、利益分配は、どれくらい？　貸金とすると、利子は、いくら？」

彼の父親は、ちょいとした会社の重役だが、彼も資本家二世として、あっぱれな言草だった。

「冗談じゃないよ、あんた、まだ海のものとも、山のものともきまらないサキちゃんの……」

「しかし、君は、必ず成功すると、いったぜ」

龍馬が、口を出した。

「それア、無論、成功させますよ。だが、必ず成功させるにはだね……」

と、宍倉が、ムキになって、弁解にかかった時に、

「マスター、〝週刊道楽〟の芸能担当の方が……」

と、女の子が呼びにきた。

「ちぇッ、また、一パイ飲ませなけアならねえのかな……。サキちゃんの記事を、書かせようと思って、どれだけ費《つか》ってるか、知らねえんですぜ。少しア、察して貰いたいよ……」

宍倉は、グチの尾をひきながら、席を立っていった。

「アッハハ」

近藤が、愉快そうに笑った。

「お前、貸してやるのか」

龍馬は、少しマジメな調子だった。

「誰が、貸すもんか。出しても、五千止まりだな。だって、君、サキベーにどれだけ才能があるにしても、宍倉が描いてるような夢は、実現しやしないよ。美松スズメのような道をいくんだったら、バカ当りということもあるけどさ。シャンソンなんて、一部の人のもんさ。文学シャンソンなんていえば、なおさらだよ。ぼくア、サキベーに対する友情として、後援はするけどさ。五千円という限界は、守るよ……」

近藤は、それぎり、サキ子の発表会のことに、触れなくなったが、急に面白そうな声を出して、

「さっき、酒田に会って聞いたんだがね、確かに、君ンところのパパらしい人が、よく、〝デゼスポアール〟へくるんだとさ」

と、テーブルへ乗り出した。

「人ちがいだよ、それア……」

龍馬は、一笑に付した。

〝デゼスポアール〟というのは、銀座の最も高級なバーで、有名人が出入りすることと、中年のマダムの接客振りが、評判となっているが、名前だけ聞いていても、学生たちの寄りつく場所ではなかった。そんなバーは、次第に、戦前の築地のお茶屋のような地位を、形成しつつあるので、いよいよ、若い者と縁が遠くなるのである。だから、呉天童のような男には、適当な遊び場ともいえるのだが、龍馬から見ると、父は絶対に、バー遊びをする人間でなかった。

天童は食いしん坊だが、酒はブドー酒一パイという程度である。酒が飲めなくて、バーへ行く奴はない。それから、彼は人嫌いであって、是非出席しなければならぬパーティーでも、義理を欠くのが、常である。そんな男が、わざわざ身銭を切って、人混みへ出かけるわけがない。流行バーとなると、客は、犬屋の店の犬のように肩を連ね、首を列べているのである。

「だって、君ンとこのパパみたいな人相と、体格の人は、あんまりいないぜ」

近藤は、龍馬の父の性格を知ってるだけに、その噂が真実である方が、面白いらしかった。

「そうは限らねえよ。相撲の年寄りか何かにいるだろう、あんなのが……。第一、酒田の奴が、〝デゼスポアール〟なんかへいくわけねえじゃねえか」

「それがさ、あいつ、先輩のお供で、始めていって、高い家はちがうって、感心したとたんに、君ンとこのパパがいるんで、急に、酒がサメたっていうんだ」

「ハッハハ、すると、ほんとに、パパかなア。酒田は、アイサツでもしたのかい」

「それア、エチケットとして、できないよ。若い、キレイな子が、側についてて、一人ッきりで、来てるというんだから……」

「じゃア、やっぱり、人ちがいだ。うちのパパにできる芸当じゃねえよ……」

龍馬は、もとの表情にかえった。

――パパが、そんなことでもやってくれると、助かるんだけど……。自動車が嫌いで、都電が好きってようなところが、何にでも、つきまとうんだからな。

しかし、龍馬は、そういう父親に、必ずしも、反感を持ってるわけではなかった。

「どうする？　これから……」

近藤が、聞いた。

「おれ、今夜は、早く帰るよ。タマに早く帰るってことも、必要だからな」

龍馬は、立ち上った。


今度は、自分の車だから、近藤が運転して、龍馬を家に送ってくれたのは、九時を少し過ぎた頃だった。

「お帰んなさいまし」

玄関を開けてくれた女中は、居眠りでもしていたらしい声音だった。

「ママは？」

「まだ、お帰りになりません」

「どこへいったの」

「イギリスのバレーとか、おっしゃいました」

「じゃア、そうおそくもならないね。パパは、もう寝ちゃった？」

「いいえ、旦那さまも、お出かけで……」

母親は、外出好きだが、父親がこの時刻に家にいないのは、珍らしかった。腹一ぱいの食事をすると、すぐ眠気を催す人間なのである。

龍馬は、母親の帰るまで、起きてるつもりで、二階の自室へ上った。

八畳ほどはない洋室に、デスク、本箱、洋服戸棚、ベッドまで列んでる上に、ずいぶん取り散らしてるので、足の踏み場がなかった。壁には、黒帯でくくった空手ケイコ着がブラ下ってるし、自動車部員が北海道遠征をした時の写真が、額にも入れず、ピンでとめてあるし、分泌物の多い二十一歳の男子の体臭も、部屋へ浸み込んでいるので、風流気というものは、ミジンもなかった。

彼は、殊勝にも、デスクに向って、ノート調べに取りかかろうとした。しかし、気分の方は、一向に、同調してくれなかった。さきほど〝キキ〟で、近藤がサキ子の発表会について述べた言葉が、しきりと、頭へ浮かんできた。

近藤の性格として、あのように割り切ったことをいうのは、不思議でもないが、マネジャーを買って出て、一人でヤキモキしてる〝キキ〟のマスターだって、どれだけサキベーのことを考えてやってるか、知れたものではなかった。宍倉がスターを売り出そうとするのは、一つの病気みたいなもので、今までも、映画の方で、ニュー・フェイスを何人か手がけて、モノになったためしはなかった。彼は、まるで、粗悪な肥料のような男であって、彼が咲かせようとする花は、皆、ツボミのうちに、萎んでしまうのである。今度は、河岸を変えて、歌謡の世界へ進出しようというのだが、その腕試しに選ばれたサキベーこそ、いい災難ではないか。それに、彼の病気というのも、道楽は1/3以下で、後は、慾のカタマリなのだから、かりに、サキベーが成功したところで、よい目に会おうわけはないのだ。

――どいつも、こいつも、サキベーの味方じゃねえんだな。

彼らのグループのうちでも、面白半分のツキアイばかりで、恋人の志願者もなく、といって、女は親友には不向きだった。

しかし、龍馬は、彼女が好きだった。

ということは、何だか、彼女が可哀そうでならないのである。あの陽気で、負けずぎらいで、色っぽさを母親の腹へ忘れてきたような娘が、体を後向きにさせると、背一ぱいに、白雪姫的な哀愁をたたえている気がして、ならないのである。

そういう彼女に龍馬は、心を惹かれるのだが、それが恋愛――或いは、恋愛の十歩手前であるにしても、彼は許容できなかった。そんな意識を製造する自分の頭に対して、烈しい手刀の一発で、厳罰を加えたくなる。

――いけねえ、恋愛なんか、絶対、いけねえ！

なぜ、恋愛が悪いのか。いや、悪いなんて、思ってやしない。恋愛したい奴は、勝手にするのがいいのだ。ただ、自分はいやだ。恋愛すれば、身の破滅だ。映画を見たって、恋愛する男は、発狂と同様の状態になってるが、自分がやったら、あんな生優しいことでは、収まらないだろう。モーター全開の速力を出して、ハンドルを放してしまうだろう。恋愛に、近寄ってはならない。

それに、恋愛ってやつは、どうして、あんなに恥かしいのだろう。人の恋愛話だって、耳をふさぎたくなるが、自分が恋愛に落ちるなんて、考えただけでも、体に火をつけられた猫のように、どこかの涯に、逃走したくなるではないか。

人間であり、男である尊厳を保つには、恋愛をしてはならないのだ——

龍馬は、そんなことを考えてるのだが、親友にも、胸中を明かしたことはなかった。この恋愛自由時代に、彼の考えが、いかにもの笑いの種になるか、わかっているからだった。だから、彼も、平気を装って、ワイ談の座にも加わるし、女性のいる場所にも出入りするし、ガール・フレンドとも交際するのであるが、心が愉しむということはなかった。

ただ、島村サキ子だけは、別であった。彼女は、最初に会った時から、彼に少しの警戒心も、羞恥心も起させなかった。彼は、同性の友人とまるで変らぬ気持で、交際を続けていた。彼女は、龍馬たちのグループの完全な一員に、なりきっていた。そして、乱暴な口も、平気できき合うのだが、彼女も、龍馬と同じように、親友にも明かさぬ胸中の考えを、持ってるのかも知れなかった。彼女は、自分のセックスを忘れたように、男の子振ってるし、文学が好きなくせに、仲間の前では、オクビにも感傷的なところを出さないが、彼女は彼女で、何かを装ってるのかも知れなかった。少くとも、龍馬は、彼女が隠そうとする裏側のあることを、時々、気づくようになった。

それが、今夜は、いやに拡大されて、彼の眼に映るのである。

——あいつ、何だか、可哀そうだなア。発表会でもやりそくなったら、ひでえことになるぜ。

彼が思案に暮れてる時に、家の前で、車の止まる気配がした。タクシーで帰ってきたところを見ると、父親ではないにきまってる。

龍馬が、階下のシッティング・ルームへ降りていった時には、紀伊子は、もう、コートも脱ぎ、琉球ビンガタの和服の裾も、キチンと、イスにかけていた。

「面白かった?」

「とても、キレイ。やっぱり、古典的なバレーは、いいわね……」

と、彼女は、大型のプログラムをさし出したが、龍馬は手にとっただけだった。

「今夜は、ぼくが、一番早かったんだぜ」

「えらい、えらい。いつも、そうあって欲しいわね。その代り、今夜は、パパが夜遊びだわ」

「タマにア、いいだろう」

「でも、この頃は、一週一度ぐらいは、きっと、おそくなる日があるけど……」

「一週一度なら、カンベンしとくんだな」

「それア、お料理しないだけでもこっちは助かるわ。どうせ、食べ物屋歩きをしてるに、きまってるから……」

「ところで、パパの帰ってこないうちに、謀議にかかろうじゃないか」

龍馬は、母親の隣りへ、イスを引き寄せた。

「何よ？」

「車のことだよ。きまってるじゃないか。早くしないと、売れちまうんだ……」

「困ったわね。あたしも、この間から、ずいぶんごキゲンをとってるんだけどね、どうしても、ウンといわないのよ」

「だって、パパを、ムリに乗せようってんじゃねえんだぜ。自分が、自動車嫌いなら、自分だけ乗らなけアいいんだ」

「それア、わかってるわよ。その点は、充分に、いってあるのよ。でも、自分は、断じて乗らないが、愛する妻や子も、あんなものに乗せたくないって……」

「あんまり、愛されたくねえよ……。それに、ムジュンしてるじゃないの。ぼくが、自動車部へ入ってることも、ママが、やたらに、ハイヤーやタクシーを、乗り回してることも、よく知ってながら、家に車を置くことだけを、許さないなんて……」

「そうよ、ムジュンのカタマリよ。いま始まったことじゃないわ」

天童には、確かに、そういう天性があった。生ガキは、チフスになるからといって、怖気《おぞけ》を震うのに、広島と宮島の間の何とかという産地のカキだけは、カラつきのまま送らせて、レモンをかけて、三十ぐらい、一ペンに食べてしまう。

「ほんとに、あの癖だけは、あたしも苦労させられるわ。一度、思い込んだら、誰が何といったって、絶対に反省しないんだから……」

「あんまり自信の強いのは、精神病の疑いがあるっていうぜ」

「でも、案外、わかりのいい時もあるからね」

「持ってきよう一つじゃ、ねえのかな」

「それが、今度は……」

紀伊子は、良人の頑迷さに、サジを投げざるを得なかった経過を、コマゴマと、息子に語った。

「どうも、少し、エコジになってるところもあるの。あんたよりも、あたしが車を欲しがってると、思ってね……」

「きっと、ゼイタクだと思ってるんだぜ、パパは……。頭、古いからな」

「とにかく、今度はアキラめるのね。そして、時節を待つのよ」

「いやだよ、絶対に、アキラめないよ」

龍馬は、大きな眼玉を剝いた。

「だって、あんなに反対されたら、とても……」

「じゃア、パパに内証で、買っちゃおうじゃないか。車の置場なら、いくらもあるよ」

「お金は？」

「ママ、何とかしてくれよ。足りねえのは、二十万だけなんだ。指環かなんか売って、こしらえてくれよ」

「いやアよ、指環売るなんて……。それにね、あたし、どうせ車買うなら、コンソルの中型なんかより、もっとドッシリしたのがいいわ。おまけに、あんたの話のは、中古でしょう……」

「ママ、変節したね」

「そうじゃないわよ、望みが大きくなっただけよ……。今夜、日比谷の公会堂の前に、ズラリと列んでる車を見て、ツクヅクそう思ったわ。つまらない奥さんが、会社の車だか何だか知らないけど、すばらしい車へ、スーッと乗って……」

「いいよ、ママにア、もう頼まねえから……」

「まだ、パパにネだる気？」

「パパにも、頼まねえよ……。おれアね、車が欲しい一心で、やっとこさ、二十万溜めたんだぜ。ずいぶん欲しいものがあっても、一所懸命、我慢して、二十万にしたんだぜ。その二十万に、後二十万足してくれっていうのは、そうワガママじゃアねえと、思うんだ。それを……」

「何よ、涙なんか溜めて……。バカね」

龍馬は、昂奮すると、グリグリした眼が、一ぱいに、潤ってくる癖があった。

「いいよ、もう、頼まねえから……。おれア、独力で買うよ」

「だって、また二十万貯金するの、大変よ。何年も、かかるじゃないの。それより、パパの気の変るのを待った方が、早いと思うわ。何かのハズミで、ガラリと変る人なんだから……。そして、すばらしい車、買いましょうよ」

「いやだい。もう、この上、待てねえんだ」

思い立つと、矢もタテもたまらなくなってくるのは、龍馬の性分であるが、父の天童にも、その一面はあった。

玄関で、ベルの音がした。

「パパよ……」

紀伊子が、迎えに立ったが、その隙に、龍馬は、二階の自室へ、駆け上っていった。

部屋へ入ると、ヤケ半分の手荒い動作で、制服を脱ぎ、パジャマに着替えて、龍馬は、水に飛び込むように、ベッドに入った。

すぐ、スタンドの灯を消し、寝具を頭から被って、眠ろうとしたが、眼は一向に、いうことをきかなかった。階下から、父親の笑い声が響いてきた。今夜は、なかなか好機嫌らしい。

「勝手にしやがれ！」

それにしても、眠れないのには、困った。彼は、また、スタンドの灯をつけた。

――どうしても、二十万、欲しいな！

生まれてから、こんなに金が欲しくなったのは、始めてだった。一人息子の上に、金銭にはきびしくない家庭に育ったので、彼は、学校の仲間のうちでも、無慾の方だったが、今は、カラカラに渇いた喉が、水を欲するように、金が必要になった。尤も、彼が持ってる貯金でも、ボロ車が買えないことはないが、彼の欲しいのは、あのコンソルなのだ。それは、質素だが、愛くるしい、彼の魂をそそる小娘なのだ。

――でも、二十万はおろか、二万貸してくれる奴もねえや。

母親には、独力で金をつくると豪語したが、ほんとは、何の自信もないのである。

――畜生！　うちの金でも、盗んでやるか。

父親が大金の入った紙入れを、よく、上着のポケットへ入れ忘れたまま、服戸棚へ掛けて置くことを思い出した。また、母親が、宝石道楽で、キャッツ・アイズや、ヒスイや、ダイヤを入れた小函《こばこ》を、どこにしまってあるかも、知っていた。

だが、その決心もつきかねた。盗みを不正と考えるよりも、盗みをする想像が、ひどく、不愉快だった。彼は、屈辱を忍んだ経験が、一度もなかった。

ムシャクシャする心を、紛らせるために、彼は、雑誌を読み始めた。〝旗〟という雑誌で、大東亜戦争の勇ましい記事を、毎号、満載していた。平和論全盛の時代に、〝旗〟のような雑誌が売れるのは、不思議の一つだが、龍馬は、この二年来、月極めの愛読者だった。

彼が、近頃夢中になって読んでるのは〝南溟《なんめい》の不死鳥〟という連載で、ラバウルの海軍部隊にいたKという中尉の奇蹟的な戦歴録だった。孤立した基地で、彼は破壊された飛行機をやっと組み立て、それに乗って、敵と闘うのである。何度か、危険に遭遇し、負傷したこともあるが、不思議と、彼は死なず、油断した敵艦を、爆沈させたりする。命知らずの勇敢な行為を繰り返すが、死神が彼を敬遠して、いつも生き残るのである。そういう彼も、遂に敵地で撃墜されて、捕虜となりかけ、遂に自刃するが、以下次号とあるから、彼はまだ死なぬらしい――

いつもほど、熱中はしなかったが、龍馬は、最後まで読み続けた。そして、パタリと、雑誌を投げ出すと同時に、泣き眠りの子のような眠りが、彼を訪れてくれた。

バナナ師

メッキリと、春めいてきた日ざしが、横浜駅前の広場を、明るく染め出していた。港の方から、金属性の重い騒音が響き、その方角に、白い鳥の翼が、閃いたり、消えたりしたが、島村貞造の眼には、入らなかった。

彼は、広場の方に背を向けて、地下道から駅の出口へ上ってくる人々を、熱心に、眺めていた。今日は、革ジャンパーの代りに、レーン・コートを着て、普通のセビロに、ネクタイも結んだ姿が、開いた両前の間から、よく見えた。

――二時ごろって約束だから、もう、来なくちゃならねえが……。

彼は、龍馬のくるのを、待ってるのである。龍馬がきたら、青果市場の中を案内して、それから、南京町のシナ料理にでも招いて、ゆっくり話がしたいと、考えていた。

なぜ、彼が龍馬と、ゆっくり話がしたくなったかというと、いつか、彼の家を訪ねてきた龍馬のケンカに強そうなところが、気に入ったからというようなわけではない。事実、龍馬は、娘サキ子の男友人として、意外な好印象を与えられたが、それくらいのことで、商人である彼が、半日の時間と、招待の金とを費やす気持にはならないのである。無論、わが娘が龍馬と惚れ合って、夫婦になりたいと言い出す可能性は、考えないでもないが、かりに、そうなったところで、龍馬の利用価値が、減るわけのものではない。いわんや、今のところは、海のものとも、山のものとも、きまっていないのである。

彼は龍馬が神戸の隆新公司《ロンシンコンス》の社長の甥と知った時から、すでに、彼にワタリがつけたくなったのである。それは、隆新公司の手広い輸出入部門の中に、台湾バナナの輸入があることを、商売柄、よく知ってるからだった。

貞造は、青果仲買人として、バナナも扱っているが、その額は、知れたものだった。まず、年間二百カゴぐらいで、バナナ仲買人の間でも、ビリの方である。彼は、何とかして、もっと多量のバナナを、扱う身になりたかった。戦前は、横浜にも相当額のバナナが輸入され、彼も大きな商いをしたことが再々で、もう一度、あの当時の経験がしたかった。

それに、バナナ売買は、商いとして投機性の高いものである。もともと、腐れやすい品物であるから、運搬の途中の気候条件に影響され、台風にでも遭えば、ダイナシになって、相場が上る。反対に、入荷が多過ぎれば、一ペンに下る。他の果物に見られないボロ儲けができる代りに、時には、仕入れ値段を割っても、投売りしなければならない。

戦後は、統制のために、投機性が減ったといっても、なくなったわけではない。扱う量がふえれば、投機性も増してくるのである。貞造は、競輪が好きなくらいで、バナナ相場で勝負する味を、忘れかねていた。そして、自分の扱うバナナの量をふやすことに、心胆を砕いていた。

龍馬は、約束よりも、二十分ほどおくれて、姿を現わした。今日は、セビロを着て、帽子をかぶらず、チンピラ会社員のような風体なので、人ちがいがするほどだったが、独特の眉と眼玉のおかげで、貞造も、見誤りをしないで済んだ。

「これア、お忙がしいのに、よくきてくれましたね」

「あんまり、忙がしくないんです。今、休みですから……」

龍馬の答えは、相変らず、ブッキラボーだった。尤も、多少、機嫌を悪くしてるところが、ないでもなかった。横須賀線へ乗ってきたのだが、途中、国道を走る車を見ると、シャクにさわってならなかった。自分も、ハンドルが握りたかったし、そして、レールの上を走る車に乗ってることが、気に食わないのである。この点、父天童の考えと、まったく反対だった。

それから、横浜まで呼び出されたことも、面白くないのである。青果市場を見せるということだったが、いくら、彼が生野菜を好むにしても、そのマーケットまで、好きになる理由はない。それに、まだよく知らぬオトナと、半日を共にすることが、苦痛でならない。ほんとなら、こんな招きは、断るのだが、サキベーからあんなに頼まれては、どうにもならない。

「ねえ、リューチン、行ってやってよ。いま、ご機嫌とっとかないと、あたし困るんだから……」

彼女は彼女で、父からよほど懇請を受けたらしく、泣きたいような顔つきだった。

そこで、シブシブ出かけてきたのだから、態度に表われないでいないのである。貞造は、早くも、それを察して、

「どうです、コーヒーでも飲みますか、まだ、時間はタップリありますから……」

と、厚遇につとめた。

「いや、飲みたくないです」

「オナカは空きませんか、シューマイ・ハウスってのがありますぜ」

「いや、飯食って、すぐ出てきたんです」

「そうですか。尤も、東京とちがって、ロクな料理屋はありませんがね。まア、南京町の中華料理ぐらいのもんですよ。晩にア、一つ、ご案内さして下さい」

「いや、早く帰りたいですから……」

「まア、そうおっしゃらず……。横浜は、度々、お出でになりますか」

「いや、滅多にきません」

「でも、お父さんは、華僑総社の関係で、よくお出かけでしょう」

「父は不精ですから、どこへも行きません」

いつまでたっても、龍馬の返事は、素ッ気なかった。貞造も、話のツギホを失って、仕方なしに、タクシー駐車場へ足を運んだ。

「おい、山内町まで……」

車は、駅の左手へ出て、電車道伝いに、五分も走ったかと思うと、小さな公園のようなところを曲って、橋を渡った。急に、周囲の様子が変って、なまぐさい臭気が鼻をうち、鉄骨の柱と大きな屋根だけの建築が、右手に見えた。

「魚河岸なんですがね、午後は、静かなもんです」

貞造は、間もなく、車を止めさせた。そこに、また別な鉄骨と屋根だけの建物が、立っていた。ガランとしたコンクリートの床が、きれいに掃除されていたが、所々に、菜の屑が残ってるので、こっちの方が青果市場であることは、龍馬にも、じきにわかった。

「市の立つのは、朝の七時ですからね。毎日、サキ子がグーグー眠ってる時分に、あたしアここへくるんですよ。その代り、午後は勝手ができるから、つい、競輪に出かけたりしまさア」

貞造は、セリ場の隣りの近代的な新築が、荷受会社で、そこの果実部と取引きしてることや、向側の別棟の新築の中に、自分たち仲買人が三人で、共同の事務所を持っていることを、語った。

「店だけは、新しくて、立派になったけど、商いの方は、相変らずでね。あたしア、青果仲買人といっても、果物が主なんですが、ミカンやリンゴの儲けは、薄いんですよ。バナナ専門ってことにでもなれア、あたしもラクができるんですがね、ハッハハ」

　笑いに紛らせて、貞造は、そろそろ意中を明らかにしてきたが、龍馬には通じなかった。

「海の匂いがしますね」

　彼は、青果市場に何の興味も感じなかった代りに、水泳の好きな青年らしく、潮の香のただよいを、すぐ嗅ぎわけた。

「ええ、裏は、すぐ海なんですよ。行ってみますか」

　貞造としては、龍馬を連れて行きたい場所が、海ぎわにあるから、好都合だった。

「暫らく、海を見ないからな」

　龍馬の方が、先きに立って歩き出した。

　古びた倉庫の前が、岸壁風になっていて、青い波が、ヒタヒタ寄せていた。横浜の港内の展望が一目で、税関の塔やハトバの建物が、真正面に見えた。

「ここへも、汽船が着くんですね」

「ええ、いま着いてるのは、日本の船ですがね。台湾からバナナを積んでくる船も、この沖に着くんですよ。尤も、昔のように、沢山は入っちゃきません。とても、神戸のようには、いきませんや」

「どうして、神戸の方が……」

「それア、あんた、台湾が日本のものでなくなって、出荷主も日本人は一人もいないわけでさア。輸入だって、華僑の会社が、一番うまくやってるんですよ。そして、金のある華僑は、東京や横浜よりも、神戸に集まってるからですよ。あんたの叔父さんのやってる隆新公司なんか、台湾からの輸出と、日本への輸入と、両方やってるんだから、儲けは大きいですよ」

「へえ、叔父の会社で、バナナまでやってるとは、知らなかったな」

龍馬は、意外だった。神戸の会社へ遊びに行ったことは、度々あるが、食料品は一部で、それも、海産物や、落花生油だった。

「そういっちゃ何だが、お国の人は、抜目がありませんからね。儲かるもんなら何だって、捨てちゃ置きませんよ。おまけに、バナナなんか、品物を扱わなくても、輸入権利だけで、大儲けができるんですからな」

貞造は、いかにも羨ましそうだった。世が世なら、第三国人に甘い汁を吸われなくても、バナナは日本人の商品だったのである。台湾のバナナを優秀品に育て上げたのも、日本人の技師であり、日本人が内地へ運んで、日本人の荷受人や仲買人の手を経て、果物屋の店頭に列んだのである。バナナは市中にハンランして、夜店のタタキ売りにまで及んだ。しかし、貞造も、一概に、昔の夢ばかり追っていられないのである。バナナが輸入品となり、輸入統制や為替統制のために、割当て制となった今日の方が、業者の儲けはラクになったからである。昔は自由な商いであるから、損を蒙る時もあったが、今はライセンスさえあれば、絶対に儲かるのである。腕も、機略も、必要ではない。権利を持つか、持たないかの問題である。権利を多く持ってる業者には、今日の方が、どれだけよい世の中だか、知れない。

「ところで、坊ちゃん、バナナってものを、少し、勉強してみませんか」

貞造から、〝坊ちゃん〟といわれて、龍馬は、妙な顔をした。中学時代までは、家の女中が、彼をそう呼んだが――

「バナナを、勉強するんですか」

「なアに、あんたがたの学校のように、むつかしいことを教えようってんじゃありませんよ。あたしの持ってる室《むろ》が、この倉庫の中にあるんです。そいつを、これから、ご覧に入れたいんですがね」

「でも、ぼく、バナナは、それほど……」

「まア、横浜まできたんだから、そういわないで、見てって下さいよ。バナナって奴は、木で熟したのは、一向ウマくないんですよ。それに完熟バナナを、船へ積んだら、すぐ腐っちまいますよ。バナナは、日本へきてからウマくさせるんですがね、そいつが、あたしたちの仕事なんで……」

貞造の話によると、青果仲買人も、バナナを扱う時には、加工者として、特殊技能をふるうのだそうである。卸売り会社から買うにしても、自分の割当てバナナにしても、受取る時は、堅い青バナナであるから、それを、自分の室に入れて、適当な追熟を行い、美味と芳香を持つ黄色バナナにして、小売商へ渡すのだそうである。そこが、ただのブローカーと、少しワケがちがうところだと、彼は、自慢の種にした。

「手間はとらしませんから、ちょっと……」

貞造は、海の方に気をとられてる龍馬をうながして、倉庫の入口へ歩んだ。

薄暗い倉庫の中は、休演中の劇場のように、静かだったが、舞台と同じく、厚い板の切り穴をあけると、奈落の闇が沈んでいた。

「ご覧なさい、あれア、みんな、バナナですよ」

貞造にいわれて、龍馬が地下を覗き込むと、カイコ棚のようなものが組まれた中に、若葉色の大きな房が、重なり合ってるのが、かすかな光りに、映し出された。そして、最上部の場所に、キラキラ光ってるのは、氷塊らしかった。

「冷蔵庫なんですか」

龍馬がきいた。

「冷やしたり、温めたり――そこがコツなんですがね、まア、降りてみませんか」

貞造が、鉄バシゴを伝わって、下りていくので、龍馬も跡に続いたが、内部は、背の高い彼が立っても、頭がつかえなかった。狭い棚の間は、歩くのにも骨が折れたが、前後左右がバナナで取り囲まれ、イキ苦しいのは、地下室の空気のせいばかりではなかった。こんな多量のバナナを見たのは、龍馬も生まれて始めてで、父ほどにないにしろ、あまりバナナを好まない彼は、圧迫感に苦しめられた。

――うちのママだの、サキベーだの、バナナの好きな連中に、一度、見せてやりたいな。

紀伊子は、良人の趣味と反対で、バナナを食卓に欠かさないが、サキ子の方は、食べることもよく食べるけれど、バナナの色や形や、そして、熱帯の愛嬌者といった点が、彼女の詩心をそそるのだと、自らいっていた。

「ほら、あすこに、蛍火みたいなものが、見えるでしょう。あれだけの熱で、バナナを化熟させるんですよ、熱と、それから、タンサン・ガスで……」

貞造が、指さした方角の土間に、青い光りの輪があった。近寄ってみると、最小型のガス・コンロの火を細くしたもので、洩れるガスの臭いが、鼻を打った。

「これっぽっちの熱で、いいんですか」

「これでも、熟し過ぎる心配があるんで、氷で加減するんですよ。バナナって奴は、この頃のガキみてえに、すぐ、色気づきアがるんでね」

貞造が、大声で笑った。

「この室加工のことを、色づけともいいますがね。ここで、色気づいたのなら、威張って、世間へ出せるんでさア。ところが、籠熟《かごう》れといってね。台湾を出る時に、熟れが進んでるのや、船の中で、通風が悪くて、黄色くなりかけたのが、あるんですよ。こいつが、ちょいと見ると、加工した正品みたいなんです。正品てえのは、イタミやクサレが、まるでねえ青バナナのことですがね。だが、籠熟れとなると、半値だね。だって、坊ちゃん、味がまるでちがうんだ。食えたもんじゃありませんよ。だから、バナナってやつは、どうしても、あたしたちの手にかからなければ、モノにならねえんだ……」

室から上っても、貞造の講義は、まだ続いた。

「そいでも、籠熟れは、半値になったって、売れるから、まだいいが、青ブクときた日にア、捨てるよりしかたがないね。ほら、いくらも、転がってるでしょう……」

　彼は、床の片隅に掃き寄せられたバナナ屑の中から、一本をつまみ上げた。それは、形も完全で、イタミも見えない、青バナナだった。

「ね、ご覧なさい、見たところ、立派な正品だアね。まるで、いい家のお嬢さんみてえに、ツンとすまして、いやらしいことなんか、一つも知らねえような面つきをしてるけどさ、一皮剝いたら、どうだってえと……」

　彼は、青バナナの皮を、慣れた手つきで、グイと引き裂くと、茶色に近くなった中身が、溶けたように、ベタベタと崩れた。

「船ン中で、汽罐室に近いハッチに入れられたりすると、こうなるんですよ。つまり、あんまり熱度が強過ぎて、ヘンに熟れちゃったってわけだね。籠熟れの方は、皮が黄色くなって、中身が追っつかねえんだが、青ブクとくると、皮は青いくせに、身が熟し過ぎて、ブクブク腐ってるってわけでさア。こんなもの、一文にもならねえよ」

　貞造は、それを、床へ投げ捨てた。龍馬も、青ブク的な友人がいないことはないと考えた。

「外にも、ローズものが、いろいろありましてね。これなんか、風ヒキだ。青ブクと反対に、冷たい風にあたり過ぎて、身がカスカスになってるやつですよ。あたしたちが加工したって、灰色にしかなりません。尤も、風ヒキが軽けれア、何とかゴマかして、売っちまうけどね……」

彼は、また、バナナ屑の中から、一本を拾いあげた。

「こういうのは、ジクっていいますよ。こいつア油断がならねえんです。茎《じく》のところが、腐ってるやつでね。知らねえで室に入れると、一本々々、バラバラになっちまうんですよ。食って、味が悪いというもんじゃないが、もう、ハンパ物です。よく、果物屋さんで、一山いくらの皿盛りにしてるのが、これなんですよ……」

それから、〝潮ヌレ〟は航海中に海水をかぶったもので、〝風ヒキ〟同様の品質低下を起したものであり、〝折れ〟は荷扱いを乱暴にされて、〝ジク〟のようになったものであることや、〝クサレ〟は病菌のために、まっ黒に腐敗したもので、焼却処分せねばならぬとか、貞造の話は、まだ続いたが、最後に、彼は龍馬の顔を覗きこむようにして、突飛な質問を発した。

「ところで、坊ちゃん、うちのサキ子をバナナにたとえると、どんなところでしょうね。まア、正品でねえことは、確かだが……」

「さア……」

龍馬は、返事に窮した。べつに、お世辞をいう気はないが、悪口の必要もなかった。

「青ブクやクサレでないことは、断言できます」

倉庫を出て、事務所で一休みしてる間にも、龍馬は、なぜサキ子の父が、自分にバナナの知識を授けようとするのか、理解に苦しんだ。

——まさか、バナナを人間にたとえて、おれに人生教育をする気でもないだろう。

　貞造は、サキ子をローズものバナナに比したが、あれは、親の謙遜なのか、それとも、あんなことをいって、龍馬の気をひいてみたのか。

　どっちにしても、龍馬は、よくも知らぬ大人とつき合ってるのは、退屈と窮屈を感じるので、早く別れて、渋谷の〝キキ〟へでも、出かけたくなった。

「いろいろ案内して頂いて、ありがとうございました。ぼく、そろそろ……」

と、腰をあげると、貞造があわてて止めた。

「まア、いいじゃありませんか。そんなにお急ぎなら、まだ、日は高いけど、すぐ南京町へ出かけましょう」

と、事務所の電話で、タクシーを呼んでしまったので、龍馬も、逃げ出す隙を失った。

　車の中で、貞造は、身の上話を始めた。

「坊ちゃん、あたしも、こう見えて、戦争前にア面白く世の中を送った人間なんですよ。その時分は、サキの母親も生きていたし、家だって、今のようなちっぽけな借家に入っていたわけじゃありません。そして明けても暮れても、バナナ、バナナでね……」

「あなたは、そんなに、バナナが好きだったんですか」

　こんな、いい年をしたオッサンが――と、龍馬は驚いた。

「いや、食う方じゃありませんよ。味の鑑定で、毎日、口には入れても、好きの嫌いのというわけじゃありません。あたしア、バナナで勝負をしていたんですよ……。わかりませんか」

「わかりません」

「戦前は、あたしも、ちっとは名の売れた、バナナ師だったんです――つまり、バナナの思惑をやって、儲けたり、損したりして、暮してきた人間なんです。尤も、米や株とちがって、大きな相場は張れないけど、やっぱり、買占めもやれれば、投売りもできたし――何しろ、統制のない世の中だったからね。バナナなんて、欲しけれアいくらだって、手に入ったもんですよ。……それに、バナナってやつは、季節がない。年柄年中、台湾から入ってくるんだから、バナナ師も、毎日、勝負ができるわけでさア……。坊ちゃんなんか、学生だから、地道なことしかご存じねえだろうけれど、あたしア一体に、賭けの好きな人間でね。あの時分は、無論、金の入るのが嬉しかったけれど、それより、勝負に勝つということが、何よりの愉みでしたね。ほんとは、バクチ打ちになった方が、よかったんだが、それだけの度胸もねえし、米や株の相場師になるほど、金はねえし、まア、バナナ師が、身分相当というわけで……」

　そのうちに、タクシーは横浜公園の脇を抜けて、山下町の中華街へ入った。

「ええと、その角でいいや……」

　貞造は、車を降りると、狭い横丁へ曲った。そこに、東京の場末にも見られないような、小さくて汚い、シナ料理店があった。

「家はこんなでも、コックのいいのがいるんでさア……」

　貞造は、横浜通らしいことをいって、ズンズン二階へ上った。そこの部屋も、表構えに負けずに、汚かった。

「坊ちゃんは、中華料理とくると、お詳しいでしょう」

と、いわれても、龍馬は、自分の血の半分を分けてくれた国の料理に、何の興味もなかった。まだ、洋食の方が、好きなのである。一番好きなのは、生野菜で、冷たいご飯をくうことだが、それをいうわけにもいかなかった。

「ちっとも、あがりませんね。遠慮なさらずに、どうぞ……。さて、また、バナナの話をするようだが、ほかに芸のねえ奴なんだから、カンベンして下さいよ……。ところで、戦後のバナナなんだが、さっきもお話ししたとおり、外貨割当てとか、数量制限なんて、窮屈なものができやがって、好き勝手に買った、仕入れたというわけにはいきません。あたしたちバナナ仲買人も、バナナ連合会ってのに入って、やっと、割当てを貰う始末なんです。それが、何と、一年に二百五十カゴという、しみったれた額なんで……。尤も、戦前は、三百十二万カゴも入ったバナナが、つい、この間までは、六十万カゴしか入らないんだから、全体の量が少いんですが、それにしても、二百五十カゴじゃ、雀の涙で、どうにもなりアしません……」

「カゴって、何ですか」

「驚いたね、何も知らねえんですな……。台湾からバナナを送ってくる入れ物のことですよ。行水タライぐらいの大きさでね、それに、青バナナが一ぱい詰ってるわけでさア。値段は、神戸の浜相場で、一カゴ六千円ぐらいしますがね。カゴというのは、いわば、バナナ取引きの単位なんで……」

「六千円の二百五十倍なら、儲かるじゃありませんか」

「冗談いっちゃいけない。あたしたちは、一カゴのうち、僅かな加工料と、チョンビリ転売の利益があるだけなんですよ。六千円マルマル儲かるなら、文句はありませんがね……。それに、二百五十カゴってのは、一年間の割当てですぜ。同情して下さいよ、坊ちゃん。そこで、折入って、お願いがあるんですが……」

「何ですか、お願いって？」

龍馬は、オトナから、こんな頭の下げ方をされた経験がなかった。

「あたしを、男にして下さい」

「うえッ？」

龍馬は、笑い出した。

「笑いごとじゃありませんよ。坊ちゃんを見込んで、お願いしてるんです」

貞造は、眼を据えていた。

「だって、ぼくがオジさんを、男にするなんて……」

どう考えても、それは、滑稽だった。

「できるんです。坊ちゃんの口添え一つで、あたしア人中へ立てるんです」

「オジさん、議員の立候補でもするんですか」

「冗談でしょう。仲買組合の役員だって、あたしア、ゴメンですよ。あたしアどこまでも、バナナ師として、一本立ちでいきたいんです」

「それアわかりますが、ぼくはまだ学生で、なんにも能力はありません。それに、バナナは、あんまり好きじゃないし……」

「あんたはバナナが嫌いでも、あんたの叔父さんの呉天源さんは、よほどバナナ好きにちがいありませんよ。何しろ、年額、四千カゴも輸入してるんですからね。他に、あんなに手広く商売してらっしゃるんだから、バナナなんかに、眼をくれなくてもよさそうなもんだが、今だに、おやめにならないところを見ると、バナナの味がお忘れになれねえんでしょうよ、ハッハハ」

　貞造は、いささか怒りの色も混えて、笑ってみせた。

　台湾が日本の領土であった頃に活躍していた彼は、バナナは自分たちの物と、とかく思いがちなので、戦後、台湾出身者である新華僑に、すっかり輸入の実権を握られて、大きな中間搾取を蒙ってることが、何といっても、腹立たしいのである。勿論、日本人の輸入業者もいるのだが、年間の輸入割当てが、戦前の五分の一しかないのだから、絶対量が不足して、それによって衣食してる連中の奪い合いとなる。現に、貞造の参加しているバナナ仲買加工業者の組合員は、全国で二百数十人いるが、割当ての六万六千カゴを、一人当りにすると、三百カゴに足りない。これでは、甘い汁が吸える道理がない。

　そこで、目につけたくなるのが、新華僑の輸入するバナナである。彼等だって、無制限に輸入はできないが、戦争直後の実績によって、多額のライセンスを持っているので、その輪入と販売を代行さして貰えば、実に助かるのである。また、それ以外に、仲買人が商いをふやす道はないのである。

貞造も、新華僑の面憎《つらにく》さは、人一倍、感じてはいるものの、彼等に頭を下げなければ、バナナ師らしい仕事もできないことを、知っていた。そして、龍馬が有名な神戸のバナナ輸入元の甥と、聞いた途端に、野心を抱いたのである。

「だから、何とか、坊ちゃんの尽力で、叔父さんから、バナナを分けて頂きたいんです。勿論、あたしが神戸へ出かけて、呉天源さんに、ジカに、お願いをしてみますが、坊ちゃんの口添えがあるのと、ないのとじゃ、大変なちがいです。どうか、あたしを助けると思って……」

貞造は、料理の列んだ卓の上に、ペコリと、頭を下げた。

龍馬は、何とも答えなかった。個人的には、彼を可愛がってくれる叔父だが、商売のことに口出しをして、聞き入れさせる自信はなかった。

「正直いって、あたしア金を儲けたい。でも、そればかりじゃアないんです。あたしア、もう一度、バナナ師として、顔を売りたいんです。年に二百五十カゴやそこらの割当てで、バナナ師なんていえた義理じゃありませんよ。バナナだけじゃ食えねえから、ミカンやリンゴや、時にア、ナッパや大根にまで、手を出すんでさア。情けなくって、涙がこぼれますよ。どうか、あたしを昔のように、バナナだけ扱って、世渡りのできる人間にして下さい。ナッパや大根には、眼もくれねえような男に、さして下さい。何も、バナナ天皇にならなくてもいいから……」

「バナナ天皇？」

「ええ、そういうアダナの人だって、いるんです。思うように、バナナが動かせるからですよ。あたしア天皇になる気はねえけど、せめて、バナナ師といわれるだけの仕事は、やらして貰いてえんでさア。卸会社にも、小売屋さんにも、ちっとは顔のきくバナナ師になりてえんですよ……」

　貞造の言葉は、クドイだけに、真実があった。少しばかりの芝居っ気が、混っていたとしても、龍馬を動かすのに、差支えはなかった。彼は、島村サキ子の頼みを、抗しきれない男だが、貞造が彼女の父親であることを別にして、何か、耳を傾けさせるものを、持っていた。

といって、叔父の天源のことを考えると、ウカツに、貞造の頼みを、引き受ける気にはならないのである。天成の商人である叔父は、天童父子に対してこそ、人一倍の人情家だが、アカの他人の利益になるようなことは、チリ一本も捨てる男ではないのである。まして、バナナの輸入権利のような儲かることを、甥の口添えぐらいで、手放すわけがないのである。

「困ったなア。ぼくには、とても……」

「そこを、何とか、坊ちゃんのお力で……」

「ぼくにできさえすれば、無論……」

と、龍馬が、ほんとに困った顔つきで、頭をかかえるのを見て、貞造は商人として、最後の手を出した。

「ムリを承知で、お願いするんですから、もし、この話がまとまったら、あたしだって、黙っちゃいませんよ。お金に不自由はなさらないだろうが、坊ちゃんにリベートを出しますよ。十五万や二十万ぐらいは、きっとさしあげますぜ」

それを聞いて、龍馬の眼色が、急に真剣になってきた。

食《シ》補《ブー》

貞造と龍馬が、横浜の中華料理で、何を食ったかというと、いわゆるカニタマとか、スブタとか、青豆エビとかいう類で、日本人のお定まりの註文であった。少し変ったものといえば、龍馬が肉食嫌いと聞いて、給仕人が野菜のソバを選んでくれたが、これは、季節のタケノコだの、シイタケだの、キクラゲだの、その上に、生のナッパの切ったのが、青々と敷いてあって、龍馬の食慾を、満足させてくれた。

その店は、小さくて、汚いが、横浜のことに詳しい貞造が、ヒイキにするだけあって、広東料理店としては、ウマい方である。尤も、横浜の中華料理は、昔から広東風ばかりで、北京料理は絶無といってよかった。横浜の華僑に華南人が多かったことと、広東料理の特色が、日本人に味わい易く、その支持を獲《え》たからであろう。今から三十年前には、東京に優れた中華料理店が少なかったので、横浜遠征は、食通東京人の愉しみの一つとなっていた。料理も、確かに、その頃の方がウマかった。現在は、広東料理すらも、東京に及ばなくなった。貞造がヒイキする店なぞも、いわば縄ノレンであって、随時小酌の即席料理屋として、特色を保つに過ぎないのである。

だが、東京の第一流中華料理店へ行って、はたして、ウマい料理にありつけるかどうか。いや、東京は外国であるから、問題外として、北京へ行き、広州へ行き、本場の名割烹《かっぽう》へ赴けば、必ず、美味求真の目的を遂げるか、どうか。

少くとも、呉天童は、これに対して、否という考えを持っている。

「よい料理店の料理は、ウマい。しかし、真にウマいものではない」

あまり、人に語らないが、それは、彼の持論なのである。中華料理とは、元来、そうしたものだと、彼は信じてる。中華料理は、貴族の料理であって、商利を旨とする料理店で、その真髄が味わえるわけがないというのである。多数を対手とする料理店では、手間と時間を惜しむから、烤《カオ》だとか、燜《メン》だとか、ゆっくり弱火《とろび》にかける料理法を、喜ばない。ところが、この種のものに、中華料理の真味があると、彼は考えてる。また、料理人がほんとに心血を注ぐものも、飯菜《はんさい》にあると、考えている。

飯菜は家庭料理であるが、その辺の奥さんの手料理とちがって、安上り料理の別名と限らない。ゼイタクにすれば、キリのない料理である。革命前の中国では、名料理人は、料理店よりも、富家顕官の台所にいた。日本でも、昔、大倉喜八郎などという人は、よいコックを中国から招いて、市中のものは食えねえと、威張っていた。つまり、腕のある料理人が、材料と手間と時間の制約なしに、腕をふるうのだから、すばらしい料理ができるわけである。

呉天童は、時々、ウマい飯菜が食べたくて堪らないことがある。といって、名料理人を抱えるほど、大財産家でもない。仕方がないから、自分自身で台所へ立つのである。

旦那さま用のカッポー着というのがあって、女中さんが二人入るほど大きいが、それを、腕まくりしたワイシャツの上に着込んだ時ほど、呉天童が幸福そうに見えることはなかった。

「あア、もう、よろしい。呼んだ時にきて下さい」

ボールや皿や、いろいろの材料を列べた女中さんに、彼はそういった。紀伊子も、龍馬も不在で、自分でこしらえた料理を、一人で食うわけだが、彼は台所の一隅へ、小さな卓を設けさせた。今日の料理には、熱いうちに食わねばならぬものがあるが、食堂まで運ぶと冷める心配があるし、自分も料理した後の手を洗わねばならぬし、時間を縮めるために、そんな計を考えついた。

紀伊子の好みで、純洋風の清潔な調理室だから、ステンレスやタイルが輝いているが、天童の試みる料理は、古風な蜜煎火腿《メイチイホウタイ》と、鳳丹《ファンタン》の炒めものである。火腿はハムであり、雲南産を最佳とするが、日中関係が今日のようでは、入手が困難である。天童も、それが食いたいばかりに、中共系の人物と交際してるが、年に一度も、望みを叶えたことはない。今日のハムは金華産であるが、これも、右の人物から分けて貰ったのを幸い、今日の料理を思いついたのである。どうも、日本人は中国ハムの美味を知らぬようで、味と香りは、洋ハムの比ではない。値段も、洋ハムの五、六倍する。上海あたりの西洋人は、サンドウィッチ用に用いるが、やはり、冬瓜《とうがん》や白菜と共に煮る方が、真味を獲る。

天童の今日の料理は、二斤ほどのハムだけを、野菜は何も入れずに、氷砂糖で煮込むものだが、それはすでに、ガス・レンジの土鍋の中で、二時間も前から弱火にかけられている。彼は、時々、鍋の蓋をとって覗き込むが、深紅色の肉塊と、真珠のようなアブラミから、何ともいえない芳香が、湧き上っているので、ウットリと、鼻をうごめかせる。実際をいうと、それで食べたのも、同然なのである。香《シャン》こそ、中華料理の真髄であると、彼は思ってるが、ことに、この料理は、香を食うようなものである。

火腿の方は、もうでき上ったので、鳳丹料理にとりかかることにしたが、皿の上に、乳白色のカプセル状のものが、二十個ほど列んでいる。彼は、それにカタクリ粉を振りかけた。まるで宝石でも扱うように、大切そうに、白い粒をとりあげて、まんべんなくマブしているが、正体をいうと、鶏のキンタマに過ぎない。それを鳳丹なぞと名づけるのは、中国流であるが、とにかく、これは食補《シブー》にかなっている。中国人は美味と共に補養補精の力なきものを、佳肴と考えない。そこが、日本人と大変ちがう。そして、美味と食補を両立させる研究が、中華料理ともいえるのだが、呉天童も、吉原茶漬の味を解するくせに、血は争われぬものがあって、食補百パーセントのこの料理が、大好物だった。

さて、シナ鍋の油も、しずかに湧いてきた。

時分はよしと、彼は丸い手首を器用に動かして、重いタマシャクシを握った。

やがて、黄金色に揚ってきたトリ・キンを、あまり火をとおすと、風味を損じるから、両手で鍋を持って、油漉《こ》しの上へ、ジャーッと開けてしまう。油は油ツボへ、揚げ物は金網の上へ残る。いかにも乱暴のようだが、これは呉天童の不精ではなくて、中国風の揚げものの通例であった。ただ、彼がやると、油をハネ飛ばして、そこらを汚し、後始末が大変だと、紀伊子に叱言を食うのも、また通例だった。

でき上った炒鳳丹《ツァファンタン》を、錫《すず》の器に入れて、テーブルへ運ぶと、手を洗うヒマも惜しくなり、カッポー着に掌をこすりつけて間に合わせ、ナプキンを子供のように、首ッ玉へ結んで、イスに坐った。

「ウマい！」

長い象牙の箸を、何度も口に運んでから、誰もいない部屋で、嘆声を洩らした。トリ・キンは、動物性の豆腐のような味であり、濃厚と淡泊を兼ね備えて、口中に融けていく。こんなウマいものを食うことは、紀伊子も、龍馬も、見向きもしないのは、どういう量見であろうか。ウマいものを、人生無上の愉しみであるのに、若さと健康の源まで頂戴できるとは、何と感謝すべきであるか。

彼は、錫の瓶子《へいし》から、紹興酒を盃に注ぎ、しずかに口にふくんだ。酒量は乏しくても、酒がなくては、料理の味が生きない。それに近頃、少しは酒の手も上った気味がある。一週一度、銀座のデゼスポアールに通って、一パイだけジン・フィーズを飲む癖がついたからであろう。尤も、酒を飲むために、バーへ行くのでないことは、彼も、世人と同様である。テルミという女が、そこにいるからである。といって、彼はテルミに惚れてるとか、モノにしようとかいう気は、まるでない。大勢いる女のうちで、彼女が彼の番に当る偶然が重なり、ナジミを生じたに過ぎない。しかし、年は知らぬが、彼女に少女的な特色がないことはなく、彼の気分を若やがせることは、確かである。彼も、立派な体格をもちながら、雄としての力は、案外弱く、人にはいえない悲しみも、時には味わってるので、何かに縋りつきたい気持がないでもない。中年以後の男性に訴える売薬の広告は、残らず、眼を通している。だが、テルミのような女と冗談をいってると、有効な錠剤を二つ三つ服用したような気分が、湧かないこともない。つまり、食補の用をなすのである。ただ、バー通いのことを、紀伊子には、一切感づかれぬようにしているのは、彼女の誤解も恐ろしいからだが、公然と行えば、心理的な食補の効果を、減殺する憂いがあるからに過ぎない。彼は妻を愛してる点で、昔も今も変りはないが、夫婦がささやかな秘密を持ち合うことは、むしろ、愛情を深くすると考えているので、一向に、良心のトガメを感じないのである。

次ぎの蜜煎火腿《メイチイホウタイ》が、今夜のお職であるだけに、天童を喜ばすこと一通りでなかったが、彼も美味をウノミにする愚は知っているから、食べては休み、休んでは食べ、最後に、女中を呼んで、一椀の飯を喫するまで、たっぷり一時間はかかった。ほんとは、もっと飯が食べたいのであるが、血圧が高いので、白米食を制限されてるのである。朝は飯でなく、カユであるからと、勝手に理窟をつけて、何杯も、お代りをするが——

彼は、調理室を出て、居間へきた。ウマいものを、ゆっくり味わった後の満足は、何ともいえない気持であって、それを更に延長するためには、一本のシガーが必要であった。ラデンの輝く棚からハバナの函をとり出すと、彼は、大きな肘かけイスに、悠々と、体を伸ばした。

——こういうことさえ許されるなら、わたしだって、北京政府の治下に生活しても、いいのだが……。

食を愉しみ、人生を愉しむことは、どう考えても、悪事とは思われないのに、毛沢東は質素な生活をして、国民に範を垂れるから、困ったものだ。蔣介石だって、冷水で顔を洗い、冷飯を食べる新生活運動を、奨励したことがあるから、似た者である。指導者とは、人に苦しみを強いるものであり、政治とは、人から愉しみを取り上げる計りごとである。その点、指導者の影もなく、政治は無力な日本ほど、天童にとって、住みよい国はない。彼ばかりでなく、在留の華僑は、戦後の日本を、地上の楽園と心得ている。

「こんないい国はない。よき哉、日本《メ・ユウ・チエ・ヤン・ハウ・テ・コウチャ・チン・ハウ・ア・リパン》！」

だから、天童も、当分、日本を離れる気持はなく、日本が怪しくなれば、アメリカへ逃げる量見だから、こんな幸福な男もない。

しかし、彼も、シガーを半分喫《す》ってしまうと、灰皿に捨てて、

——龍馬は、なぜ、急に、神戸へ行ってしまったのだろう。

と、懸念が起きてきた。

学校は休暇中であり、神戸には、龍馬をわが子のように可愛がる天源がいるのだから、遊びの旅行を企てるのも、不思議はないわけであるが、出発の時の顔つきが、何かフに落ちなかった。何か秘密を懐《いだ》いてる表情を、感じ取った。

夫婦の間に、ささやかな秘密の効用があるとすれば、親子にとっても、同じことがいえるかも知れない。大体、天童は、わが子に対して、不干渉方針であるから、龍馬が何か企んでるとしても、べつに心配はしないが、

――それを覚えておく必要はある。

と、心にうなずいた。

紀伊子の方は、四ツ谷の女学校のクラス会へ出かけたので、銀座の懐石料理へ女ばかり集まるのだから、ほんのささやかにしても、秘密に関係はない。しかし、妻の不在に、疑念も起きないことは、退屈を誘うのであるか、天童は、自分も外出をしたくなった。時間は、まだ早い。

――食後の食補を、試みに行くか。

その時刻に、紀伊子は、銀座裏の茶懐石の〝宇治亀〟で、食事を終ったところだった。懐石料理屋といっても、ビルの中の三階で、エレベーターで昇降するのだから、風流ともいえないが、会員組織で、オツなものを食わせる仕組みで、人に知られていた。紀伊子も、高い

入会金を払って、会員になっていたので、今夜のクラス会も、当番幹事の彼女の計らいで、ここときめたのだった。そして、会費を安くしたので、超過分は彼女が自腹を切るハメとなったが、それだけ同級生に見栄が張れるから、べつに損ともいえなかった。

今夜の献立は、

向　明石鯛　青のり　菜の花　わさび
汁　合味噌　結びよもぎ麩　からし　小豆
椀盛　海老すくい　岩茸つるな　木の芽
焼物　川ます塩焼　木の芽酢
煮合　筍わかめ和煮
八寸　このこ火取　百合根　あまご素揚
田楽　とうふ　木の芽みそ
浸し　ぜんまい　板わらび　からしごま

といったところで、懐石料理は全部を食べ尽すのが、行儀だといっても、紀伊子を除けて、五人の女たちは、ツクリミのツマまで残さない健啖振りで、四十の坂にかかった女ばかりが寄り合えば、食うという慾望を恥じる必要はなかった。最初はクラス会らしく、昔の級友や教師の噂が一しきり、やがて、亭主のノロケや悪口が出て、最後には、食い気の話が栄えた。

「それア、何といっても、お懐石が一番よ。さっきのお椀、堪らないほど、結構だったわ」

「あたしは、木の芽田楽……」

「でも、お懐石のお吸物って、おダシとるだけでも大変なんでしょう。五客で、カツブシ一本じゃ、足りないんじゃない？　削るだけでも、大仕事よ。それより、あたしは、手のかからないものがいいな――おでんみたいな……」

「あら、おでんじゃ、お客さまに出せないわよ。手のかからないフランス料理で、ポ・トオ・フウってのがあるの。あたし、フランス人の奥さんに教わって、よくやるわ」

「どうするの、教えてよ」

「何でもないのよ、バラ肉かスネ肉を、五人として二百匁、それと、お人参、ジャガ芋、キャベツ……」

中には、手帳を出して、書き取る者もあった。

「紀伊子さんのお宅は、ご主人が食通でいらっしゃるから、お台所が大変だわね」

「でも、あたし、なるべく、お料理しないことにしてるの。だって、呉の好きなものときたら、グロなものばかり――それに、体に力のつくような、コッテリした味が好きでしょう。あたしは、今日のお料理のような……」

紀伊子も、美食家の一人にはちがいないが、食いしん坊とはいえなかった。第一、彼女は良人の天童のように、じきに腹の空く性分ではなく、食物の量も少い。そして、品のいい味、眼に美しい食物、食器と盛り方を尊重する方で、この傾向は、お茶を習ってから、一層助長した。

中国人の妻というヒケメが、茶事なぞたしなませたのかも知れないが、一つには、良人の食慾に対する反感も手伝っていて、ことに、例の食補主義には、軽蔑をさえ感じた。栄養が欲しければ、薬をのめばいいではないか。料理は芸術であり、ウマいということは舌の問題ではなく、美や精神の問題である。そして、懐石の真髄が簡素にあって、ゼイタクになく、野菜の切れ端もムダにせず、一尾の鯛も、皮から肝まで、その所を得させるというようなことを、宗匠から教わってからは、道徳的自信のようなものまで、身につけてしまったようである。

尤も、彼女はフランス料理やイタリー料理は、好物であり、自宅の台所の設計も、洋風に従っているが、中華料理となると、わざと、顔をしかめる。フランス料理と中華料理は、類似点もあり、懐石料理だって、中国風の痕跡が窺えるのだが、彼女は、ガンとして、区別を立てる。

「風情ってものが、まるでないんだから……」

それが、中華料理に対する彼女の不満であるが、同時に、良人を指さす難点でもあった。天童という男は、他に文句はないのだが、風情だの、風流だのということに関しては、およそ縁が遠かった。彼が小説や演劇に興味のないのは仕方がないとして、せめて、日常生活にもう少し美や感傷について、理解が持てぬものか――

「豚の胃袋とか、アヒルの脳味噌とか、そんなものばかり、好きなんだから、いやになっちゃうわ。今日は、一人でお留守番してるから、きっとまた、そんなお料理こしらえて、喜んでるわよ」

紀伊子は、友人の前で、苦笑した。

「あら、いいわね。ご自分で、お料理なさるの」

「そんな、不潔なものを食べる時だけはね」

「だけど、そういう臓物みたいなもの、ホルモンがあるんでしょう」

「紀伊子さん、ちょいと、大丈夫?」

「何がよ」

「お宅の旦那さま、あのお体格で、そんなものばかり召上って?」

「ところが、その方は、至って……。ウドの大木って、ほんとにあるものなのよ」

「それは、どうだか……」

「至って、どっちの方?……ホッホホ」

五人の女たちは、口々に、紀伊子をヒヤかしたが、彼女は、面白くもなさそうに、女中を呼んで、会計を命じた。

話がそこまでくれば、散会の汐時であろう。

〝宇治亀〟の下で、

「ごきげんよう。では、次ぎの会に……」

クラス会の連中は、紀伊子に別れを告げた。しかし、その一人の鈴木タミ子だけは、帰る方角が一緒なので、紀伊子と肩を列べて、歩き出した。

「まア、ずいぶん、人が歩いてるのね。田舎なら、お祭りの晩よ」

バーや料理店が、軒並みにネオンを輝かしてる横通りを、黒い影法師の男姿が、ゾロゾロ行き交っていた。青年たちばかりでなく、彼女たちの良人と同年輩の男も、多かった。

「男って、みんな、こんなところへきて、お金を使うのね。そんなに、面白いことがあるのか知ら」

紀伊子も、昼の銀座なら、詳しいようだが、世界が一変して、まったく男の領分となっているのに、驚きを感じた。

「お酒と女の魅力よ。あたしたちにだって、夜の遊び場があってもいいわけね。遊び方は、沢山知ってるわよ」

「そうよ。女ばかり行くバーだって、あっていいわ。そして、東銀座は女の世界、西銀座は男の領分って風に、分ければいいのに……」

二人とも、食事の時のいささかの日本酒が、腹へ入っていた。

「お宅のご主人、バー遊びなさる？」

鈴木タミ子が、きいた。

「さア、たまに人に連れていかれるぐらいじゃないか知ら。どうせ、行ったって、モテるような人じゃないんですもの」

「そうとも限らないわよ。お金持ってる人が、一番モテるらしいから、油断なさっちゃダメよ……。ウチなんか、お小遣いもないくせに、それア足まめに、通うのよ」

「どうして、それが、おわかりになるの。マッチ？」

「マッチなんて、持って帰るのは、最初のうちよ。そんな証拠物件に頼ってるうちは、かえって、だまされるわ。カンが一番――カンさえ磨ぎすませば、ズバリよ」

と、鈴木タミ子は、威張ってみせたが、ふと、気が変ったように、

「いま、何時？」

「七時ちょっと過ぎ……」

紀伊子が、腕時計をのぞいた。

「ちょいと、二人で、こんなところへ入ってみない？　あたしがオゴる……」

二人は、大きなキャバレの前を、歩いていた。

「いやアよ、キャバレなんて……」

「そうね、女だってボラれるわね、きっと……。でも、このまま帰りたくないわ。どこかへ、寄ってみましょうよ。お差支えない？」

「あたしは、かまわないわ」

「ジャズ喫茶は、どう？」

「だって、あれは、ティーンエージャーばかり集まるところじゃないの」

「オバサマ族の行くところって、ほんとに、少いわよ。……あ、いいところがある！」

鈴木タミ子は、大通りを横切って、また横丁へ入ったが、その道は、ネオンの光りも、少

なかった。その少い中の一つが、彼女の案内するところらしく、ズカズカと、入口から、地下室へ下りる階段を下ろうとするので、紀伊子がきいた。

「何よ、ニュース映画？」

「まさか……」

彼女は、階段下のクロッカーのようなところで、コーヒー券二枚を買った。

「ずいぶん、高いコーヒーね」

「入場料が入ってるのよ」

そして、厚いカーテンの垂れてる前へ行くと、ボーイが道をつくってくれた。カーテンの奥に、天井の低いホールがあり、正面に四人の楽団がいて、中央のマイクロフォンの前に、一人の女が、悩ましげな表情で、しずかな唄をうたっていた。

鈴木タミ子は、度々くるとみえて、もの慣れた様子で、明いてるテーブルに、紀伊子を導いた。

「何なの、これ……」

「シャンソン喫茶ってものよ」

「へえ、聞いたこともなかったわ。これで、喫茶店？」

紀伊子は、あたりを見回したが、薄暗い間接照明の中で、人々は黙々として、唄に聞き入っていた。会社員風の青年は、腕組みをして首を垂れ、三十娘かも知れない二人連れは、夢を追うように天井を見つめ、紀伊子たちと同年輩のマダムは、頬杖をついて、眼を閉じていた。

「とても、シンミリしてるのね……」

紀伊子がささやいたら、隣りのテーブルの客から、睨まれた。

噂に聞くジャズ喫茶というのと、あまりにも異った場景なので、彼女も驚いたが、よく考えてみると、彼女が若い頃に、こんな場所があったような気がした。べつに、何々喫茶と名乗ってるわけではないが、名曲のレコードを聞かせる店で、大学生なぞが、コーヒーを飲みながら、聞き入ってる空気が、こことよく似ていた。ただ、こんなに大規模でないことと、学生よりも社会人の客に充たされてることが、ちがっていた。また、見渡したところ、喫茶店というよりも、西洋の寄席のような室内建築で、壁にかかってる額は、セーヌ河岸とか、ノートルダム寺院とか、パリの写真ばかりである上に、舞台の唄い手も、フランスのシャンソンを、フランス語で唄っていた。

「とても、フランス臭いのね」

そういいかけて、紀伊子は、また、隣りから睨まれそうなので、やめた。

その時に、舞台の女が唄い終って、一礼した。拍手が起ったが、それも、お上品に、控え目だった。

ボーイが、やっと、コーヒーを運んできた。それで、ここが喫茶店であることを、彼女は思い出した。

〝セーヌの花〟とか、〝愛の星〟とか、〝お城への階段〟とか、フランス語の唄が、相次いでうたわれていくうちに、紀伊子も、次第に、あたりの空気に、まきこまれてきた。

彼女も、フランス香水、フランス風菓子、フランス手袋の愛好者であり、パリは地上の天国にちがいないと考え、折りあらば、良人をそそのかして、天国詣りをしてみたいと、思ってるほどだから、このフランス臭い空気に、抵抗を感じる道理はなかったが、やがて、マイクの前に立った男の歌手の芸に、すっかり、魂をゆすぶられてしまった。

その男は、多少名の売れた歌手なのか、登壇と同時に、拍手が盛んで、長い髪を撫ぜつけた頭を、いささか気取って、お辞儀したが、大きな格子ジマのシャツは、ネクタイなしで、コールテンの上着も、パリの労働者じみていた。青白い顔が少し長すぎて、蒼い馬という感じだが、馬といっても、牝馬に近かった。

「今夜は、少し、懐古趣味にふけらせて、頂きます……」

彼は、微笑と共に、アイサツをして、唄い出した。歌詞は、例によって、フランス語だったが、紀伊子は、メロディを聞くと、日本語の訳詞が、スラスラと、心に浮かんだ。

なつかしの想い出に
さしぐむ涙
なつかしの想い出に
流るる涙
マロニエの花は咲けど
恋しき君はいずこ

あの唄がはやったのは、もう、何年前のことであるか。紀伊子は、それを主題歌とするフランス映画を、三遍も見に行ったし、やがて、日本の流行歌となったその歌詞を、全部、暗誦してしまった。あの頃は、彼女も、まだ、若かった。龍馬が、まだ、生まれないどころか、結婚さえもしていない頃ではなかったか。そうだ、まだ学生だった天童と、神宮外苑を散歩した時に、誰かあの唄をうたって過ぎたではないか――

　パリの屋根の下に住みて
　楽しかりし昔
　燃ゆる思い
　愛の言葉
　やさしかりし君よ

彼女は、ウットリとして、昔の夢を追った。

「ほんとに、お美しいお嬢さんね」

誰も彼も、彼女のことを、そういってくれたのである。そして、天童も、今のように肥満した男ではなく、やさしかりし君であって、宝石をちりばめたような愛の言葉を、彼女の耳もとで、ささやいてくれたような気がしてならないのである。

唄が終ると、紀伊子は、力をこめて、拍手を送った。彼女の拍手が、一番、大きかったかも知れない。二十数年前の流行シャンソンに、若い客たちは、あまり興味を示さなかった。

「あア、いい気持だった……。シャンソンて、わりと、面白いものね」

彼女は、目尻に浮かんだ涙を、隠そうとして、わざと、快活にいった。

「でしょう……。だから、あたし、普通の店で、お茶喫《の》まないのよ。ここへくるのは、シャンソン・ファンばかりなのよ」

そして、鈴木タミ子は、中年女にとって、映画を見るよりも、シャンソン喫茶へくる方が、内容的であり、また、経済的でもあることを、力説した。つまり、コーヒー一杯で、かなり空想の自由を、愉しめるというのである。

「じゃア、あたしも、常連になろうかな」

実をいうと、紀伊子は、シャンソンというものを知らなかった。〝パリの屋根の下〟も、シャンソンであったのかと、大発見をしたほどなのである。しかし、鈴木タミ子のいうとおり、シャンソンの感傷性は、若い女には味わえない深い満足を、彼女に与えてくれた。それは、過ぎた青春を顧みさせるばかりでなく、高価なハチミツ剤のような、若返り作用もあることも、教えてくれたのである。その証拠に、胸がウキウキして、血が暖かくなったような気持がする。まるで、昔好きだった男に、街頭でめぐり合って、アイサツしただけで別れたのを、良人にいわずに、日記に書いた晩ででもあるような――

「でも、よかったわ、紀伊子さんが喜んでくれて……。じゃア、そろそろ、帰らない？　今の人のを聞いたら、後はつまらないから」

鈴木タミ子が、席を立ちかけた。紀伊子は、もう少し聞いていきたかったが、時計を見ると、九時半だった。

「そうね、今日は、呉にお留守番させてるから……」

彼女も、ハンド・バッグをとりあげた。

外へ出ると、春らしい宵の空気が、気持よく、頰に触れた。

「それでも、あなた、感心ね。お家を気になさるから……」

「そういうわけじゃないけど、子供は、今、神戸へ遊びにいって、呉一人だから……」

「タマには、夫婦二人ッきりって、いいものよ。せいぜいお愉しみ遊ばせ」

「あら、ご親切……」

そして、二人はタクシーを拾おうと思ったが、一向に車が来ないので、並木通りの方へ歩いていく時だった。暗い袋小路から、銅像のような巨漢が、ゆっくりと現われて、彼女等の横を、通り過ぎようとした。

「まア、あなたも、銀座にきてたの」

「いや……」

天童はあわてた時には、ひどく落ちついてみせる癖があった。

「飯は家で食ったが、ちょいと、ヤキトリが食いたくなってね……。あの奥に、ウマいヤキトリ屋があるんだ……」

商人の家

龍馬は、〝こだま〟一号に乗って、東京を立った。

この特急に乗るのは、始めてだった。キャンデーのような色の車体と、軽快にできた座席が、レールを走る乗物のジレったさを、少しは、紛らせてくれた。横浜の次ぎは名古屋まで、無停車であることも、彼の気に入った。自動車で来ても、この長距離を、一回も止めないで、走り通すわけにはいかなかった。

——でも、今に、弾丸道路ができたら、こんなものには、乗らねえぞ。

彼は、三等車の二重ガラスの窓から、飛び去る景色を眺めながら、ひそかに、威張っていた。

大阪止まりなので、それから、国電に乗換えて、三ノ宮駅へ着いたのは、三時にまだ間があった。彼は、一刻も早く、叔父に会って、用談をしたかったので、駅前の公衆電話で、隆《ロン》新公司《シンコンス》を呼び出した。

「あら、東京のお坊っちゃまですか……」

顔馴染みの日本人の女秘書は、突然の来神に驚いたようだったが、社長は、あいにく、外出中で、四時頃でなければ、社に戻らないと、答えた。

龍馬は、北野町の叔父の自宅へ行って、彼の帰宅を待とうとも、考えたが、用談には会社の方が向くと、思い直して、

「じゃア、四時までにいきますから……」

と、電話を切った。

曇ってはいるが、雨の心配のない空模様だった。学生服にボストン・バッグ一つの身軽さで、乗物の厄介になることもなかった。彼は、勝手を知った神戸の街を、ブラブラ歩き出した。近い横浜より、遠い神戸の方が詳しいのは、ひとえに、叔父の天源が住んでるためだった。年に一、二回は、必ず、彼は神戸を訪れた。紀伊子には、男の兄弟がないので、彼は日本人の叔父の味を知らず、呉家としても、天源が唯一の在留親戚で、龍馬も、つい、甘えたくなるのである。叔父というものは、父親ほど煙ッたくなく、先生ほど怖くなくて、何でもいえるから、便利だった。といっても、今度の頼みは、商売上のことだから、小遣銭をセビるほど、簡単にいかないだろうが、ここを先途と、甘えてみたら、何とかならぬでもないと、思われた。

――サキベーのオヤジの顔を立てた上に、こっちの自動車も買えるというんじゃ、馬力かけねえわけにいかねえや。

彼は、どんな風に、叔父に話を切り出すか、作戦を立てながら、歩いていたので、すっかり容《かたち》を改めた、三ノ宮駅付近の景観も、眼に入らなかった。尤も、度々、神戸へきてるから、新築の市庁も、新聞会館も、国際会館も、改めて、建築を見上げる必要はなかった。

元町歩きまでして、時間を費やし、龍馬が、叔父の会社へ行ったのは、四時を過ぎていた。栄町と海岸通りの間にある大きなビルの一、二階を、隆新公司が占めていた。

「よう来たな」

二階の社長室で、叔父の天源は、来客と話していたが、チラリと龍馬を眺めて、そういっただけだった。龍馬は、窓際の控えのイスに腰かけて、客の帰るのを、待っていた。

客は中国人で、二人とも、大声で広東語をシャベっているが、龍馬には、全然、意味がわからなかった。父が華僑の友人と話してる時も、彼は同様の感を懐くのだが、自分が国籍を持ってる国の言葉を、少しも弁《わきま》えないで、日本語と英語と、少しばかりのドイツ語しか知らぬことの不思議さを、考えた。そして、いつも、叔父から、

「少しは、国語も覚えなくては……」

と、叱られるし、自分もその気がないではないが、一度も、実行したことはなかった。中国語を知らねばならぬと、考えるのも、日本語でなくては、考えられぬから、困った。そして、周囲も、彼を日本人と遇するし――サキベーにしたところで、彼を外国人と思ったら、あんなツキアイはできないであろう。彼自身も、おのれを日本人として生きる習慣を、身につけてしまったのだが、彼が日本人でないことは明らかであり、それをマザマザと知らされるのは、父や叔父が、中国語で話すのを、聞いてる時だった。

――おれは、日本人じゃねえんだ。でも、中国人ともいえねえよ。まるで、中国語を知らねえんだからな。

それは、寂しいような、解放されたような、奇妙な感情だった。少しは、母国の言葉も知って置かなければと思うのも、便利上のことであって、愛国心とは関係がなかった。

しかし、叔父の中国語は、階段にマリを転がすように、弾んだり、流れたりして、抑揚と曲折が、聞いていても、面白かった。日本語は、父の天童に及ばないが、母国語は叔父の方が達者らしかった。それに、顔つきからいっても、天源の方が、中国人の特色が明らかだった。天童のように偉相でない代りに、中共軍の幹部のように、精力的な目鼻立ちだった。笑う時には、口許にヒョーキンな表情が出るが、眼つきが鋭く、ことに横顔に油断のできない人相が、表われた。体つきも、中肉中背で、兄とは似てもつかなかった。そして、会話の時に、身振り手真似が実に多く、熱心にシャベルせいか、ツバキを飛ばす癖があった。

今も、体を乗り出したり、ジャンケンのような手つきをしたり、盛んに客と談話を闘わしていたが、やっと話が済んで、対手が立ち上ると、即座に自分も腰を上げて、まるで、押し出すように、対手をドアへ導いた。一刻の時間も、ムダにしない男という風に、ドアのところから、クルリと振り向いて、

「龍馬《ロンマー》、お父さん、お母さん、変りないか」

「ええ、元気です」

龍馬は、中央の円卓まできて、叔父にアイサツをした。

「オマイ、電話、電報なしにきたね」

天源は、タバコに火をつけて、背イスに反りかえった。龍馬の名を中国読みで呼ぶことと、

お前という日本語に、強いアクセントをつけるのが、彼の癖だった。

「ええ、急に、思い立ったもんですから……」

「学校、休みで、遊びにきたか」

「遊びというわけでもありませんが……」

「龍馬は、いつも、遊びよ。お金儲け、一度もしないよ」

そういって、彼は大きく笑った。そして、愛情を、顔にみなぎらせながら、

「今夜、何食う?」

「何でもいいです」

「ハナワの洋食、食うか。オリエンタル・ホテルの方、ええか」

天源も、兄に似て、食いしん坊であるが、自宅の食事は、質素なところが、ちがっていた。

「そんな家よりも、いつか連れてって頂いた、海岸通りのビール飲ませる店がいいな」

「おウ、キング・ザームか。よっしゃ」

天源の日本語は、関西ナマリが強かった。

「その前に、叔父さん、ちょっと、お願いがあるんですが……」

龍馬は、誰もいない社長室で、早く、話をつけてしまいたかった。

「龍馬、また、金モライか。なんぼや」

「いや、今度は、お小遣銭ネダリじゃないんです。もうちっと、話が大きいんです」

「わかった。オマイ、車《カー》が欲しいのやろ」

天源は、占い者のように、ピタリと、甥の心中を当てた。

「そうです、そうです、しかし……」

龍馬は、どうして、叔父が、彼の金策の目的を知っているのか、驚かないでいられなかった。この分では、島村貞造の頼みの件まで、見抜いてるのではないかと、薄気味が悪くなった。

「わしは、何でも、知っとるんや。今朝、兄貴から、電話かからんでもな……」

「何だア、オヤジが、電話したんですか。まったく、オヤジにも困りますよ。ぼくが、中古の車買うのに、大反対するんですよ」

「ハッハハ、兄貴、頭古いな。車《カー》持つの、ゼイタクないよ。金、儲けるためよ」

「そいつは、ぼくにはわからないけど、車持ったって、悪いことないじゃありませんか。ねえ?」

「まア、ええわ。そろそろ、ビール飲みにいこか」

「待って下さい……。ちょっと伺いますが、叔父さんの会社では、台湾から、バナナを輸入してるんですか」

「おウ、オマイ、知らなかったのか。しかし、バナナも、もう、面白いことないわ」

「なぜですか」

龍馬は、叔父が貞造と反対のことをいうので、質問せずにいられなかった。

「アメリカ軍占領時代は、えらい、儲かったけどな。今は、いろいろ、規則でけて、レモンや乾ブドーの方が、沢山利益あるわ。わし等は、バナナで大きな商売しようと思わん。バナナに夢中になっとるのは、日本人だけや」

天源は、大きく、タバコの煙を吐いた。

「そうですか。じゃア、会社が持ってる輸入ライセンスなんか、どうでもいいわけですね」

龍馬の眼が、輝いた。この調子なら、うまく話が運びそうだった。

「どうでもいいちゅうことないが……」

「でも、重要な事業じゃないんでしょう。そんなら、叔父さん、バナナのライセンスを、なるべく安く、回してやってくれませんか。とても、欲しがってる人間がいるんですよ」

それを聞くと、天源の顔が、忽ち、ムツカしくなった。

「オマイ、誰に、頼まれたのや」

「友達のオヤジの青果仲買人です」

「放っとけ、そないな男……」

天源は、怒声を発した。

「なぜです」

「あんまり、虫のええ奴やないか。オマイが子供で、何も知らん思うて、そないなこと申込ませる……」

それから、天源は、バナナ界の実状というものを、コマゴマと、甥に話し出した。それによると、日本人は、あの甘い香りの果物にまっ黒になってタカってくる蟻のようなものだった。輸入割当ての権利をめぐって、専門の業者や、ニワカ業者や、加工業者が、ヒシめき合って、獲物を奪い取ろうとしている。政治家も、それに動かされ、保守党のキケ者といわれた大臣が、加工業者の味方をするかと思うと、人民党の代議士が、無実績業者の尻押しをしたこともあった。それも、これも、バナナが儲かり過ぎるから起ったことで、現に、政府だって、差益金と称して、バナナの儲けのテラ銭をとっているではないか。気の毒なのは、高いバナナを食わされてる日本国民であるが、これも、あんまりバナナが好きであることの報いであろう――

「オマイの友達の父親いうのも、蟻の一疋やぜ。蟻なら蟻らしゅう、わしのところへ、ソロバン持って、話しにきたら、ええのや。オマイを使うて、金儲けしようというのが気に入らん」

「しかし、叔父さんも、バナナ輸入に興味を失ったんでしょう、そんなら……」

「わしは、他のもの輸入する方が、儲かるというただけや。バナナは損するとは、いわん。少しでも儲かるうちは、人にやる気ないよ……。さ、ビール飲みにいこか……」

龍馬は、すっかり、シオれてしまった。

やはり、予想のとおりだったのである。商売のことにかけては、叔父は、鉄壁のように、無情だった。一銭一厘だって、利益を人に分けようとはしないのである。しかし、龍馬のもちかけ方も、悪かったのではないか。あまり短兵急に、切り出し過ぎたのではないか。天源が、いかにも、バナナに興味がないようなことをいうので、つい調子に乗って……。

——でも、今となっちゃ、仕方がねえや、一度、いやといったら、前言をひるがえすような、叔父じゃねえからな。

彼は、完全に、自分の失敗を認めた。そして、東京へ帰ってから、貞造に合わす顔がないような気がした。彼は、決して、安請合いはしなかったのだから、口添えが役に立たなかったといって、べつに責任はないのだが、それを、自分の面目に結びつけるのが、彼の性分だった。サキベーのデビュに反対しながら、結局、それを援助してることと、同様だった。その上、最大の打撃は、貞造から貰うリベートで、コンソルの中古車を買う望みが、断たれたことだった。

隆新公司から、税関前通りへ行く僅かな道程を、天源の自家用車の新しいビュイックが走ったが、その車中でも、龍馬は、口一つきかなかった。もう、ビールも飲みたくなかった。夜行の列車で、すぐ、東京へ帰りたかった。

キング・ザームの前で、車を止めさせると、天源は、龍馬をアゴで招いて、サッサと、店へ入った。入口に近く投げ矢《ダーツ》の標的があることも、黒っぽい頑丈な棟木《むなぎ》と、白いシックイ壁の対照も、英国のバーを思わせた。天井に、千社札のように、内外人の名刺が貼ってあるが、曾てここを訪れた人々の記念だった。

「ほう、混んどる……」

天源は、カウンターや、その周囲のテーブルに群がってる外人の客たちを眺めた。時間が、ちょうど、ビジネス・タイムの終りだった。ここを、クラブ同様にしている在留外人が多く、上陸したばかりらしいマドロスも、混っていた。中には、天源と面識のある外国商人もいて、軽くアイサツを交わしたが、そういう連中に、必ず、わが甥と名乗って、紹介されるのは、龍馬にとって、迷惑だった。

やっと、二階に、空席があった。エリザベス女王の大きな肖像画のある前に、陣どると、日本人の女給が、註文を聞きにきた。

「何ビール、飲むか」

天源が聞いた。龍馬は、英国ビールが飲みたかったのだが、そういう元気もなく、

「何でもいいです」

と、答えると、

「それなら、日本ビール、安いよ。そして、何食うか」

「べつに……」

「それなら、ホット・ロースト・ビーフ・サンドウィッチが、腹張ってええ」

天源は、すっかりショーモーした甥を、面白がるように、わざと、薄情なことをいった。

龍馬は、ヤケのような気持で、ビールを、何本も明けた。その挙句に、

「叔父さん、ウイスキー飲んでもいいですか」

「高い酒、飲む奴やな。仕方ないわ、ここは、ええウイスキー持っとる。好きなものを註文せいや」

天源は、ニヤニヤ笑って、自分も、ジョニウォーカーの黒を、註文した。彼は兄とちがっ

て、酒がひどく強かった。

そのウイスキーを、三ばい飲んでから、龍馬が、涙ぐんだ声を出した。

「叔父さん、ぼく、二〇時三一分の急行で、帰らせてもらいます」

「何や、オマイ、今日きて、今日帰るのか。えらい、忙しい男やな」

「ええ、でも、もう用事ありませんから……」

「すると、オマイ、その青果仲買人に頼まれて、神戸へ来たのか」

「そうです」

「阿呆！」

天源が、大きな声を出した。怒ってるのか、笑ってるのか、わからなかった。

「そないに、人がようて、世の中渡れるかいな」

「いや、ぼくにリベートくれるというから、口をきいてやる気になったんです。車、買う金が、欲しかったから……。さもなけれア、ぼくだって……」

龍馬は、ムキになって、自分が決して親切な人間でないことを、弁解した。

「おおかた、そないなことやろう……。じゃが、龍馬、オマイ、ほんとに、金欲しいか」

「欲しいですよ、欲しいですよ、叔父さん、生まれてから、こんなに、お金が欲しくなったことはありません」

何か、風向きが変ってきた気がして、龍馬は、一所懸命に、懇願の色を浮かべた。あんな、強いことをいっても、自分を可愛がってくれる叔父は、結局、頼みをきいてくれるのではないか——

「そないに欲しかったら、金儲けたら、ええよ」

天源は、空うそぶいた。

「だって、ぼく、まだ学生ですからね。自分で、お金を儲けるたって……」

「オマイ、二十一やないか。もう、子供ないよ。金儲け、いくらもできるよ。わたし、兄さんの代りに、店嗣《つ》いだ時、二十二やった。その前から、商売、沢山しとった……」

「それア、叔父さんは、商業の天才だそうだから……」

「わたしが、商売ウマいのやったら、オマイかて、ウマいはずや。オマイは、わたしの甥やないか」

「でも、うちのオヤジの子ですからね。オヤジときたら、消費専門家ですよ」

「いや、兄さんかて、一生一度、大儲けしたことあるんや。わたし等の家は、呉錦堂《ごきんどう》と同じ姓やぜ」

「誰ですか、呉錦堂って？」

「呉錦堂、知らんのか？」

天源は、嘆声を洩らしたが、やがて、思い返して、

「オマイ、知らんのも、ムリないよ。東京の華僑でも、この偉い人の名知らん奴、多いよ。日本へきた中国人で、こんな金儲けた人いない。今の日本の華僑、全部合わせたよりも、もっと、もっと、大きな商売して、沢山のお金儲けた……」

彼にとっては、金儲けほど偉大な人生はないので、崇敬の念に眼を輝かせながら、華僑大成功者の業蹟を、語り始めた。

呉錦堂は、明治十八年に、貧しいデッキ・パッセンジャーとして、小さなシナ鞄一つ持って、大阪川口に下船した。川口で郷里の先輩が南京雑貨屋をしていたので、そこに身を寄せ、店の品物の扇子や筆墨、南京白粉のようなものを入れたシナ鞄を担いで、大阪市内の行商を始めた。

必死の勤倹貯蓄で、数年後に、やっと小金ができたが、誰でもやるシナ料理店や理髪店には、手を出さなかった。

彼は、神戸の海岸通りの近くに、小さな店を設けた。極めて、貧弱ながら、貿易商として、立つことにしたのである。神戸の特産のマッチや安雑貨を、上海方面に輸出して儲けた金で、郷里の寧波《ニンポー》から、菜花油、大豆油、大豆を仕入れて、阪神の商人に売った。

やがて、彼は、ボロ船ながら、紅葉丸という汽船を買うところまで、漕ぎつけた。安い運賃で、自分の商品を運ぶのみならず、自分で乗船して、母国の生産地で日本人の嗜好を説明し、また、日本へ帰ると、取引先きに、生産地の状況を知らせるという働き振りだった。また、両国の相場の動きも、そうすることによって、早く察知できるので、投機的な商いも、人に先んじた。これが、彼の成功の第一歩だった。

「錦堂の最初の店、今の隆新公司のところだったらしい。それだけでも、わたしに随縁ある……。そして、錦堂とオマイの父さん、同じこととして、金儲けた……」

天源は、呉錦堂が神戸港の将来に眼をつけ、タダのように安かった土地や家屋を買い入れて、大きな富の基礎をつくったことを語った。天童が、戦後に、東京の盛場の土地を買い込んだのは、彼の一生一度の金儲けだったが、呉錦堂の方は、単に神戸市内のみならず、須磨、舞子、明石の郊外に手を伸ばし、県史に残るような大規模の土地開墾までやってのけた。

彼は、遂に、関西財閥の一人にのしあがり、セメントや紡績の大実業家になった。明治天皇から銀盃や藍綬褒章を貰ったのも、日本の富豪並みであるが、東京の株成金鈴久を対手にして、鐘紡株の大決戦をやった時は、日本人の実業家に真似のできぬ大胆さと、ネバリを見せた。神戸に呉錦堂ありということが、日本中に知れ渡ったのである。

呉錦堂は大正十四年に、六十八歳で死んだが、その栄華の跡は、今だに、神戸付近に残っている。呉錦堂旧居跡というのが、須磨にも舞子にも見出される。

「舞子の六角堂、建物だけ、まだあるから、見に行くよいね。景色よいところに、中国から一流のコック呼んで、十人もメカケ持って、ええことしよったんや。金使うことも、今の華僑に真似でけんよ。東京の兄さん、もっと金あったら、呉錦堂のイミテーションやるよ。ハッハハ」

天源は、気持よさそうに、笑った。

「でも、叔父さんは、そんな昔のこと、よく知ってるんですね」

天源が神戸へきたのは、戦後であるから、龍馬は、不思議に思った。

「調べたのや。神戸の新聞の人、神経大の学者、よう聞き歩いたのや」

「ずいぶん、モノズキですね」

「モノズキないよ。呉錦堂さん、親類やからな」

「へえ、うちの親類なんですか」

「わしは、そう信じとる。錦堂さん、浙江省《せつこうしよう》寧波の人やが、わし等の家も、もとから台湾本島人やないのや。お父さん、台湾で金儲けするつもりで、広州からきて、台湾人になったんや。そして、お父さんのお父さん、浙江省で生まれたのよ。オマイ、中国のこと知らんが、わし等の国では、同姓の人、皆、親類と思うとるのや」

「何だか、心細い親類ですね」

「そら、日本人の考えや。同郷同姓は、他人と思うたら、あかん。しかし、錦堂さん、親類であっても、のうても、わしはかまへん。わしは錦堂さんのように、沢山、金儲けすればええのやし、龍馬も、錦堂さんに負けん偉い人になったら、ええのや」

「でも、ぼく、実業家になれそうもないですよ」

「何、まー度、いうてみい」

天源は、語気をあらくした。

「オマイ、金欲しいいうたじゃないか。金欲しければ、金儲けするのや。金儲けするのは、商人やぞ」

「ええ、でも、その金儲けが、できそうもありません」

「いや、できる。龍馬のお父さんのようになったら、もうあかんが、オマイやったら、できる。呉家は、商人の家や。龍馬は、本家の長男や。わしは、オマイをどないしても、錦堂さんのような大商人にしたいのや。わしは、娘しかおらん。家は嗣がせても、仕事は嗣がせられん。オマイ、きっと、商人になってくれ」

「そんなこといって、叔父さん……」

「わしはわしの持っとるバナナ輸入のライセンスを、龍馬にやる。日本人にはやらんが、オマイやったら、無料でやる。それで金儲けるの、大変やさしい。金儲けの一年生や。そして、オマイ、金儲けて、嬉しいこと、わかるね。そして、また、金儲けたくなる。そして、それから……」

移情閣

翌朝、龍馬は、十時近くまで、寝坊した。前夜の酒が、効き過ぎたのであろう。

「あア、よく寝た……」

そして、大アクビをして、両手を伸ばすと、古びた日本間の天井が眼に入って、わが家のベッドで眼を覚ましたのでないことに、気がついた。

あまり、熟眠したせいか、神戸へきて、叔父の家へ泊ったことも忘れてしまったのである。

——そうだ。キング・ザームで、ずいぶん飲んで、それから、加納町の主人一人でやってるバーへ、連れていかれて……。

そこの水割りウイスキーが、バカにうまくて、叔父は神戸の水のせいだといっていたが、何杯もお代りをしたので、酔っぱらったのも、当然だった。それでも、叔父があんなに上機嫌で、まるで、学校の仲間のように、一緒に飲み歩いてくれたのも、珍らしいことだった。

——どうしてだろう。そうだ。おれが、酔ったまぎれに、呉錦堂に負けない、大商人になってやるなんて、いっちまったからだ。

龍馬は、苦笑して、頭をかく癖を、寝床の中で行った。

正気になってみると、商人になるなんて、考えはなかった。呉家が代々、商人の家であるにしても、自分が商人になる義務はないし、また、自分に、細かな計算の頭も、苦境に堪える忍耐力も、持ち合わせてるとは、思えなかった。第一、そんなに、大金を儲けたいという慾がなかった。差し当って、二十万円手に入って、あの車が買えたら、他に金なんか、一文も要らなかった。

——でも、叔父さんのいうことをきかなければ、その二十万円も、見込みねえぞ。

叔父が彼にくれるというバナナ輸入のライセンスは、叔父の話によると、ずいぶんの金額を生み出すものらしい。中古コンソルが、何台も買えることが、確かだ。彼は、一台あれば、満足なのだが、叔父の言葉に従わないとすると、一台も買えなくなるから、困ったものだ。

——これア、やっぱり、いうことをきくフリをしねえと、絶対いけねえな。

彼は、車を手に入れるためには、あらゆる忍従をすべきだと、思った。

しかし、島村貞造に対しては、まったく、気の毒なことになったものである。彼の頼みを叶えてやろうと思って、神戸までやってきたのに、すべてはイスカのハシとくいちがってしまった。それも、叔父に断られたというだけなら、まだ、貞造に納得させる道もある。彼には、安請合いをしなかったのだから。しかし、彼の最も欲しがってるものを、自分の所有にして、帰京するのは、何といっても、気がヒケてならない。

——こいつが、一番、弱ったなア。

そんなことを、考えてるので、いつまでたっても、寝床から、起き上れなかった。

「龍馬《ロンマー》、まだ、起きるないか」

階段の下から、叔母のヘタな日本語が、聞えてきた。

呉天源の家は、山手の北野町にあって、戦災焼け残りの日本家屋に、手を加えたもので、彼の財力から見れば、質素な住居といえた。その代り、各室にジュウタンを敷き、紫檀《したん》のシナ家具や、洋風イス・テーブルを列べ、棚に飾った陶器も、壁にかかった書画も、金目のものばかりで、ただ、東京の天童の家から見れば、ゴテゴテ趣味が勝ってるのが、キズであった。

「叔父さんは?」

顔を洗って、食堂に宛てられた八畳へ入ると、龍馬は、叔母にきいた。

「叔父さんいるないよ、会社いったよ……」

玉虫色ドンスのシナ服を着た叔母は、紀伊子と同じ年配なのに、ずっと老けて見えた。しかし、束ねた髪は、ツヤツヤと、金とヒスイの耳飾りを、浮き立たせた。彼女も、台湾で日本語を習い、神戸へきてから十年にもなるのに、一向、言葉は上達しなかった。しかし、そのカタコトの日本語で、人に愛想を振りまき、社交は上手だった。ただ、龍馬に対しては、彼が半日本人であることを、全然、顧慮せず、どこまでも、中国人として遇するので、時には、彼を閉口させた。

「ずいぶん早く、出かけるんですね。淑芳《シューファン》は？」

「淑芳、お友達の家。じき帰る」

淑芳は、天源夫婦の一人娘で、十四歳、ミッション・スクールの〝港星〟へ通っている。龍馬とは、仲よしの従妹だった。

「すると、よっぽど、寝坊したんだな、ぼく……。じゃア、ご飯、頂くか」

ここの家も、朝飯は中国風のカユであるが、龍馬が嫌いなことを知って、叔母は、紅茶とトーストを、食卓に整えてあった。

「龍馬《ロンマー》……」

叔母は、彼が紅茶茶碗に手を出そうとするのを、さえぎった。そして、軽く睨める表情をして、二階の方を指さした。

「あア、そう、そう……」

龍馬は、頭をかいて、二階へ上っていった。いつも、祭壇の礼拝を、忘れるのである。東京の家には、そんなものの影もないが、ここでは、二階の奥の一室に、美々しい仏壇風のものがあって、洋風カーテンで仕切られた中に、極彩色の観音菩薩像を中心に、赤い数々の神符や、シンチュウの祭台、燭台、茶湯台なぞが、列んでいた。線香をあげる香炉は、日本のお寺のそれと似た大型だが、中に充たされたものは、灰ではなくて、白米だった。

龍馬は、面倒くさそうに、線香に火をつけて、中の白米に突き立て、鐘を鳴らして、ゾンザイな頭の下げ方をした。

そして、すぐ、階下へ降りていこうとしたが、

――そういえば、叔父さんは、昨夜、神仏と先祖に、商人となることを誓えといって、おれを……。

酔った紛れの誓約のことを、思い出して、気味が悪くなった。

朝飯を食べ終ったところへ、従妹が帰ってきた。

「お兄さん、なぜ、もっと早う、来てくれんの。ウチ、今日で、休暇終りや……」

彼女の日本語は、立派なものだった。そして、髪も、洋服姿も、神戸山の手の良家の娘と、何の差違もなかった。

「カンベンしろよ。今度は、来るつもりじゃなかったんだ。夏休みに、ゆっくり遊ぼうや」

龍馬は、一人ッ子のせいか、淑芳を妹のように、可愛がっていた。

「知らん。その代り、今日一日、お兄さんの側、離れへんぜ」

「いいとも。どこへでも、連れてってやらア」

いつも、神戸へくる時は、淑芳にお土産を忘れないのだが、今度は、何も買って来なかっ

東京へ連れてって貰うのに……」


たのが、後悔された。

「ほんまに、もっと早う来てくれたら、帰りに、東京へ連れてって貰うのに……」

　彼女の宿願は、東京見物だった。幼い頃に、両親に連れられて、一度、行ったきりで、東京生活の味を知らないのである。

「東京なんて、ちっとも面白かないよ。神戸の方が、よっぽど気がきいてらア」

「そないなことないわ。元町より銀座の方が、なんぼええか、わからんわ」

「そういうけどなア、東京にア六甲や、摩耶《まや》みたいな、山はねえしなア。市内から、一時間足らずで、スキーができるなんて、そんなとこねえぞ。夏だって、須磨や舞子の水は、キレイだから、泳ぎにいく気なるけど、東京湾ときた日にア……」

「ウチ、そないなこと、ちっとも嬉しゅうないわ。スキーや水泳せんでもええから、文化的なことしたいわ」

「よせよ、文化的なんて、ロクなことねえぞ。第一、そんなに東京がよかったら、おれは、こんなに、度々、神戸へきやしねえよ。神戸って、何だか好きだから、足が向いちゃうんだ」

　と、若い二人が、両都の優劣論を戦わしてるのを、意味がわかるか、どうか、怪しいものだが、母親の玉英《ユーイン》は、ニコニコ笑って、傾聴していた。お互いに住んでる土地に不満を持つのは、若い者の常だが、二人が日本人でないことも、面白かった。

「まア、いいさ。とにかく、今日は、淑芳と、一日つきあうよ。久し振りで、ユーハイムにでも、出かけるかな」

「賛成やわ。ウチ、もう、支度でけとる。お兄さん、早う、服着て……」

「そんなに、急がなくてもいいよ。それから、今度は、お土産何にも持ってこなかったから、元町で、何か買ってやらア。高いものは、いけねえぞ」

「ほんまに？　それやったら、元町より、センター街がええわ……」

と、二人の相談がきまったところへ、日本人の女中が、入ってきた。

「東京のお客さまに、電報でございます」

「コダマ一ゴウデユク、ムカエタノム」サキコ。

この電報には、龍馬も驚いた。

「叔母さん、友達が、東京からやってくるんだって……」

「ソーカ。それ、よいね。いつ？」

「ぼくの乗ってきた汽車だ。三時前に、神戸へ着くんですよ」

「それやったら、ウチ、お兄さんと遊べへん……」

淑芳《シューファン》が、たちまち、ベソをかいた。

「心配するなよ、何とかして、約束は守るから……」

しかし、龍馬には、サキベーがわざわざ神戸まで、彼を追っかけてくる理由が、まるで、わからなかった。双葉ホールの発表会は、どうしても、会場の都合がつかなくて、延期になったことは、聞いていたが、それにしても、その方の準備で、彼女の体はふさがっている筈だった。貴重な時間を割いて、神戸までくるのは、彼女の性格から考えて、理解できなかった。

——きっと、オヤジの命令だな。

龍馬は、そう判断した。

貞造には、横浜以来、もう一度会って、コンコンと、依頼を受けたが、その時にも、彼は龍馬と同道して、神戸へ行き、呉天源に会おうといったほどだった。龍馬は、それを拒んだが、恐らく、天源が彼の思い通りにならぬことを予期して、龍馬を激励するために、娘を派遣したのではなかろうか。

——だが、話は、もうついてしまったのだ。叔父は、貞造の欲しがってるものを、おれにくれるというのだ。サキベーが、わざわざ来たって、何の甲斐もないのだ。

彼は、急に、島村親子が気の毒になり、何か、済まないことをしたような気がして、ならなかった。

「お兄さん、お友達って、F大の人？」

淑芳がきいた。

「ちがうんだ」

「そやったら、空手のお友達？」

「でもねえんだ」

「よその大学の自動車部の人？」

淑芳は、東京の大学生に、あこがれてるようだった。

「うるせえな。音楽やる奴だよ」

「ステキやわ。ウチ、紹介して貰う」

「紹介してもいいが、男じゃねえぜ」

「わ、ガール・フレンド？」

彼女は、大事件突発という風に、速《は》や言葉の中国語で、母親にその由を、説明した。

「東京のお父さん、お母さん、知っとるか」

玉英《ユーイン》は、やや厳粛な顔をした。

「用事があってくるんだから、じき帰るでしょう……。まだ、時間があるから、淑芳、これから、外へ出よう。駅へいくまで、君とつきあってやるからな……」

龍馬は、身支度をするために、二階へ上った。

淑芳《シューファン》と、生田神社の近くで、軽い食事をして、新しくできたセンター街で、春のマフラを買ってやって、龍馬は、神戸駅へ駆けつけた。一緒に、駅へ行くといっていた淑芳は、いざとなると、急にハニかんで、家へ帰ってしまった。

島村サキ子が、三ノ宮へ降りるか神戸駅へ降りるかについて、龍馬も判断に迷ったのであるが、土地の事情を知らない彼女は、きっと後者を選ぶだろうと思ったら、はたして、そうだった。

「バカにしてるわ。〝こだま〟ったら、神戸まで来ないのよ。大阪で降されちゃって、ずいぶん、マゴついたわ……」

サキ子は、龍馬の顔を見るなり、文句を列べた。

「乗る時に、わかりそうなもんだな。神戸へくるのは〝こだま〟二号だよ」

「でも、面白かったわ。こんなに遠くまで、汽車に乗ったの、始めて——女学校の修学旅行で、京都へ行った時以来でしょ……」

サキ子は、ひどく元気で、キョロキョロ、駅前の風景を、見回した。

「神戸って、案外、薄汚いわね」

「この辺は、ゴミゴミしてるんだ……。飯、食ったの」

「うん、汽車ン中で、スタンドの立食いしてきた……。でも、何か、おいしいものある？」

「あるよ、いろいろ……。まア、元町へいって、お茶飲もう」

タクシーに乗る必要もない距離なので、二人は肩を列べて、歩き出した。

「何だって、こんな遠くまで、やってきたんだい」

龍馬は、一番、それが聞きたかった。

「お父ッつァんが、様子見にいってこいって、きかないのよ。自分で出かけたいのを、我慢して、あたしを代理にさしむけたってわけよ」

「そんなこったろうと、思った……」

龍馬は、予期したことだが、ガッカリした。しかし、サキ子は、それ以上、用件について、何も語らなかった。

「元町って、横浜の元町より、立派ね。でも、横浜の方が、いい物売ってるかな」

彼女は、左右のショーウインドで、めぼしいものがあると、すぐ、走り寄った。

「君のデビュ、どうなったんだい」

龍馬は、そのことも、気になっていた。

「何とか、宍倉《ししくら》さん、やってるらしいわ」

「ノンキだな。自分のことじゃないか」

「だって、金詰まりだから、仕方がないわよ。それに、あたしも、自作の詩、気に入ったのが、まだできないからね。でも、何とかなるわよ」

「一体、いつやるんだい」

「遅くても、六月始めには、やらないと……」

元町通りを、かなり歩いて、古風な洋菓子喫茶店の前へくると、龍馬は、

「ここのコーヒー、うまいんだ……」

東京の老舗と同系統らしい、その店は、コーヒーも、菓子も、アイス・クリームも、優れた味だった。二人は、薄暗い店内の隅で、よく食べ、よく話した。

「あたしねえ、少し、リューチンに悪いような、気がしてきたの」

サキ子は、白いナメシ革のコートの袖を、頬杖につきながら、円いマブタを伏せた。

「何がさ」

「それアね、うちのオヤジさんの気持も、わからないことないけど、早くいえば、リューチ

ンを利用して、儲けようっていうんでしょう。そのために、わざわざ、リューチンを、神戸まで出向かせたり……そして、今度は、あたしをサイソクに寄こしたりしてさ。リューチンだって、迷惑よ」

「そうでもないんだ。ぼくだって、自分に利益がなけれア、君ンとこのパパのいうことに、従やしないよ」

「あたしだって、親孝行のためにリューチンに頼んだわけじゃないわよ。発表会のお金を、宍倉さん任せにしても置けないから、オヤジさんにも出させるためなのよ。それには、彼に儲けさせる必要があると、思ったんだけど、少し面倒くさくなっちゃったわ……。リューチン、あんまりムリしないでね。オヤジさんの慾に、あたしたちまで、かきまわされることないわよ。あたし、方針変えて、発表会なんか急がずに、シャンソン喫茶で、アルバイトして、お金溜めれアいいんだから……」

　サキ子は、何のために神戸まで来たのか、わからないようなことを、口走った。

「だって、君、早く有名になりたいんだろ」

「いいの、有名にならなくったって……」

「何だい、また、気が変ったのか」

「うん、あたし、家庭的な女でもあるってことが、最近、わかってきたわ。それに、この頃の日本は、才女ってものが、出回り過ぎてるわよ。才女志願者の数ときたら、その何十倍だか、知れないわ。これじゃア、相場が下るにきまってるからね」

と、青果仲買人の娘らしいことをいう。

「じゃア、シャンソン唄いになるの、止めるのかい？　そいつは、賛成だけど……」

「あら、やめやしないわよ。でも、一度、力を試したら、後はどうするか、わからないわ」

彼女のいい草は、確かに、いつもと違っていた。

「ところで、君、どうする？　君ンところのパパに対するぼくの返事は、もうできてるんだが、それを聞いたら、すぐ帰るのかい」

龍馬は、わざわざ神戸まできてくれた彼女を、その日のうちに帰すのが、可哀そうになった。といって、男の友達とちがうから、叔父の家へ泊めて貰うことも、憚られた。

「せっかく来たんだから、二、三日、遊んでいきたいけれど、そうもいかないわね。今夜、おそい汽車で帰るわ」

「そうかい、何だか、気の毒だなア。それに、疲れるぜ、乗り続けじゃア……」

「いいわよ」

「待てよ、ぼくも、一緒に、東京へ帰ろうか……」

いつもの習慣で、神戸へきたら、一週間ぐらい遊んでいくものと、龍馬はきめていたが、考えてみれば、もう用事はない筈である。サキべーと、帰路を共にしてやったって、少しも差支えはない。それで、彼女は、一人ションボリと、帰路につかなくても済む――

「そう？　嬉しいな。そんなら、夜半《よなか》の汽車にきめて、それまで、ジャンジャン遊びましょうよ」

　はたして、彼女は、生色をとり戻した。

　そこで、喫茶店を出て、神戸見物の第一課として、ハト場へ行くことにした。

「摩耶か、六甲へ、ケーブルで登ってみるといいんだが、少し、時間がねえな」

「山なんかより、街の方がいいわ。そして、何か、神戸らしいものを、食べて……」

　二人は、栄町を突っ切って、海岸通りへ出た。今日は、空も青いところが見えて、海の色も、白堊の建物と街路樹の新芽も、美しかった。

「ところで、叔父の返事なんだがね……」

　龍馬は、いいにくそうに、天源の拒絶のアラマシを語った。

「仕方がないわ。始めっから、うちのオヤジさんの慾が、深過ぎたんですもの……」

　とはいっても、サキ子の口調に、失望は隠せなかった。

「商人てものは、みんな、慾が深いんだな。叔父なんか、血も涙もないらしいや……。だけどね、君のパパにやらないっていうものを、おれにくれるっていうんだから、不思議だよ」

「え？　バナナ輸入のライセンスをリューチンに？」

　父の感化で、サキ子は、それが、いかに貴重な権利であるか、よく知っていた。

「うん、あんまり、嬉しくもねえけど……」

「何いってんのよ。それさえあれば、すごく儲かっちゃうのよ。よかったわね、リューチン……」

「でも、何だか、君のパパに悪いな」

「関《かま》うことないわよ。あたしにとって、オヤジが儲けるより、リューチンが儲けてくれる方が、嬉しいわ」

「どうして？」

「だって、リューチンなら、儲けた分を、きっと、あたしの発表会の費用に、回してくれるもの……」

「それア、おれの車買って、余分があったら、回してやるさ。だけど、そんなに、儲かるのかなア」

「すごいらしいわよ。一体、どのくらい下さるの。五百カゴ？　千カゴ？」

「よく知らねえんだ、まだ……」

「ねえ、リューチン、この際、思い切って、儲けちゃいなさいよ。あんたの家、お金あるかも知れないけど、親なんて、死ぬ時でなけれア渡してくれやしないもんね。それより、自分で儲けて、自分で費《つか》って……」

二人が、話に夢中になってる時に、向うから走ってきた大型の車が、ギ、ギと、歩道の近くに止まった。

「龍馬《ロンマー》、何しとるんや」

車の窓から、天源が首を出した。

「ああ叔父さん、後で会社へ寄ろうと、思っていたんですが……」

「後ないよ。オマイ、今夜一緒に飯食おう思うて、家へ電話かけたら、オナゴハンと出かけて、行先きわからんという……」

と、こわい眼つきをして、サキ子の方を眺めた。

「龍馬さんの叔父さんでいらっしゃいますか。わたくし、島村サキ子です。よろしく……」

彼女は、悪びれないで、逸早く、アイサツした。

「東京のぼくらのグループの一人なんです。あまり優しくない、オナゴハンです」

龍馬が、冗談をいっても、天源はニコリともせず、二人の様子を眺めていたが、やがて、内側からドアを開けて、

「乗れ」

「ぼく、島村君と同じ汽車で、今夜、東京へ帰ろうと思って、いま神戸見物さしてるところなんですが……」

「何でもええ。その人も一緒に、乗れ」

天源は、ひどく高圧的だった。

「どうする?」

「行きましょうよ。きっと、ご馳走して下さるのよ。自腹切らずに、済むわよ」

サキ子の方が、勇敢だった。

二人が乗り込むと、はたして、天源が運転手に命じた。

「東天《とうてん》飯店!」

車は、繁華街を横切って、山手の方に向った。

「オジサマ、神戸って、感じいいですわね。あたし、好きですわ」

サキ子が、天源に話しかけた。

「わたし、神戸市長さんないからね。賞めても、嬉しくないよ」

「でも、横浜より、ずっと外国的ですわ、感じが……。あたし、父が横浜で商売してますから、よく行きますけど……」

「お父さん、何商売？」

「あの……」

サキ子の横腹を、龍馬が突っついた。彼女の素姓を明かさぬ方が、無事だと考えたからだった。

「あの、いろいろやってますの」

バナナの他に、リンゴもミカンもやってるのは、ウソではなかった。

車は、山手の坂にかかった。外人の住宅が、多かった。回教寺院の屋根も見えた。そして、坂の途中の、明治風な、古びた木造洋館の前へ止まった。

「ここは、北京料理、今日は、スペッシャル・メニュやぜ」

天源は、両手を振って、ポーチへ入った。エプロン姿の日本人女中が、丁寧に頭を下げて、

「どうぞ、お二階へ……」

しかし、天源は、すぐ階段を上らずに、帳場の電話をかりに行った。

間もなく、シナ服の玉英《ユーイン》と、ワンピースの淑芳《シューファン》が、姿を現わした。天源の家は、この店から、遠くないらしかった。二人に、龍馬が、サキ子を紹介した。天源は、妻子に向って、不届き者の龍馬を、いかにして、海岸通りでつかまえたかということを、日本語で、面白おかしく話し出した。彼は、龍馬の行衛が知れないから、今夜の会食は、彼の代りに友人を誘うつもりで、車を走らせたら、途中で、うまく見つけたというのである。

「龍馬、大変、運よいよ。今日のご馳走、珍らしいもの、沢山あるよ」

彼は、白いクロスをかけた円卓の中央から、赤い紙の献立の紙を、つまみあげた。

什錦冷盤《ぜんさいいろいろ》　蠔油熊掌《かきあぶらくまのて》
朳浄魚翅《ふかのひれ》　糟溜魚片《いしもちのさけむし》
南焼烏参《なまこのにもの》　烤塡鴨《やきあひる》
砂鍋火方鶏《かわつきとりとハムにもの》　三不粘《あぶらもち》

そういわれても、龍馬は、あまり食慾を催さないのだが、サキ子は、ひどく好奇心を沸かして、献立表を覗き込み、

「オジサマ、熊の掌って、ほんとに、食べられるんですか」

「食べられること、勿論よ。北京料理、一番のご馳走ね。今日の熊の掌、日本の熊でない。吉林省《チーリン》の熊よ」

「生きた熊、連れてきたんですか」

「生きたのないよ、熊の干物……」

「え、熊の干物？」

「あァ、手の干物ないよ、熊の手の干物……」

「そう。右手だけ……」

「右手でなくちゃ、いけないんですか」

「左手、ダメ……」

「あら、おかしいわ。なぜ、左はダメなんです？」

「それは、熊、冬眠する時に……」

天源は、サキ子の熱心な質問が、気に入ったらしく、熊の冬眠の姿勢を身振り入りで説明して、わが左手を肛門の付近に当てた。

「大変、汚い……」

「あら、いやだ……」

皆は、声をあげて笑ったが、彼は大真面目で、中国料理が、いかに材料の研究に傾倒するか、味覚の探求に真剣であるかについて、多量のツバキを飛ばして、熱弁をふるった。

「日本料理、デコレーションだけ。お皿、食べられないよ。そして、高いよ」

「ほんとに、そう。お茶料理なんて、何よ。ちっとも、お腹が張りアしない……」

サキ子は、龍馬の三倍も、よくシャベり、天源の機嫌をとったばかりでなく、淑芳の隣りに坐ったためもあって、いろいろと気安く話しかけ、彼女とも友人になったようだった。

「今度、東京へ遊びにいらっしゃいね。あたし、方々、ご案内するわ」

フカのヒレも、焼いた家鴨《あひる》も、確かに、結構だった。最後の三不粘は、箸にも、皿にも、歯にも、粘りつかないという、油入りの暖かい餅のようなもので、珍らしくはあったが、何といっても、熊掌《シュンツァン》の味は、特別だった。どこがおいしいというよりも、滋味というのか、奥深い後味が、舌に残った。

「おでんのコンニャクみたいね」

サキ子は、それ以外に、表現の道がないので、龍馬にささやいた。

やがて、サンキスト・オレンジを花型に切ったのが出て、食事は終ったが、紹興酒の酔いで、顔を真ッ赤にした天源は、いい気持そうに、饒舌を続けた。

そして、サキ子が化粧室へ立ったのを、目送してから、龍馬に、

「オマイ、あのオナゴハン、結婚するか」

「驚いたなア、叔父さん、そんなこと……」

「隠しても、ダメよ。オマイ、東京で、仲よいから、あのオナゴハン、神戸へきたのよ」

「そんなことないですよ。ちょいと、用があったもんだから……」

「若い時、ラブは用事よ。オマイ、きっと、結婚するね。あのオナゴハン、悪い人ないよ……」

そこへ、サキ子が帰ってきたので、話は途切れたが、龍馬は、腕時計を見て、

「叔父さん、ぼく、十一時の汽車で帰ろうと思うんですが、例のものを、頂いていきましょうか」

「よっしゃ。しかし、今夜、ダメ。明日、会社で渡すよ」

「でも、もう、神戸にいる必要もありませんから……」

「必要、沢山あるよ。オマイ、移情閣見ないで、東京帰るのか」

「移情閣って、何でしたっけ？」

「昨日、沢山、話したやないか。呉錦堂さんの別荘の六角堂や」

「あア、あれですか」

しかし、龍馬は、わざわざ出発を延ばして、そんなものを見物に行く気もなかった。

「オマイ、行かんのか」

「さア……」

「行かんのなら、ええよ。わしも、オマイに、何もやらん。今夜帰る、ええよ」

そうなってくると、龍馬も、叔父の言葉に従う外なかったが、さしあたって、問題は、サキ子の泊る場所であった。まさか、女一人を、ホテルへもやれなかった。

すると、天源の方から、渡りに船を出してくれた。

「お嬢さん、あなたも、今夜、うちへ泊る、ええよ。淑芳の部屋、広いからね。そして、明日、中国のエライ人の屋敷、見てきなさい。その人も呉《ウー》、龍馬《ロンマー》と同じ名よ。そして、わたしたち親類よ。龍馬、きっと、同じくらい、エラクなるね。ハッハハ」

彼は、すっかり上機嫌になって、席を立ち上った。

翌日は、雲一つない、好晴となった。

「呉家の先祖が、ええ天気にしてくれたんや。龍馬、今日は、オマイにわしの車、貸してやる。そして、淑芳をガイドに、連れていったらええわ」

天源は、そういって、会社へ出ていった。

淑芳が、学校の始業式に顔を出して、すぐ帰ってきたので、車が北野町を出たのは、十時過ぎだった。

車が運転手付きで貸されたのは、天源が甥の腕前を信用しないせいだろうが、その代り、三人は、龍馬を中心に坐って、いろいろ話ができた。

「うち、今朝早う起きて、フロインドリープでパン買うて、デリカテッセンでハム買うて、サンドウィッチつくったんやぜ」

淑芳は、遠足気分で、ウキウキしていた。

「まア、淑芳さん、えらいわね。あんたの年で、そんなことできるの。あたしは、おムスビもこしらえられないわよ」

「サキベーは、食う方専門だからな」

「バカにしないでよ。あたしだって、家庭的に方針を切り替えれば、熊のテノヒラぐらい、ヘッチャラだわ」

車は、兵庫駅の南を通って、いつか、須磨水族館の前へ出た。

「淑芳、移情閣って、タイしたことねえんだろう」

「パパは、あないいうけれど、バケモン屋敷やわ、古うて、汚のうて……移情閣やめて、逢山峡へドライブしようか」

「でも、見るだけ見て、それからにしたらいいわ」

サキ子が穏健意見を出したのは、天源の信用を損じたくないからだろう。

海が、展《ひろ》がってきた。淡路島が、正面に浮かんでいた。そして、舞子の松が、すっかり公園化されたサクの中に、衰残の姿を見せていた。

「あれや、移情閣……」

淑芳の指さす行手に、海沿いの国道の左端を、ただ一軒の建物が、西洋の城の円塔のように、空を刺していた。

建物の正面は、錠まえがかかっているので、横の通用門から入ると、廃墟のような石造洋館から、番人の婆さんが出てきた。天源から、電話があったといって、愛想よく、もてなしてくれた。呉錦堂の子孫が振わないので、この移情閣も、今は神戸華僑青年会の手に移り、夏は会員が水泳にくるが、常時は、番人夫婦が住んでるだけということだった。

「こないに、荒れ果ててしまいましたが、昔の見事さいいましたら、まるで竜宮のようで……わたしは、その頃、ここで女中奉公しとりましたので……」

婆さんは、その頃の移情閣が、現在の三倍もある敷地で、阪神の富豪の別荘が数多かった中でも、飛び抜けた規模であったことを、語った。孫逸仙《そんいっせん》や康有為《こうゆうい》も、この別荘の客となり、日本の大臣や将軍を招いて、盛宴を張ったのも、しばしばだといった。

「六角堂は、お客の時に、お使いなはりましたので、お住いは、こちらの方で……」

その住宅の二階洋館の中に、呉錦堂は、神戸花隈《はなくま》の芸妓や、京都の舞子や――三人の妾《めかけ》を貯え、コックも、中国人と日本人の二人がいて、中華料理と洋食に、あらゆるゼイを尽し、使用人も、男女二十余名いたそうだった。

「では、ご案内を……」

婆さんは、鍵束を持って、先きに立った。

すぐ下は、波が寄せてるコンクリート護岸の道を、僅か歩いただけで、六角堂の入口にきた。恐らく、外人の設計であろう、正統ゴシックの城楼《シャトウ》風三階建てで、稜形の塔は、六角ではなく、実は八角の石造であって、壁面は黒ずみ、ヨロイ戸は腐れ、ドアをあけると、埃とカビの臭いが、鼻を打った。

「ほんとに、バケモノ屋敷ね」

「何だか、探偵小説に出てきそうな、部屋だぜ」

サキ子と龍馬は、昼間の闇に閉《と》ざされた内部で、足がすくんだが、やがて、婆さんが、バタバタと八方のヨロイ戸を明け放した。

「お兄さん、この部屋のカーテンも、ジュータンも、皆、ペルシャへ註文して、つくらせたんやそうやぜ」

淑芳《シューファン》がそういったが、なるほど、八角のジュータンなぞ、出来合いがある道理はなかった。そのカーテンも、ジュータンも、色褪せてはいるが、見るから、地の厚い、上質のものだった。

「おや、この壁に張ってある布《きれ》は、うちのとよく似てるな」

龍馬は、リンズかドンスのような、草色の布に、眼を近づけた。その色といい、唐草の模様といい、赤坂の家のシッティング・ルームの壁面を飾ってるのと、寸分のちがいもないようだった。恐らく、それはシナの織物にちがいないから、偶然の一致とも考えられるが、父親の天童が、移情閣へきたことがあって、これを真似たということも、あり得ると思った。

「あら、あの天井……」

サキ子が、叫んだ。

菱形の高い合天井《ごうてんじょう》であるが、シャンデリアが垂れ下ってるその中心部は、金色の龍と、牡丹との純中国風な彩色浮彫りになっていた。それは、恐らく、呉錦堂が、建築家の意志に逆らって、自分の好みを強制したのだろうが、俗悪この上もなかった。しかし、その俗悪さが、公衆浴場の風景画とちがって、重厚味と圧力を備えているのは、細工が入念なためばかりではなかった。

「あの牡丹の花のまわりのサンゴは、みんなホンモノでございますし、龍の上に張った金もホンマの金で、金パクの目方が一貫目以上と、聞いとります。それが、一階、二階と同じところに、二カ所ございまして……」

婆さんは、そんな貴重なものがあるので、この廃屋の管理に、骨が折れることを、述懐した。

やがて、一同は、二階へ上ったが、そこも、階下と同型同風の装飾であり、恐らく、階下をサロンに、二階を食堂に用いたのではないかと、思われた。家具も、中国風を加味した彫刻が、必ず施され、イスやテーブルも、かえって使い心地が悪そうな、高価な硬木ばかりだった。

三階は、寝室に用いたものか、室内装飾も、和らぎが見えるが、北側に据えられた中国風寝台が、人々を驚かせた。それは、ベッドというよりも、天井のついた一つの部屋であり、入口の両側は、例によって、すかし彫りや象眼の花鳥で飾られ、寝具を置く場所も、蒔絵の大きな弁当箱のような側面も、柱も、天井も、装飾化されない部分は、一つもなかった。現在は、まったく使用されないので、寝具類は影もないが、一番下の箇所には、精巧な籐のアミが、張ってあった。一見、他に似合わぬ簡素振りだが、それは、スプリングの用をなすものと、推察された。そして、その広さは、ダブル・ベッドを二つ繋ぎ合わせたより、もっと余裕があり、どんな大男でも、一人寝は寂しかろうと、思わせるほどだった。今は埃のつもっているこの寝台に、曾ては、どんな豪華な寝具が飾られ、どんな人が寝たのであろうか。楊貴妃が用いた翠帳紅閨《すいちょうこうけい》とは、これでなかったのか――

その時分から、サキ子の眼つきが、少し怪しくなってきた。そして、フーッと、大きな溜息を洩らしてから、

「いいわねえ、こんな生活をしてた人もあるのねえ、あア……」

「何がいいもんか。ヒーターもねえし、クーラーもねえし、道具だけ立派だって、最低だよ」

龍馬は、栄華の廃墟に、少しも心を動かされなかったが、

「いいえ、あたし、考えちゃったわ……。ねえ、リューチン、お金儲けましょうよ。ジャンジャン、儲けましょうよ。資本主義治下において、お金を沢山持つ以外に、生けるシルシがあって？　お金の力って、スゴい。ほんとに、スゴい……」

サキ子は、昂奮して、語調を乱した。

ウーさんの席

それから、一カ月ほど経て、ある宵のこと、呉天童は、ふと思い立って〝デゼスポアール〟の軒をくぐった。

青葉若葉の時候であって、人は遊興心をそそられるのであるから、彼も、精神的食補《シブー》の衝動のもとに、バーの灯を求めたのであろうが、多少の用件も、持たないことはなかった。

時刻が早いせいか、店内は、意外に空いていた。従って、彼の指定席も、彼を待っていた。バーに指定席があるわけはないが、自然に、そうなってしまったのである。便所の通路の

近くに、小人数の客のための小さなテーブルが、置いてあるが、誰だって、そんな臭い場所に近い席を、好むわけはない。天童だって、わざわざ、そこを選んだのではなく、ある華僑の友人と、始めてこの店へきた時に、他のテーブルが混んでいたので、そこへ坐ったに過ぎない。しかし、二度目に、一人で来た時も、店は空いていたのに、そこへ坐ってしまった理由は、よく判明しない。多分、彼の守旧的本能のせいであろう。その後、いつきても、彼の席は、そこなのである。尤も、いつも一人でくるから、小テーブルの方が、店の迷惑にならぬと、考えるせいもあるだろう。

そこへ坐り始めて、もう一年の余になるから、彼の専用テーブルといえないこともなく、また、彼がノッソリと、そのテーブルの前に、腰を下すと、テルミという女が、註文をきかないでも、一杯のジン・フィーズを持参して、その向側か、或いは隣りに坐ることも、ハンコで押したような、習慣となっていた。

「ウーさん、先週はきて下さらなかったわね」

大体、週一回、通ってくるのが、通例であったから、テルミも、怠けを戒しめる気になるのであろう。週刊雑誌並みに、定期的に通ってくる客は、悪い客でないから、彼女も大切に扱うが、ウーさんと、親しげに呼んではみるものの、それが呉のシナ読みであることには、気がついていない。最初に連れてきた客が、そう呼んだのを、小耳にはさんだ結果に過ぎない。多分、宇野とか、浮田とかいう姓の男だと、思っている。彼が中国人であるとは、夢にも知らない。勿論、一年も通ってくる客ならば、勘定をとりに行って、素姓が知れるのであるが、天童は、決して、ツケということを欲しない。いつも、その場で、勘定を払っていく。常連の客で、こんな男も珍らしいが、彼は、バーなどを月末勘定にするのは、紳士らしくないと、考えている。バーは、待合や割烹ではないので、ちょっと立ち寄って、ちょっと喉を潤して、小銭を使う場所と、心得ている。またバー通いということも、熱をあげたり、夢中になったりするのは、末輩的所業であり、週一回がコロアイである。いわんや、マダムと懇意になったり、女給を連れ出そうなぞとは、外道の企みと思っている。しかし、そんなヤボな客が、案外モテるのである。

「ウーさん、三箇夜餅《みかよのもち》って、おいしいか知ら」

「知らないね、多分、マズいだろう」

「あたしの国でもね、お嫁さんが、お餅食べさせられるのよ。お嫁さんが、おムコさんの家へきたとたんに、オチツキ餅ってものが出るの」

「オチツキ餅とは、どういうわけだね」

「さア、お嫁さんが、そこの家へ落ちつくというわけでしょう」

「どんな餅だ」

「普通のボタ餅よ」

「ボタ餅を食うと、女は落ちつくのか」

「いやアだ、あんなもの食べて、効能があれば、ここのママさんなんか、あたしたちに、毎晩、食べさせるわよ」

「ほかへ動かないように……」

「なぜ？」

「そうか。しかし、君なんか、ずいぶん長く、落ちついてるじゃないか」

「そうね。あたし、バカですもの」

「いや、バカではない。バカは沢山いるが、君はバカではない。君は、むしろ、悧巧になるのを、躊躇してるのだな……」

　そんな、他愛のない会話の、どこが面白いのか、天童は、あの巨眼を菱形に細めて、口のあたりのヒモを、ダラダラさせて、悦に入ってる。そればかりか、野球のグローブのような大きな手のひらの上に、テルミの可愛らしい手の甲を乗せ、更に、自分の手を重ねて、サンドウィッチのようなものをこしらえながら、何となく、揺り動かしてる。ハタから見ると、大江山のシュテン童子が、掠奪してきた都の女に、戯れてるような姿だが、バーという所では、特に不行儀というわけではなかった。そして、天童も、誰彼の見境もなく、こんな真似をする男ではないので、対手がテルミだと、安心して、サンドウィッチ遊びが、できるのである。

「ところで、君、手術の方は、どうなった？」

「べつに、急ぎはしないから、いつでもいいのよ」

　テルミは、鼻とマブタの美容整形手術を受けたくて、その費用も、お医者に聞いてきたのだが、入院の必要はなくても、ガーゼやバンソウコーを貼った顔で、店にも出れないので、数日間の休みをとるとなると、決行を渋っていた。尤も、天童は、彼女が二重マブタにならなくても、少しシャクレ鼻をしていても、一向に苦にならないばかりか、むしろ、その方が、彼女の美を活かすと、考えてるが、女の熱望は、なるべく容れてやるという主義も、持っていた。

「じゃア、いつでも、君の好きな時に、やり給え」

彼は、内ポケットから、白い封筒をとり出した。その中に、一万三千二百円入っていた。二百円は硬貨で、封筒の中で、ゴリゴリしていた。

女に金をやるなら、二万とか、せめて、一万五千とか、ハンパのつかない額にするのが普通だが、天童は、いつか、テルミの語った手術料を、二百円という端数までつけて、持参したのである。

「あら、そんな、ご心配……」

「いいのだ。受けとって、置き給え」

彼は、極めて鷹揚に、対手の指に、封筒を握らせた。その態度の示すとおり、彼は、決してケチなのではない。ケチでないから、女の美容手術料を支払ってやるのだが、対手が必要とする金額以上のものを与えるのは、不合理であり、また、対手の人格を侮辱することになろう。それを侮辱と考えず、彼に過度の感謝を献げるとしたら、これまた、迷惑な話である。一番愚劣なのは、見栄を張るために、女に金を与えることで、日本人の紳士は、よくこの手を用いるが、中国の大人がなすべき業ではない。

「さあ、それでは……」

彼は、いささかの用事も済ませたので、勘定を命じた。

「あら、もう、お帰りになるの。ひどいわ。後、十分ぐらい、何とかしてよ」

少女的無邪気サービスを得意とするテルミも、たとえハンパの金額にしろ、頂戴したばかりであるから、多少のテクダも、見せなければならない。

「では、後、五分……」

彼は、また、悠然と腰を下して、富士の箱から、一本とり出したから、テルミは火をつけようとして、接近したとたんに、ゲラゲラ笑い出した。彼のチョッキの下から、ネクタイが舌を出しているのである。そんな長いネクタイが、あるのではない。彼女が、それを引っ張ると、ズルズルと、一本のネクタイが出てきたが、胸もとのネクタイは、もとのままだった。粗忽は、この旦那の癖であり、ワイシャツの間から、ヘソを出すぐらいは、珍らしくないが、ネクタイを二本締めてきたのは、始めてだった。

テルミが、あまり大声で笑うので、他のテーブルの客も、視線を集めた。天童は、ニコリともしないで、素早く、余分のネクタイを、ポケットにしまい込んだが、

「失礼ですが、呉さんじゃありませんか」

と、一人の客が、彼の前へ近寄ってきた。

「どなたでしょうか」

「いつか、奥さまとご一緒の時に、ちょっとお目にかかりましたが、鈴木タミ子の亭主で

す」

といわれても、それが、紀伊子の級友の良人であることを思い出すまでに、かなり時間を要した。

「時々、ここでお見かけするんですが、ご挨拶するのも、場所柄、ご遠慮してましたよ、ハッハハ」

「いや……」

「お互いに、今夜のことは、山の神に内密と願いまして、今後、どうぞ、よろしく……」

対手が差し出した名刺には、産業省の貿易第二課長の肩書きが、刷ってあった。

あんな場所で、人からアイサツを受けるのは、決して、嬉しいことではなかった。人知れず、ささやかな遊びをするところに、愉しみもあったのに、妻の友人の良人なんて、縁の遠い人間から、名刺を出されて、すっかり、感興をそがれてしまった。

——第一、あの鈴木という男が、どうかしている。ああいう場所で、名乗りを上げるとは、何事か。お互いに、知らぬ顔をしてるのが、礼儀なのだ。

天童は、小腹を立てて〝デゼスポアール〟を出て、帰途についた。例によって、銀座四丁目から、都電に乗ったが、自分の顔を知ってる男が、あのバーに出入りするとなると、今後は、河岸を変える方がいいかと、思った。といって、新しく馴染みのバーをつくるのも、面倒だし、テルミのように、彼が親しみを感じる女を探すのは、もっと、むつかしそうだった。

そうなると、鈴木という男が、一層、憎らしくなり、官吏のくせに、あんなバーへ足繁く通うのは、きっと、汚職でもやってるのだろうと、悪口がいいたくなった。

そういえば、鈴木は、妙なことを、彼に口走った。

「呉さん、お宅は、いよいよ、お盛んですな。ずいぶん多額の申請書を、出されたじゃありませんか。さぞ、他のバナナ屋さんが、羨ましがっていることでしょう」

バナナを輸入する時には、産業省へ外貨資金割当申請書というものを出して、割当ての査定を受け、それが、いわゆる輸入ライセンスとなるのだが、鈴木は、貿易第二課に勤めているというから、いろいろ消息に通じているのだろう。しかし、天童が申請書を出したというのは、身に覚えのないことである。バナナが儲かることぐらいは、知っているが、天性のバナナ嫌いのせいばかりでなく、あんな、バクチのような商いに、手を出すのは、マッピラである。ことに、台湾に関係のある中国人が、バナナを扱えば、原価の安いものを高く輸出することで儲け、日本に輸入会社を設けていれば、その方で、日本のバナナ業者と同じ儲けができるので、こんなウマい商売はない。しかし、その商いは、赤子の手をねじるように、やさしい。そんなことをして、金を儲けたって、何になるか――

そういう考えだから、彼は、バナナには見向きもしないので、申請書を出したといわれるだけでも、気持がよくない。無論、それは、何かのマチガイである。呉姓の華僑は、他にもいるから、それと混同したのであろう。

しかし、何か気にかかって、ノロノロ走る電車のなかで、そのことを考え続けていたが、赤坂見附あたりへきた時に、ふと、思い当った。

――ははア、わしと天源とを、とりちがえたのだな。

弟の方は、バナナ輸入が、事業の一つだから、申請書も、度々出すだろう。そして、一字ちがいの姓名を、鈴木が早のみこみしたにちがいない。

それで、天童の気分は直った。

家へ帰ると、紀伊子が、イソイソと、天童を出迎えた。

「あら、お帰んなさい。お早かったわね。あたしも、少し前に、帰ってきたところ……」

彼女も、精神的食補《シブー》を試みて、気分がいいのかも知れなかった。

「また、ヤキトリ屋へ、寄ってきたよ、実際、あの店は、食わせるな」

「そう。それは、よかったわね。あたしも、一度連れてって頂こうか知ら」

「うん、しかし、女の客は、滅多に来ないよ。何しろ、下品な店だから……」

天童は、上着を脱ぎ、ネクタイを緩めて、イスに腰かけた。

「お茶、あがる？」

「頂こう」

紀伊子は、女中を呼ばずに、茶の支度をした。夜飲む茶は、不眠をおそれて、蘭花茶か、マイカイ茶にするのが習慣だった。

「いいわねえ、五月の夜って……」

茶碗を口にあてながら、彼女がいった。アミ戸の外は暗いが、流れ込む夜気は、肌に快かった。やがて、彼女は、口の中で、何か微吟し始めた。

「おや、唄かい？」

「シャンソンよ——枯葉っていうの」

「日本語じゃないようだな」

「これでも、フランス語だわよ」

「へえ、妙な道楽を、始めたね」

天童は、笑い声を洩らした。

茶道にコる女が、フランスの小唄を口ずさむのは、おかしかった。

「白状しちゃおうかな……」

紀伊子が、首をすくめた。

「今夜も、実は、シャンソン喫茶へ行ってきたのよ。一度行ったら、病みつきになっちまってね。銀座に買物でもあると、つい、帰りに寄っちまうの……」

「そんなに、面白いものかね」

「面白いっていうより、何か、いい気持なのよ。映画見たって、そんなことないけど、シャンソン聞いてると、聞きながら、空想しちゃうのよ。それが、とても、いい気持……」

「じゃア、阿片窟《あへんくつ》のようなものだ」

「そうね、阿片みたいなとこあるわ。でも、無害阿片よ。心の中だけで、愉しむのだから

「……」

「絶対無害かどうか、知らんが、まア、精出して、お通いなさい」

「ありがとう。それに、一回、百五十円ぐらいで、遊べるんだから、男の人のバー遊びより、安いもんだわ」

「それは、そうだ」

「でも、あたしがシャンソン喫茶へ行く日には、きっと、あなたが、ヤキトリ屋へ行くのね」

「そんな、回り合わせになるかな……。ところで、龍馬は、まだ、帰らんかね」

天童は、あわてて、話題を変えた。

「ええ、まだですの……。この頃、また、夜遊びが始まったわ」

紀伊子は、すぐ、話に乗った。底意があって、ヤキトリ屋を持ち出したのではないらしい。

「あいつ、何のために神戸へ行ったか、わからんし、神戸から帰ってからも、少し、様子がヘンだな」

天童も、父親らしい気持に戻った。

「そうか知ら。あたしは、そうも思わないけれど……」

「学校へは、行ってるんだろうな」

「とにかく、朝から、家を出ていきますわ」

「自動車のことを、サッパリいわなくなったが……」

「そうね、そういえば……」

「君にも、ネダらなくなったか」

「ちっとも、いわなくなったわ。そういえば、確かに、不思議ね。あんなに、欲しがっていたものを……」

「あいつ、思い込んだら、そう簡単に、忘れる奴じゃないよ」

「それは、そう……。すると、ボロ車で我慢して、安いのを、買ったかな？　二十万以下の車なら、あの子の貯金で買えますもの。そして、車をどこかへ預けて置けば、あたしたちには、わかりアしませんわ」

「そんな、安い車があるのか」

「ええ、十万円だって、買えるって話よ」

「いかんな。そんな車は、危険だよ。ブレーキだって、悪くなってるにちがいない……」

「でも、あの連中は、車の故障を、自分で直すのが、愉しみらしいのよ」

「そう簡単に、直るものか。危険、危険、そんな車を、走らしちゃ……」

「だったら、あなた、龍馬の欲しがってた車を、買っておやりになればいいのに……」

「その車だって、危険だ」

「じゃあ、高級車の新車だったら、大丈夫よ」

「決して、大丈夫ではない。高級車の多いアメリカは、一番、事故が多いのだ」

「そんな、理窟をお列べになるより、自動車は嫌いと、一言、おっしゃればすむわ」

「嫌い！」

「わかってますよ。これだけの家に住みながら、自家用車もないなんて、ご近所でウチ一軒だけですからね」

紀伊子は、プンと、ふくれたが、それが破裂の方向に進まなかったのは、今夜の気分のお蔭だろう。

「問題は、龍馬のことだったな」

天童が、落ちついた声を出した。

「そうね、ボロ車を買ったか、どうかってことだったわね」

「それから、いつか、紀伊さんがいっていたことは、関係ないかな」

「何よ」

「龍馬が、恋愛を始めたとか、何とか、いっとったじゃないか」

「あれは、わたしの早合点だったらしいわ」

紀伊子の考えからいうと、恋愛は爆発的なものであって、龍馬と島村サキ子のように、長時間、平行線を描くものではなかった。少くとも、恋愛する龍馬は、もの想いにふけるとか、食事に影響を及ぼすとかいう現象を、示さなければならなかった。

「しかし、ぼくは、龍馬がヘンだという確信は、変らないね」

天童と紀伊子は、いつか、冬の朝、差し向いで話し合った時と、逆な立場に立ったようだった。

「すると、やっぱり、車に関係したことか知ら……。でも、ボロ車買ったか、どうか、お友達に聞いたって、教えはしないわね。そういうことには、あの連中、ジンギが堅いから……」

「じゃア、興信所にでも、頼んでみるか」

「バカね、結婚の身許調査じゃあるまいし……。そうだわ、いいことがあるわ」

紀伊子は、イスを立ち上った。

「あたし、龍馬の部屋を、調べてくる……」

「何を調べるのだ」

「龍馬の預金帳よ。もし、車を買ったんなら、預金を引き出してる筈だわ」

「しかし……それは、個人の秘密だがな、預金通帳にしても……」

「かまやしないわ、親ですもの……」

「親だって、そういう権利があるか、どうかな。それに、君、どこにそんなものが、しまってあるか、知ってるのか」

「それア……親ですもの」

「驚いたなア。じゃア、ぼくのものだって、みんな、調べてるのか」

「それア、妻ですもの」

紀伊子は、サッサと、部屋を出て行った。実際をいうと、彼女だって、そうムヤミに、息子や亭主の所有品を、かきまわしているわけではない。ただ、龍馬の預金通帳だけは、テーブルの上に、投げ出されてあるのを見て、そういう貴重なものは、ヒキダシの奥とか、または、本棚の本の背後とか、人目につかぬ所へしまって置くものだと、知恵を貸した覚えがある。龍馬の性質から考えて、恐らく、母親以上の小知恵は、働かさないだろうから、そういう場所を探せば、発見は容易だと、考えられた。

「まア、相変らず、よく散らかしてること……」

彼女は、息子の部屋の乱雑さに、呆れたが、本棚だけは、キチンとしているので、まず、そこから探し始めた。重たい法学通論の背後あたりかと思ったが、何もなかった。沢山積み 重ねてある軍事雑誌の〝旗〟のバック・ナンバーの中にも、見当らなかった。本棚をあきらめて、テーブルの横についてるヒキダシを改めかけたが、その中の乱雑振りは、また、大変だった。

ふと彼女の眼が、テーブルの上のブック・エンドに注がれると、そこに、探し求めるものが、斜めに、顔を出していた。彼女は直ちに、手を伸ばした。

「あら、おかしい！　お金がふえてるわ……」

お符

龍馬が、神戸をたつ日に、叔父から渡された一葉の紙片は、紙質からいっても、印刷からいっても、チラシ広告よりも、もっと粗悪なものだった。あんな紙片が、往来に落ちていたって、近頃のクズ屋さんは、眼もくれないにちがいない。

外貨資金割当申請書と、横書きの活字が列んでいるが、下の方に、産業省の大きなハンコが、ポンと捺されただけで、申請書変じて、認可証となるのである。紙の倹約のためか、手数の省略か、日本政府としては、珍らしく簡便な処置である。

その粗末な紙片が、バナナ屋さんにとって、霊験この上もない神符なのである。つまり、ライセンスは、この紙片で証されるのである。そして、査定の欄に記された数字が、大きければ大きいほど、霊験イヤチコなることは、いうまでもない。

呉天源は、年間四千カゴの割当てを、持っているが、龍馬が貰ってきたのは、昨年度の下期第二期分であって、千八百カゴの輸入権利である。これは、今年の三月から七月までに、輸入する分であるが、この時期は、バナナ相場が高いのが通例で、お符《ふだ》の有難みも、一入《ひとしお》ということになる。

輸入の原価を、一カゴ六千二百円と見て、今月の浜相場は、八千円台だから、約二千円の儲けが生まれる。その一八〇〇倍とくると、これは、ちょっと、コタえられない。

しかし、龍馬は、そんな有難いお符と、知らないから、ボストン・バッグの中に、サルマタと同居させて、東京へ持ち帰ったのであるが、途中の汽車の中で、サキ子に、気前のいい相談をもちかけた。

「おれ、君ンところのオヤジの欲しがってるものを、自分のものにしちゃって、少し、悪いから、半分ばかり、上げることにしようか」

「いいわよ、そんなこと、リューチン一人で、早いところ、儲けちゃいなさいよ。その方が、あたしにとっても、都合がいいわ」

「ところが、どうして儲けていいか、サッパリわからねえんだ。君ンとこのパパにでも、相談しなけれア、あんな紙ッ切れ、どこへ持ってっていいんだか……」

「叔父さん、何にも、教えて下さらなかったの」

「万事、おれ自身に体験させて、商売の道へひっぱり込む方針らしいんだ」

「その気持、わかるわ。じゃア、うちのオヤジを、リューチンの番頭にして、使ってみるか」

「失礼だよ、そいつア……」

「かまやしないわよ。それ相当の報酬出せば、いいじゃないの。でも、決して、信用しちゃダメよ。うちのオヤジ、根は悪い人じゃないけど、商売となると、イヤしくなるからね。油断は、できないわよ……。あたし、オヤジの監督係りになろうか」

「うん、いいな。ついでに、君も、おれと共同経営者になったら、どうだ」

「え、ほんと？　何だか、面白くなってきたわ……」

　そして、サキ子が、どう父親を説きつけたか、神戸から帰って三日目に、貞造は、渋谷の丘陵区にある旅荘で、龍馬と会うことになった。

　旅荘とは、新語らしいが、ホテルのような外観で、内部は、吉田流新日本建築で、松阪肉のスキヤキを食わせて、希望によっては、宿泊もさせる仕組みとなってるが、旅人はあまり出入りしないらしい。

そこへ、龍馬の方が先着して、室内にムリにこしらえた庭の池と、石を眺めながら、待っているところへ、五時過ぎになって、島村父子が、姿を現わした。

「お待たせしました。商売の話に、女がついてくるんじゃねえって、いくら叱っても、きかねえんです」

「商売の話だから、ついてきたのよ。あたしは、龍馬さんと組んで、バナナの取引きをすることにきまったんですもの」

「何をいってやがる。女の出る幕じゃねえんだ……」

親子は、来る匆々《そうそう》、口喧嘩を始めたが、家を出る時も、これが原因で、手間をとったらしい。

女中が、お茶とおシボリを持ってきても、二人は、まだ、いい争っていた。

「おめえみてえな小娘に、ソロバンの道がわかって、たまるもんじゃねえ。おめえなんか、唄でもうたってれア、身分相応なんだ」

「あら、あたしがシャンソン歌手になるの、反対したのは、誰？」

「ヌカミソ腐らしてる方が、財布に穴あけるより、まだ無事だってえことよ」

龍馬も、ガラにない仲裁役を、買わなければならなかった。

「まア、まア……。いや、ぼくが悪いんです。ぼくが、サキベーに、依頼したんですから

「……」

「あんた、ほんとに、こいつを仲間に入れる気なんですか」

「仲間ってこともないんですが、お金が儲かったら、分配する約束にしたんです」

「あら、そうじゃないわよ。共同経営者にするって、いったじゃないの」

サキ子は、眼の色を変えていた。

「うん、確かにいった……」

龍馬は、頭をかいた。

「しようがないね、坊ちゃん、こんな者を……」

「こんな者とは、何よ。あたしにどれだけの能力があるか、試しもしないで……」

「おめえ、どうして、そう慾を出したんだ。龍馬さんが、儲かったら分けて下さるといってるんだから、文句はねえじゃねえか」

貞造も、ホトホト、手を焼いたという顔つきだった。

「いいえ、あたしは、お金貰っても、嬉しくないの。自分で、儲けてみたいの。自分で儲けて、自分で使いたいの……。あたし、神戸へ行ってから、人生観が変ったのよ」

呉天源の焚き火は、意外なところへ、飛び火をしたらしかった。

やがて、スキヤキが運ばれて、女中が、電気コンロの鍋で、シモフリ肉を煮始めたが、関西風に、野菜が沢山添えられてるのが、龍馬を喜ばした。

「あのウ、オジさん、お頼みを、うまく果せないで、済みませんでした」

龍馬は、ビールのコップに、口をつける前に、一応の謝罪をして置く気になった。

「いや、飛んでもない……。あたしの方が、勝手なお願いをしたんで、呉天源さんに振られたって、恨む筋はないんで……。さ、どうぞ、召上って下さい」

貞造が、いささかも、失望の色を見せないのが、不思議だった。

「呉天源さんて、とても、太ッ腹な、男性的な人よ。お父ッつァんなんかと、ダンチだわ」

サキ子が、口を出した。

「あたりめえよ、割当て四千カゴも持ってる人は、少しアちがわアな……。サキ子の奴、呉天源さんにご馳走になったり、お宅に泊めて頂いたそうで……ほんとに、相済みません。おついでに、よろしくおっしゃって……」

「叔父は、自分の家に人を泊めるなんて、滅多にしないんですが、きっと、サキちゃんが気に入ったんでしょう」

「なアに、こいつが図々しいからで……」

「あら、失礼ね、あたしはその晩帰るつもりでいたのよ。そしたら叔父さまが……」

「わかったよ……。時に、龍馬さんは、叔父さんから、結構なものを、お貰いになったそうですね」

「ええ、あなたの欲しがってるものを、こっちが貰っちゃって、済まないと思ってるんです」

「なアに、他の奴等にとられるんなら、腹も立ちますが、あなたなら、文句ありませんよ。どれくらいのライセンスなんで？」

「さア、たしか、千八百カゴと、書いてあったと、思うんですが……」

龍馬は、制服の内ポケットから乱暴に折った紙片を、とり出した。

「ちょっと、拝見……」

貞造は、それを受け取って、まさか、拝みもしなかったが、呼吸を止め、眼を据えて、読み始めたのは、事実だった。

「下半期二期分で、一千八百カゴ……これア、お羨ましい。これだけのものを、ポンと、あなたに下さる叔父さんは、なるほど、サキ子のいうとおり、太ッ腹の方ですな」

と、ツクヅク、感に堪えたという面持ちで、彼は、紙片を返した。

「で、オジさん、これを、どこへ持ってったら、金になるんですか」

龍馬が、率直にきいた。

「為替や小切手と、ちがいますからな。このまま、どこへ持ってったって、一文もくれやしませんよ。ライセンスって奴は、権利なんですから、その権利を使って、商売をして、始めて、金になるんです。最初は、金を貰うどころか、こっちから、外国為替公認銀行に、金を払い込まなけれアなりません……」

「え、金が要るんですか？」

龍馬は、ひどく驚いた。

「それア、商売ですからね、モトデが要りますよ」

　貞造は、薄ら笑いを洩らした。

「どれくらいです？　ぼく、二十万なら、持ってますが……」

「ハッハハ、少し、足りませんよ。輸入原価、一カゴ、約六千二百円ですからな、その千八百倍とすると……。勿論、一時に全部、輸入するわけじゃない。配船が月三回として、ライセンスの期間が七月までだから、まず、十五回に分けて、その都度、送金するとしても、二十万の資本じゃ、どうも、心細いですな」

　貞造は、また、笑いを洩らした。

「すると、資本がなけれア、このライセンスも、効力を発生しないんですか」

　龍馬も、次第に、真剣になってきた。

「まず、そういうことですな」

「ちえッ、叔父さんも、気がきかねえな。おれに、モトデなんかないの、わかりきってるのに、こんなものくれてさ……」

　龍馬が、口をとがらすのを、サキ子が、たしなめた。

「リューチンは、叔父さまから、テストされてるのよ。それが、わからないの」

「だって、おれにア二十万円しかないし、その金は、車買うために必要なんだ」

「だから、大事に、しまっときなさいよ。あたしたち、モトデなしで、始めましょうよ。呉錦堂だって、一文なしから始めて、昔のお金で、一億近く儲けちゃったんだから……」

「何を、寝言いってやがるんだ。商売ってものは、そう甘くできちゃいねえぜ」

貞造が、あざ笑った。

「お父ッつァんだって、そう堅気な商人じゃないでしょう。それに、モトデがなけれア、商売できないって、いうんなら、ライセンスなんて、意味ないわね。そんな紙っ切れ、破っちゃう方がいいわ」

サキ子は、龍馬の前の紙片を、ワシ掴みにした。

「これ、何をするんだ」

貞造が、飛び上って、娘の手を抑えた。

「そら、ご覧なさい。お父ッつァんは、この紙一枚で、お金の儲かる道を知ってるくせに、あたしたちをジラすのね。そんな意地の悪いことしないで、あたしたちの味方になってくれたら、どう？　成功報酬は、きっと、出すわよ」

「何でえ、オヤジを手先きに使う気か」

「そこは、持ちつ持たれつで、いきましょうよ。あたしたちは、原価と浜相場の開きだけ貰って、それから後は、お父ッつァんの儲けにしたら、いいじゃないの。千八百カゴも、扱うバナナが殖えたら、お父ッつァんだって、ずいぶん儲かる筈よ。それに、それだけ商売がふえれば、仲間や小売屋さんに対して、顔が立つじゃないの。バナナ師らしい顔が、できるじゃないの……」

結局、貞造が、龍馬の番頭格になって働くことを、承諾したというのは、サキ子の持っていき方も巧みであったが、彼自身の腹の底に、野心を伏せていたからであろう。

――なアに、シロートの若い者が、この道へ入ったところで、長続きのするものじゃねえ。そのうちには、飽きがくるだろう。その時になれば、隆新公司のライセンスも、自然に、こっちへ転がり込まないものでもねえ。また、そうなるように、運びをつけるんだ。

そして、サキ子が指摘したとおり、彼の扱うバナナが急増することで、口銭や加工料の収入も、グッとふえるし、業界の顔も、忽ちよくなるので、これは、龍馬の頼みを引き受けるのが、賢明だった。そうと気づいてから、彼は、妙な意地を、サラリと捨てて、龍馬の忠実なマネジャーとなる態度を見せた。ただ、眼障りなのは、わが娘が龍馬と組んで、よけいな入れヂエをしたり、父親を監視するばかりか、

「お父ッつァん、あたし、今月から、もう、お小遣銭貰わなくてもいいよ。何なら、こっちから、食費を入れても、いいわよ」

などと、小癪なことを、ホザくのである。

しかし、いちいち、腹を立てては、商売の妨げとなるから、彼は、なるべく、直接、龍馬に話すことを望んだ。尤も、彼の家へ電話をかけると、両親にバレる惧れがあるというので、例の渋谷の喫茶店〝キキ〟を、連絡の場所にした。

「じゃア、オフィスで、会いましょう」

「オフィスの方へ、電話しますから……」

それが、喫茶店であるとは、他人には通じなかった。

龍馬が、一番気にしたのは、モトデの問題であったが、貞造は、大変、気前のいいことをいった。

「何でしたら、あたしが、立替えて置きましょう。じきに、金は返ってくるんですから……」

しかし、彼も、そんな大金を動かすのは、苦痛なので、有楽町の大福銀行支店へ、ライセンスを持って、送金依頼に行った時に、

「こういう確かな筋なんですが、払込みの必要がありますか」

と、カマをかけてみた。

「あア、隆新公司さんですか。結構です。お立替えして置きましょう。その代り、今後引き続いて、お取引き願いますよ」

支配人は、即座に、台湾への送金立替えを、承知してくれた。そういうことは、慣例として、よく行われるが、もし、貞造個人の名義だったら、想いも寄らぬことだった。彼は、今更、呉天源の信用に驚いたが、銀行立替えのことは、龍馬には、知らさなかった。

そして、第一回分、百二十カゴの荷が着いたのは、四月下旬で、相場は、連日、上り気味の時だったから、二十五万に近い金が、龍馬の手に入った。

貯金が、二十万。そして、今度の収入が、二十五万で、合計、四十五万——

「サキベー、おれ、車買いにいくから、一緒に来ねえか」

龍馬は、金の入った途端に、大願成就の日がきた感激を、全身に味わった。遂に、車が買えるのである。あの車が、買えるのである。勿論、彼が溜池の中古市で、今年の正月に見つけた、五四年型の中型コンソルは、疾《と》っくに、売れてるだろう。しかし、同じコンソルの出物を見出すことは、困難でない。ことによったら、五五年型だって、手に入るかも知れない。小ヂンマリした胴体《ボディ》、運転シートに坐った時の内部の感じ――半年の夢が、わがものとなるのである。思いコガれた対手と、結婚する前夜は、こんな気持でもあろうか――

〝キキ〟の店で、サキ子も立会いの上で、第一回の入荷の利益を、卓造から受けてから後、龍馬が、最初に口にした言葉が、そのようなものであったのも、ムリとはいえなかった。

だが、サキ子は、同調しなかった。

「リューチン、あんたは、これから十四回も、今度と同じ額か、うまくいけば、もっと沢山のお金が入ることを、忘れたの」

「忘れやしねえよ、だけど……」

忘れはしないが、これから入る金は、今度入った金に比べると、半分の値打ちもありはしない。今度の金は、半年間の熱望を充たしてくれる、ありがたい金である。これから入ってくる金は、額は莫大でも、単なる金であって、使途を持っていない。使途のない金なんて、紙片に過ぎないではないか。龍馬の本心をいえば、車さえ手に入れれば、後はライセンスの権利も、貞造に回してやっても、よかったのだ――

「あんたは、この夏の終り頃には、三百六十万円以上のお金持になるのよ」

「それア、知ってるよ」

「それだけのお金持が、中型コンソルなんか乗り回してたら、おかしいと、思わない？」

「そうでもねえだろう」

「いいえ、あたしたち、その三百六十万で、満足するわけじゃないわ。それを資本にして、将来、どれだけ事業を発展させるか、わからないのよ」

「うえッ、本気で、そんなこと、考えてんのか」

「ダメよ、もっと、真剣にならなくちゃア……。叔父さまが、神戸で、ジッと見てらっしゃるわよ」

「すると、何か、おれが車買うの止めて、事業資金に繰り入れろって、いうのか」

龍馬は、ムッとした顔つきを、見せた。

「あたしは、山内一豊《やまのうちかずとよ》の妻じゃないからね。そんなことは、いわないわよ。あんなに欲しがっていた車だから、お買いなさいよ。だけど、将来、お金持になる人が、シミったれた車は、止した方がいいと思うわ。外車は、中古車に制限されてるにしても、せめて、スポーツ・カーか何か……」

「スポーツ・カーか！」

およそ、大学の自動車部に籍を置くような青年で、霊柩車に興味を持つ者が一人もないと同様に、スポーツ・カーの魅力を感じない者も、絶無だった。龍馬とても、ポルシェやMGを飛ばしてる外人を、憧れの眼で見送ったことは、何度だか知れない。それは、イキで、軽快で、高速な、青春の車である。老人や、エラ方の乗る車ではない。ことに、龍馬の一本気な性格と、若さには、この上もなく、ピッタリした車である。ただ価格の点で、学生の身分では、高嶺の花であるから、顧みなかったのである。

しかし、サキ子にいわれてみると、彼も、高嶺の花に、手が届かぬでもない地点に、立っていることに気がついた。

「それア、あんな車が持てれア、文句ねえさ。だけど、中古市にも、滅多に出ねえし、それに、スゴく高けえんだからな」

龍馬は、まだ、幸運を信じきれないイジらしさを、見せた。

「そうでもないわよ。百三十五万で、MGのセコハンが、買えるわよ」

サキ子も、いうことが、すっかり大きくなった。

「ほんとかい？」

「溜池の自動車会社のショーウインドに、出ていたもん。ブルー・グリーンのいい色してたわ」

「スゴいッ。すぐ、見にいこう」

「ダメよ。まだ、早いわよ。百三十五万を、多少負けさせるにしたところで、まだ、買える時期じゃないわ。今は、お預け……」

「そうか。おれの貯金を足しても、まだ、四十五万しかねえのか……」

龍馬は、溜息をついた。

「ちっとも、悲観することないわよ。後、二カ月もすれば、買えちゃうじゃないの」

「それまでにア、売れちまうよ」

「大丈夫。コンソルのような実用車とちがって、そう早く、売れやしないから……」

「おれ、断然、MGに乗換えたよ」

「そうよ、もう、昔と身分がちがうんだから……」

「それに、スポーツ・カーだと、おれの境遇と、とても、マッチするんだ」

「なぜよ」

「だって、おれんちのパパ、自動車嫌いだから、乗りアしねえだろう。すると、車に乗るのは、ママだけなんだ。スポーツ・カーのシートは、二つときまってるから、その点、スゴく都合いいんだ」

「あら、あたしは？」

「君だって、無論、乗せてやるよ。それにしても、二つで、間に合うじゃねえか」

「そうね、二つで……」

サキ子は、龍馬の顔を見て、ニッコリ笑った。龍馬も、隔てない微笑を返した。二人は神戸以来、そして、とりわけバナナの仕事を始めてから、接近した仲となったが、少くとも龍馬は、それを意識しなかった。

サキ子の方は、そうではなかった。

もともと、彼女は、男友達の中では、龍馬が一番好きではあったが、恋愛という気持からは、遠かった。また、彼女は、恋愛をかくべつ美しいとも、それを経験しなければ、女の一生がダイなしだとも、思っていなかった。小説に出てくるような、献身的恋愛は、女の立場として、赤字経営であり、また、侮辱的だと、考えられた。恋愛でも、結婚でも、性の交換とか、貿易とかいう目的なら、理解できるが、発狂的情熱によって、幸福が生まれるとは、信じられなかった。

彼女が、最初、作家になろうと思ったのも、次いで、シャンソン歌手を志したのも、皆、有名になりたい手段であったが、有名になれば、自活ができるから、女の徴兵制度のような、恋愛や結婚を忌避しても、平気だと、考えたに過ぎない。

しかし、彼女は、この頃になって、龍馬を助けたいとか、彼のために役立ちたいという気持が、強く動いてるのを知った。彼と彼女は、同年の二十一歳だが、頭脳と能力には一長一短があり、彼の不足してるものを、提供してやりたいのである。日本にバナナがないように、龍馬には、金銭の慾や、名利の志が欠けてるから、大いに、それを輸出したいのである。しかし、片貿易は御免であるから、龍馬の持ってるものも、大いに輸入したいのだが、それは後の話として、そういう気持の変化によって、彼女が、あれほど熱中していた文学的シャンソン発表会の意慾が、次第に衰えたのは、争われなかった。少くとも、デビュを急ぐよりも、龍馬を助けて、ライセンスの期限内に、最初の金儲けをやりたくなった。そして、呉天源の期待に添うように、彼をして大商人の道を発足させることが、彼女に与えられた使命のような気がしてきた。尤も、その念願が叶ったアカツキには、彼女は、一体どうなるか、どうするか、そこまでは、まだ、考えていないようである。

しかし、そういう彼女の転向を、ウスウス感づいて、ヤキモキし始めたのは、〝キキ〟の主人の宍倉《ししくら》平吾で、彼は、発表会準備のために、ずいぶん身銭も注ぎ込んでいるので、彼女に熱がなくなられては、迷惑この上もないのである。

「あんた、ちっとは、稽古してるんですか。双葉ホールに、六月五日という日が取ってあることを、忘れないで下さいよ」

サキ子が〝キキ〟へ姿を見せると、彼は、借金取りのような、催促を始めた。

「わかってるわよ。まだ、日があるから、そんなに急がなくたって、大丈夫……。それに、あたし、ピアニスト頼まないで、自分でギター弾くかも知れないし……」

彼女も、あれほど深入りした手前、俄かに気が変ったとも、いえなかった。中止するなら、宍倉に充分の金銭的弁償をしなければならないが、龍馬のスポーツ・カーさえ、まだ買えない時に、金を回させるわけにもいかなかった。

宍倉平吾は、何もスイ狂で、島村サキ子をシャンソン歌手に売出そうというわけではなく、何度も失敗したスター発掘を、今度こそ当てたら、マネジャーとして、末長く搾取したい腹であるから、今まで注ぎ込んだ金を、返却されたぐらいで、おとなしく、引ッ込むか、どうか。

そして、彼女の熱の上げ方が、昔ほどでなくなってからは、逆に、彼の方が夢中になって、是が非でも、発表会をやらずに置かぬ、意気込みだった。前景気をあおるために、ジャアナリズムへの宣伝も抜目がなく、彼女の写真入りのポスターも、すでにできあがって、要所々に配ったが、わが店の〝キキ〟には、三枚も貼りつけたから、眼に立つことおびただしい。

しかし、サキ子の身になると、このポスターを見るのが、あまり、愉快でない。龍馬がこの店を、オフィス代りに使ってるので、いやでも、ここへ出入りしなければならぬが、ポスターを見る度に、

――いやだなア、何とかして、出ないで済ましたいなア。

と、溜息をつく。

風の中の羽毛のような、女ごころとはいいながら、何という心境の変化であろうか。ついこの間までの彼女だったら、わが写真が人の眼に触れるというだけでも、胸が躍ったろうに、今は、すべてがニガニガしいのである。

――人前で、唄なんかうたったって何になるの。一度で消え去る唄ごえと同じように、空虚なミエだわ。ニコル・ルビエなんて、少しバカじゃなかろうか。

それに、ポスターに書いてある、才女シャンソンという文句が、気に食わないのである。才女は輩出しているが、どれも、シメっぽくて、青白くって、せいぜい、男に遠慮しながら、跳ね回っている。

――ほんとの才女ってのはね、男をリードして、モリモリお金儲けちゃうような、女のことよ。

彼女は、宍倉がデッチあげた才女シャンソン歌手なるものが、身の毛のふるうほど、いや

になった。紫シマ子なんて、ステージ・ネームが、自分で選んだくせに、キザでたまらなくなった。

――よっぽど、あたしは幼稚だったのね。ただの少女だったのね。

彼女は、自分がすっかり成長したと、思ってるから、新聞だって、この頃は、小説を読まずに、経済欄に眼を通している。新聞小説なんて、少女か、ヒマ人の読むものであって、バナナ輸入業者の関心を惹くわけはないのだ――

そして、彼女は、家にいても、シャンソンを唄わなくなったし、ギターも弾かなくなったし、それで、発表会の日は、次第に近づいてくるのである。

そして、龍馬も、宍倉からの攻撃を免れなかった。

「何とかして下さいよ。こう金が要っちゃアやりきれやしねえ……。ポスターに、ちょっとコッたら、五百枚で、七万五千円とられちゃってね……」

「よろしい、それくらい、ぼくが引き受けよう」

「あんたが背負わなくても、お父さんに話して下さいよ」

「パパにいわなくても、それくらい、何とかなる……。見損うな」

龍馬は、台湾から入荷の度に、銀行預金がふえていくから、気が大きかった。

「大丈夫ですか。それから、ポスターも、もっと刷らなけアならないし、プログラムも八ページとして、五十円はかかるし、切符だって、実費が、一枚六円はかかるし……」

「うるせえな。そんなの、みんな、ぼくが持ってやるから、ブーブーいうな」

「そうしてくれれば、文句ないけど、あんた、ほんとに、払えるんですか」

「勿論だよ。ただ、今すぐは、困るんだ」

「それ、ご覧なさい。そんなこといって、みんな、払やしないんだ。近藤さんだって、五千円出すって、まだ、一文もくれやしない……」

「近藤の場合と、ちがうんだ。ぼくは、事業始めたんだからな。事業ってものは、ある一定の時期が来ないと、収入のあがらんもんだ……」

彼は、スポーツ・カーを買ってから以後の儲けは、使途がないから、宍倉に用立ててやってもいいと考えていた。

「そういえば、あんた、うちの店で、サキちゃんのお父さんなんかと、よく会ってますね。何か、始めたんですか」

「なアに、ちょいとした輸入だよ」

「学生のうちから、貿易事業を始めるなんて、スゴいですね。あんたは、その方の腕は、ゼロだと思ってたんですが……」

「おれは、商人の血を、うけてるんだそうだ。親戚に、大商人がいるんだそうだ……」

「へえ、見かけによらないねえ。まア、シッカリやって下さいよ。で、どうですか、事業の成績は？」

「一船入ってくる度に、二十五万ぐらい、儲かるかな」

「そいつア、豪勢ですね。それ聞いて、あたしも安心しましたよ。今すぐ、払ってくれなくてもいいから、そのうち、きっと頼みますよ。あたしだって、乗りかけた船だから、何とか工面して、それまで繋ぎますからね……。時に、輸入してる商品は、何です？」

「そんなことまで、聞かなくてもいいよ」

「じゃア、知らねえことにしときますがね、阿片やヘロインだけは、やめて下さいよ。店の名が出ると、あたしが迷惑しますからね……」

センチメンタル・グレー

紀伊子のシャンソン熱は、日増しに募るばかりだった。

シャンソン喫茶通いだけでは、もの足りなくなって、方々のリサイタルへ出かけるし、ラジオやテレビでいい番組があれば、絶対に外出しないし、レコードとくると、フランスの新しいものは、手の届くだけ買い集めて、朝から、フアフアフアアと、やるせない声を聞かせるので、

「どうも、うるさいな。新聞も、読めやしない」

と、天童から、文句を食った。

なぜ、そんなに、シャンソンが好きになったのか。半年も経たぬ前には、島村サキ子がシャンソン歌手として、デビュするると聞いて、それだけの理由で、龍馬が親しく交わるのを、

反対したではないか。そして、そのサキ子の方は、金儲けに熱中して、シャンソンに熱を失ってしまったのに、文句をいった当人が、シャンソンでなくては、夜も日も明けなくなったのだから、バカバカしい。

しかし、考えてみると、シャンソンというものも、ロカビリーのように、未成年者専用というわけではなく、小味で、渋いところもあるから、中年向きと、いえないこともない。内外共に、中婆さんのシャンソン歌いが、ずいぶんいるし、年のお蔭で、人生の味みたいなものを、ただよわしたりする。それを、隈なく味わってやるのは、若い者にはムリということになる。すると、銀座のシャンソン喫茶で、冥想にふけってる青年子女は、マセたものであるが、四十の坂に第一歩を踏み入れた、紀伊子のような女が、血道をあげたといって、そう驚くに足らないのである。

それに、生まれつきのコリ性であって、お茶を始めた時も憑かれたようであったが、今度は二度目のハシカになった。年齢からいっても、お茶に全身を打ち込むには、ちょっと若いのだし、小唄ばやりを真似るには、少し気位が高かったところへ、たまたま、シャンソンというものに、めぐり合ったのである。龍馬とスポーツ・カーが、ピッタリのように、彼女とシャンソンは適薬だった。

尤も、彼女一人の道楽だったら、これほど熱も上らなかったろうが、同志がすでに四人も、集まったのである。女学校の同級の鈴木タミ子は、紀伊子をシャンソン喫茶へ連れてったくらいで、先輩というべきだが、彼女の仲間で、金ヘン成金の未亡人とか、大新聞重役の細君とか、二人の同好の士がいたところへ、紀伊子のお茶の友達で、亭主に完全飼育されてる、おとなしい奥さんが、案外にも、シャンソンの大ファンと知れて、ここに、グループをつくることになった。

マロニエ会という名を、紀伊子が選んだが、第一回は、彼女の家で、レコードを聞いて、お茶を飲む会。二時から始めることにしたので、天童は、午飯匆々、追放されるのだが、家を出る前に、ちょっと、細君に話があった。

「紀伊さん、ちょいと……」

天童は、外出の身支度を整えて、居間のイスに腰を下していたが、部屋を通り抜けようとする細君を、呼び止めた。

「何よ、あたし、忙がしいのよ。応接間へ、お花を活けるの、これから……」

「わかっとる。ちょいと、思い出したんだが、その後の龍馬の様子を、知りたいんだ……」

「そんなこと、お帰りになってからで、いいじゃないの」

「よくないよ。第一、そんなこととは、何だね。ぼくの愛する妻子の……」

「はい、わかりました。伺いますわ」

彼女も、観念して、良人の向側に腰かけた。

「どうだね、その後、龍馬の預金帳の工合は？」

「あら、あなたが、個人の秘密だとおっしゃるから、覗きにもいきませんわ」

「そうか。預金帳は見なくてもいいが、預金のふえた事実は、追求せんとね。それに、額が、ちと大きいからな。たしか、二十万とかいったね」

「ええ、二十四万ほど……」

「どこで、そんな大金を獲てきたかが、第一の疑問だ」

「学生で、株をやるのがいるって話だけど、龍馬は、まさか……」

「あいつに、株は不向きだ。宝クジだって、あいつは買わんよ」

「そうね、だから、あの子が自分で儲けたお金じゃないと、思うわ。あたしの見当では、天源さんじゃないかと、思うの。天源さん、龍馬に甘いでしょう。自動車買いたいって、おネダリしたんで、不足分を出して下さったんじゃない？」

「それも、考えられる。しかし、弟の奴も、そうカンタンに、金は出さんよ。ことに、学生が自動車が欲しいなんていっても……」

「でも、あの方、気前のいい時あってよ」

「それは、君が商人というものを、知らんからだ。商人は、役に立つ金だったら、いつでも、気前よく出すがね、そういう使途に対しては……」

「それにしても、龍馬は除外例よ。あんなに可愛がってるんですもの……」

「よろしい。金は、神戸から貰ってきたとしよう。しかし、第二の疑問は、依然として、残ってるのだぜ」

「何よ」

「金ができたのに、龍馬が車を買わんということだ。自分の金と合わせて、四十万を越したのに、念願の車を買わんというのは、どうしたことだ……」

「ほんとね、車買ったら、預金がなくなってる筈だのに……」

と、紀伊子も、そういわれると、気になってきた。

その時に、玄関のベルが鳴った。

「あの、鈴木さまの奥さまが……」

女中さんが、取次ぎにきた。

「あら、ずいぶん、お早いのね。まだ、一時間も前なのに……」

「会のお手伝いのために、早や目に伺ったと、おっしゃいました」

「じゃア、応接間へお通しして……」

「手伝いなどに、来んでもいいのだ。つまらん女だな」

天童は、鈴木タミ子とくると、スネの傷に痛みを感じるのか、急いで、立ち上った。

「お会いになる？」

「マッピラだな」

彼は、もっと細君と、龍馬のことを話したかったのに、ジャマをされて、腹が立った。そして、足音も荒く、客と入れちがいに、外へ出かけてしまった。

「まア、うれしいわ、早く来て下すって……。でも、お手伝いして頂くほどのことも、ないのよ」

紀伊子は、ウキウキした声を立てて、応接間へ入っていった。従って、龍馬のことは、サッパリと、忘れたのである。ということは、彼女が薄情な母親というわけではなくて、良人よりも、預金帳異変の件を、軽く見ていたからに過ぎない。

「まア、紀伊子さん、おキレイ……」

鈴木タミ子は、アイサツよりも先きに、紀伊子の髪を賞めた。髪といっても、カットの形とか、パーマの工合とかいうのではないらしい。彼女の眼の注がれてるところは、紀伊子の右寄りの額の生え際の辺である。そこに、秋の夜空に、一条の銀河が流れるように、シラガの縞が、混っている。シラガといっても、峠の茶屋の婆さんのシラガとちがって、薄汚いどころか、大変、手入れが行き届き、銀糸の刺繍のように、輝いている。そして、その銀河の隣りに、西洋人でなくては見られない、赤味を帯びた褐色の毛髪が、やはり、一条の流れをなして、自然の黒髪の中に、イキな諧調を、かなでている。

「今朝、美容室へいってきたの。茶色のとこは、ダーク・アーバーンに変えてみたけれど、どう?」

紀伊子は、軽く、その辺に手をやった。

「とっても、いいわ。あア、あたし、どうして、シラガが生えないんだろう」

鈴木タミ子が、悲しい声を出した。一昔前なら、正気のセリフではないが、この頃の中年女は、敢えて、色素欠乏の初老現象を歓迎するのである。中には、辛抱がしきれないで、わざわざ、シラガに漂白して貰うのもいる。そして、緑に染めたり、紫に染めたり、金粉や銀粉を吹きかけて貰ったり、まるで、お神楽にでも出演するようなことをやって、喜んでいる。

戦後になって、女のタノシミがふえたけれど、シラガ道楽は有史以来で、男性の窺うことのできない、境地であるらしかった。

尤も、男の方でも、ロマンス・グレーとかいって、中年男のシラガの珍重される新現象が起きたが、これは、娘さんたちが、同世代の青年の能力と懐中《ふところ》工合の貧弱さに、ちょっと腹を立てた反動に過ぎないので、本来は、ロマンスにも、ロマンチックにも、関係ないのである。

そこへいくと、中年女のグレー趣味は、人生の秋を愉しむ知恵であり、因習に対する画期的な挑戦である。シラガを隠さず、逆に、これを美化することによって、泰然と、良人に居直り、青年に対してすらも、何か自信を持ち始めたのである。青年も、美しいオバサマとして、彼女等を認めることに、やぶさかでない。ただ、彼女等の弱点は、みずからの美を斜陽と考え、回想と感傷の囚人となりがちなことである。

しかし、そんな心配は不必要なので、現に、紀伊子にしたって、大学卒業間近の息子を持つとは、信じられない若々しさで、大束の赤いバラを、カット・グラスの花瓶に活けながら、

「タミ子さん。そんなに働いて下さらなくても、いいのよ。女中に、させますわよ」

と、鈴木タミ子が、小マメに動くのを、制した。

「だって、もうそろそろ、時間よ。レコードは、みんな、運んできて？」

「ええ。それは、朝のうちに、やっといたわ」

「ルイス・マリアノ、忘れないでね」

「大丈夫よ、タミ子さんが来る以上……」

「マリアノが日本にいたら、あたし、毎日でも聞きにいくわ。唄も、すばらしいけど、あれだけの美男て、滅多にないわよ」

「それア、ハンサムにはちがいないけど、少し、甘くない？　何だか、日本の流行歌手にいそうな顔だわ」

「失礼ね、あんな美男が、そうザラにいて、たまるもんですか」

と、フランスで、女性の人気を集めてるシャンソン歌手のことを、しきりに評判してるが、二人とも、まだ、当人に会ったことはないのである。尤も、タミ子の方は、マリアノの出演した映画を見にいって、それから、すっかり熱を上げてしまったのだが――

「でも、あたしより、高野さんの方が、マリアノ熱は高いくらいよ」

と、タミ子は、今日くる仲間の噂をした。

「まア、そんなに、皆さん、マリアノ・ファンなの。あたしは、ベコーの方がいいわ」

「どうせ、紀伊子さんは、高級でいらっしゃるわよ」

「あら、そんな意味じゃないけど……」

と、いい合いをしてる時に、玄関のベルが鳴った。

「高野様が……」

女中が、取り次ぐ間もなく、背の高い高野アキ子が、ズカズカと、応接間へ姿を現わして、

「珍客を、連れてきたわよ、大珍客！　誰だと、お思いになる？」

「さア？」

「永島さんよ、永島栄二さん、連れてきたのよ」

「えッ」

と、驚いた時には、当人の永島が、ニコニコ笑って、舞台へ登場するような姿勢で、入ってきた。チョコレート色の上着に、オックスフォード・グレーのパンツの筋目も正しく、しかし、ノー・タイの格子シャツに砕けて、

「永島です、突然、上りまして……」

と、モジャモジャ頭を下げた。

シャンソンの男性歌手として、近来、メキメキと売出した男である。年の頃、三十二、三で、流行歌うたいのような、兄《あん》チャン臭さがなく、フランスで修行したというだけあって、アカ抜けした唄い方と男前が、二十歳以上の女性の間に、人気を集めている。といっても、野球の長嶋ほど、全般的人気が沸騰しないのは、ナガの字がちがうから、仕方がない。

「まア、よくいらっしゃいましたわ」

「ほんとに、願ってもない、珍客ね」

マロニエ会は、女性のみの会であるが、かかる男性の参加を、反対する者は一人もなかった。そうなると、高野アキ子は鼻高々で、彼女の良人が有名新聞の重役であるために、最近、永島が、その社のホールに出演してから、知合いとなり、今日は、ムリに彼を引っ張ってきたと、自慢話を始めた。

「今日はね、最後に、一、二曲、うたって下さるそうですよ」

「まア、うれしい」

と、女たちは、歓声をあげたが、

「ウソですよ。それよりも、皆さまのシャンソン観をうかがって、仕事の参考にしたいんです」

と、永島は、人を外《そら》さなかった。

そこへ、金へん成金の未亡人で、肥満女の山村カメ子と、紀伊子のお茶の仲間の平山ノブ子が、相次いで到着したので、全員の顔が揃った。

女中さんが、煎茶から紅茶、クッキー、ケークと運んでくると、紀伊子が、

「永島さんは、甘いものじゃ、お気に召さないでしょう。ウイスキーでも、持ってこさせましょうか」

「いや、ぼくは、ウイスキーは……」

「あら、下戸でいらっしゃるの」

「でもないんですが、パリで、コニャックばかり、飲みつけたもんですから……」

といって、さすが、フランス仕込みはちがうと、一同を感心させた。シャンソンは、ブドーからとれる酒と調和するので、ムギからとれる酒はダメであると、彼は、意見をつけ加えた。奥へ引っ込んだ紀伊子が、息せき切って、一本の酒壜を、抱えてきた。

「これ、いかが？　宅の主人の秘蔵ですけど……」

「や、これは、タイしたものです。一九三二年のナポレオン印じゃありませんか」

酒飲みではないが、美酒の味は解する天童が、とって置きの古いコニャックを、勝手に持ち出す罪は、知っているが、紀伊子として、やむにやまれぬ衝動だった。

「さア、どうぞ、沢山、召上って……」

ボロボロになったコルク栓を抜いて、黄金色に澄んだ液体を、永島のグラスに満たしてやるのは、いい知れぬ快感があったのである。

鈴木タミ子は、もう忘れているだろうが、彼女に連れられて、始めてシャンソン喫茶に足踏みした時に、真打ち格の唄い手として〝パリの屋根の下〟を原語でうたったのは、永島栄二だったのである。あの時、彼が最新流行のシャンソンをうたったのだったら、紀伊子も、こんなシャンソン・マニアには、ならなかったであろう。彼女がメロディも文句も知っている古い唄をうたってくれたおかげで、シャンソンに酔うこと――回想と感傷に浸る味を、経験したのである。あれは、何かの縁である。紀伊子の開眼をしてくれたというだけでも、彼は記憶されなければならない。そして、彼女も、その後、彼の唄を聞きたいと思いながら、想いを果さずにいたところが、思いもかけず、今日、わが家へ出現してくれたではないか。

これは、歓迎しないでいられない。茶菓とサンドウィッチだけのパーティーのつもりだったのに、キャビアの缶を開けたり、青チーズの大塊を持ち出したり、亭主の好物をヘズることを、一向に悔いなかった。

永島も、すっかり、いい気持になって、

「何だか、パリへ帰ったようですね」

と、フランス人みたいなことを、いいだした。

「レコードなんか、いつでも聞けるから、今日は、永島さんのパリのお話や、最近のあちらのシャンソンを、聞かして頂きましょうよ」

紀伊子が提案すると、誰も賛成した。

「やはり、イヴ・モンタンや、グレコは、今でも、人気が高いんでしょうか」

山村カメ子が、質問した。

「ええ、何といっても、二人の王座は、揺ぎませんね。ことに、グレコは、芸人というより、パリの芸術家ですからね。あの女の黒い髪、黒いスエーター、黒い男ズボンは、まったく、戦後のパリの芸術的フンイ気を、代表してますよ」

「パリの町には、黒の衣裳が、とても、よく合うんですってね」

鈴木タミ子は、自分も、黒のツー・ピースを着てきた関係上、そういいたくなった。

「ええ、いろいろ流行色が出てきても、結局、黒に落ちつきますね。〝枯葉〟なんてシャンソンも、やはり、黒の趣味ですね……。〝枯葉〟といえば、原語では死んだ葉の意味ですけど、グレコが始めて歌った時は、あの唄なんですよ。そして、それには、秘密があるらしいんですが……」

〝枯葉〟と聞いて、紀伊子が膝を乗り出した。

ね、忘れないね
あの日ごろ
輝く陽のいろ
幸せのいろ
よかったね
あの日ごろ

紀伊子は、シャンソンに興味を持ってから、〝枯葉〟という曲が、ことに好きになって、原語の歌詞も、日本語の訳詞も、すっかり誦《そら》んじてしまった。時には、それを、低声で口ずさんで、良人にヒヤかされたりするが、一番、気に入りのその曲のことを、永島が語り始めたので、体が乗り出してくるのである。

「もともと、グレコという女は、文学少女で、戦後、実存主義文学者の集まるキャバレに出入りしてるうちに、ふと、シャンソンをうたう気になったらしいんですが、その原因は、恋愛なんですな。恋愛といっても、彼女の深く愛した男が、死んだからなんですな……」

永島は、声を売る商売だけあって、もののいい方が洗練され、とりわけ、レンアイという発音が、恋愛そのもののように、甘美だった。紀伊子が聞き惚れるのも、ムリはなかった。

「でも〝枯葉〟は、イヴ・モンタンの方が、最初にうたったんですよ。男がうたえば、男の恋ごころになるんですね。彼は、その前から、ピアフと烈しい恋愛中だったんですから……」

「ピアフって、もう、中婆さんでしょう」

と質問する鈴木タミ子の年齢も、四十を越していた。

「その頃は、今より若かったでしょうが、とにかく、年下の恋人であるモンタンを世の中に出すために、二年間、アルコール類を断ったそうですからね」

「まア、あちらでも、酒断ちなんて、あるんですか」

「塩断ち、茶断ちは、聞きませんがね。ブドー酒は、水と同じくらいに思ってる国民ですから、それを、二年間飲まないというのは、大努力ですよ。それくらい、フランスの女性は、恋愛にすべてを献げるんですよ、ピアフに限らず……」

「じゃア、永島先生なんかも、コーヒー断ちぐらい、やってお貰いになったんじゃない？」

山村カメ子が、笑いかけた。

「いや、ぼくなんか、そんなヒマありませんでしたよ。何しろ、勉強が忙がしくて……」

「どうだか、わかりませんわ。お話をうかがってると、シャンソンの名手は、みんな、すばらしい恋愛をなさってるじゃありませんか。先生だって、きっと、美しいロマンスがおありになるのよ。少し、お聞かせ遊ばせよ」

「弱りましたなア。ぼくに、そんな……」

「過去でなくてもよろしいの。現在進行中のお話でも……」

黙っていた紀伊子が、突然、口を出した。

「いや、ぼくは、失恋の経験ばかりで」

永島は、紀伊子の顔を、やさしく見返しながら、ハミングを始めた。

よかったね、あの日ごろ
枯葉をかき集めたように
過ぎし日の恋が
胸につもる

マロニエ会の第一回の集まりは、大成功といってよかった。平山ノブ子のような、内気で、保守的な女でも、

「ほんとに、面白うございましたわ。お茶席なんかとちがって、心から、ノビノビ致しますわ」

と、解放の喜びを、声に現わした。

成功の原因が、永島栄二が出席したことにあるのは、明らかだった。まったく、彼は意外の珍客で、すべての会話は、彼を中心として交わされ、そのために、準備したシャンソン・レコードは、一枚もかけないで、会を終った。尤も、彼がナマのシャンソンを、三つも、聞かしてくれたが——

永島は、オバサマと呼ばれるような、中年女の扱いを、よく心得ていた。若い娘たちは、シャンソンの味がわからないから、自分の芸術をほんとに理解してくれるのは、四十から四十五までの女性であるといって、ちょうど、その年齢にあるマロニエ会員の全部を、喜ばせ

た。それに、彼はロカビリー歌手のように、兄《あん》チャン的ではなく、また、本格声楽家のように、芸術家臭くもなかった。少しキザで、少し上品で、色気も冗談も、度を越さなかった。

そこが、中年女の気に入るのである。彼女等も、良人以外の男性と、交際してみたいのだが、危険と不体裁は、避けたいのである。戦前、少し裕福な中年女は、能楽をたしなみ、謡曲の稽古の集まりに、先生とか、若先生とかいわれる能楽師を招いたが、先生と懇意になって、贈物をしたり、食事を共にしたりするのが、彼女等の大きな愉しみだった。カブキ役者と交際したら、もっと本望だったのかも知れないが、それでは世間態が悪いし、危険度も高いし、そして、能楽師には、カブキ役者に負けない美男もいたから、不満はなかった。

その謡《うた》いの先生の役どころが、どうやら、永島栄二あたりに回っているのではないかと、彼女等は、敏感に、覚ったのである。シャンソンの先生なら、謡曲の先生より近代的であり、気のきいた愛玩物になり得るではないか。

「先生、あたしたちの会の指導者に、なって頂けません？」

そういいだしたのは、誰よりも敏感な紀伊子であった。

「ほんと！　今日の発会式に来て頂いたのは、何かのご縁よ」

「それに、あたしたちだって、ただ、聞くだけでなく、ちっとは、歌う方のお稽古もしてみたいわ」

「そして、お稽古の合間に、パリのお話を聞かせて下さったら、どれだけ愉しいか知れないわ。ねえ、先生、お願い！　いいでしょう」

と、中年女が、口々に、甘え声を出すので、永島も、悪い気持はしないらしく、

「指導者なんて、責任のあることは、勘弁して頂きますが、皆さんの顧問になる程度でしたら、喜んで……」

紀伊子が、永島栄二と会ったその日から、そこはかとなく、恋ごころを懐き始めたとすれば、小説の筋としては都合がいいが、今の中年女の心理は、そう簡単にハズんでくれないのである。

しかし、彼女が彼に好意を持ったことは、争われない事実で、

——高野さんが、連れてきたけれど、あの人とは、どういう関係なのか知ら。別に、大したことがないんなら、あたしもあの男を、ヒイキにしてやったって、いいんだけれど。

と、いうようなことを、考え始めたのである。

シャンソン歌手というものは、流行歌のそれとちがって、莫大な収入のあるものでないことは、彼女も知っていた。ヒイキにして、時々、物質的な面倒でも見てやれば、喜ぶにきまっている。そして、彼女も、そういうヒイキ役者の一人ぐらい、持ちたいと思ってるところだった。

ただ、高野アキ子と、深い関係でもあれば、ヒイキにしてもつまらないが、あの日の様子では、その心配もなさそうである。単なるヒイキの競争だったら、紀伊子は、高野アキ子に勝つ自信があった。

——それに、永島さんて、水も滴たる美男子ってわけでもないから、ヒイキにしても、そ

齢だった。

も、ハデでないのが、何よりである。そして、彼女にとって、一番好もしいのは、永島の年

そういう用心も、しなければならない。永島も、女殺しという面でもなく、魅力はあって

うヘンに思われもしないわ。

——あれで、三十二、三か知ら。

その辺の年齢の男性が、彼女のお対手役として、適当だった。それは、良人の天童の年と、息子の龍馬の年との、ちょうど中間なのである。三十二、三以下だったら、彼女は、息子のことを思い出さなければならないし、四十を越した男だったら、何も、他所で探さなくたって、ウチにいるのである。

良人より若くて、息子より老けている男性が、彼女に欠けているので、そんな男と、遊んでみたり、食事をしたり、せいぜい、言葉の上で、ジャレてみたりするのは、最大の精神的食補《シブー》になろうことを、彼女は、空想していた。それは、良人を裏切りもせず、息子を辱かしめもしないで、彼女自身の血を、肥やすことになるのである。

彼女は、次ぎのマロニエ会が、待ち遠しかった。月一回ときめて、来月、高野アキ子の家で、第二回の集まりがあるのだが、少し、先きが長かった。

そこへ、思いがけないことに、永島から、手紙がきたのである。ブルーの封筒と、同じ色の用紙は、恐らく、フランス製品と思われたが、書いてある字は、近代的金釘流だった。紀伊子の紀の字が、金ヘンになってるのも、情けなかった。しかし、文句は、気がきいていた。

奥さまが、あまりにも似ていらっしゃるので、ハッと、胸をどろかせました。

誰に？

いえ、パリで、私に限りなく暖かい親切を、そそいでくれたマダムです。その人は、今は舞台に立ちませんが、フランス人なら誰でも知ってる、美しいシャンソン歌手です。

奥さまの深い瞳、そして、奥さまの美しい銀の髪、どうして、そんなに似た人が、東と西に、二人いるのでしょうか。

少年のような私のセンチメンタリズムを、満足させて下さるお気持があったら、どうぞ、明日の六時に、銀座の〝梅の木〟の二階へ、お出で下さいませ。私の選んだメニュで、フランスの味を差しあげたく存じますから。


紀伊子は、その手紙を、くりかえして読んだ。若いお嬢さんも、恋人からきた手紙を、くりかえして読むにちがいないが、紀伊子は、まだ、そこまでいってないから、これは、どういう意味だと、紙の裏を探そうとして、何遍も、読んだのである。

――半分は、お世辞だとして……。

――日本でも、年上の女の親切にあずかりたいという、意味らしいわ。

――それに、こっちがご馳走してあげるなら、わかってるけど、あんな人の招待を受けるなんて、少し、逆だわ。

彼女は〝梅の木〟へ行こうか、行くまいかと、ずいぶん思案した。結局、手紙を、何度も、読み返すことになるのである。

しかし、翌日の午後になると、彼女は、外出の化粧を始めた。その動機は、良人の天童が、今夜はヤキトリを食いに行くから、晩の食事は要らぬと、いい出したからである。

「あたしも、銀座で、食事を誘われているの、ちょうど、よかったわね」

彼女は、キッパリ、心をきめた。

そして、五時半になると、彼女は、着換えを済まして、

「あたし、和服だから、ハイヤー呼びますわ。あなた、途中まで、お乗りにならない？」

「いや、ぼくは電車だ。どうぞ、お先に……」

天童は、ほがらかに答えた。

一家争鳴

龍馬が、髪をのばし始めた。

彼の坊主頭は、空手の稽古の時に、髪がボサつかなくて済むから、そうしたのであったが、一つには、彼の趣味でもあった。油と櫛の厄介になるのは、気が進まなかった。

彼のクラスでも、坊主刈りにしてるのは、彼一人で、その頭は、彼の登録商標みたいなも

のだったが、伸びるに任せるに至ったのは、趣味の変化というよりも、必要上からだった。

「リューチン、その頭じゃア、どうしても、服と合わないわよ」

サキ子が、忠告したのである。

金ボタンの学生服だと、彼の円い頭がよく似合って、巨人軍の王選手そっくりだと、人にいわれるのだが、セビロを着たら、サッパリ、いけないのである。

セビロも、親からこしらえて貰った、紺のサージのやつだと、それほどでないが、この頃、自前で新調した、流行のシマのウーステッドなぞを着込むと、西洋のヤブ入り小僧みたいな感じになってしまう。すべては、坊主刈りのせいである。

その服だけなら、まだよかったが、スポーツ・ジャケットは、何枚もこしらえるし、タフ・ガイ・ルックとかいって、石原裕次郎が着るようなものも、買い込むし、そうかと思うと、社会人と交際するには、タキシードも、必要ではないかということになってきたのである。

といって、龍馬が、急に、おシャレになったのではない。どの服も、サキ子が見立てて、仮縫いにまで、立会うのである。彼女は、自分のおシャレを忘れ、男子専科というような本と首っ引きで、いかに、龍馬を好もしいスタイルの青年に仕立て上げるか、夢中になってるのである。

「リューチンには、裕次郎にない知性と夢が、溢れてるんだもん。そして、タフネスだって、二倍はあるもん。それを表現する服装でなくちゃア……」

彼女は、まるで、劇場の衣裳師のように、龍馬のコシラエに苦心するのである。

というのも、金がダブついてきたからだった。船の入る度に、龍馬の預金はふえていくが、使い道の方が、塞がれてしまった。狙っていたスポーツ・カーのMGが、一足先きに、売れてしまったのである。

その時の龍馬の落胆といったら、眼も当てられなかった。

「おれ、コンソル買うっていったのに、君があんなことというから、MGにしたんだ。そしたら、両方、ダメになっちゃったじゃねえか。いつになったら、車買えるんだ」

と、サキ子にアタったが、彼女は、今更、実用車なんか買うよりも、もっと高級なスポーツ・カーを狙うべきだと、うまく誘導した。

「溜池の会社で聞いたら、あすこでジャガーを買ったG・Iが、そのうち帰国するんですって。その時には、売って帰りたいといってるそうだから、あたし、予約しといたわ」

バナナと同じように、自動車も輸入統制があって、金さえ出せば、誰でも新車が手に入るわけのものではない。ただし、中古車なら、その限りにあらずだから、龍馬も、それを狙う外ないが、それには、売物の出るのを、待たなければならない。

それまでは、龍馬の預金が減らないわけだが、サキ子とすれば、金があるのに、龍馬に、みすぼらしい服装をさせて置きたくないし、また、すべてを貞造任せにもできないので、龍馬も銀行とか、華僑貿易公社青果部とかいう場所へ出入りする時があるから、学生服では工合が悪く、服装を整える必要が生じてきたのである。

龍馬だって、若い身空だから、おシャレの味が、悪かろう筈もなく、サキ子のいいなりに、何着もこしらえた服を、とりかえひきかえ、着て歩くのだが、家に知れては面白くないので、全部を〝キキ〟の二階の宍倉の住居に、預けて置いて、そこを、着換えの場所に、用いてるのである。

宍倉も、龍馬が金回りのいいのを、目前に見てるから、安心して、サキ子の発表会の準備を進めているが、本尊の彼女が、シャンソンよりも金儲けの方に、芸術的情熱を注いでる様子なので、デビュの成功が、危ぶまれてきた。

「会の日も、迫ってきてるのに、あんた、練習もしないで、いいのかね」

宍倉は、二階の居間で、龍馬を待ち合わせてる彼女を、やっと、つかまえた。こういう問題は、彼女一人の時でなければ、話しにくいのである。

「大丈夫よ。シャンソンなンて、即興的なものだから、あんまり練習しない方がいいのよ」

正直なところ、サキ子は、発表会なんか、どうでもよかった。会どころか、シャンソンそのものまで、興味を失ってきた。あんなものに夢中になっていた自分が、いかにも幼稚で、浅薄に思われた。しかし宍倉との従来のイキサツを考えると、気が変ったからやめるといえないことも、確かだった。約束であるから、双葉ホールには出るが、それを、最初で最後の発表会にしたい。金儲け人生の貴重な一日を割いて、唄なぞうたってみるが、それをもって、シャンソンという下らぬものと、お別れの夕にしてみたい。いわば、宍倉に対するギリで、発表会にのぞむので、練習の情熱なぞ、湧くわけがなかった。

「当日の衣裳だって、早くあつらえないと、間に合わないぜ。あんたは、龍馬さんの服ばかりこしらえさせて、自分の着るものを、忘れちゃ困るよ」

宍倉は、胸も露わなローブ・ド・ソアレを、彼女に着せたくて、モデル・ブックまで持ち出した。

「あたし、フダン着のままがいいと、思うな。お化粧も、しないつもりよ。シャンソンなんて、それでいいのよ」

そこへ、龍馬が上ってきたので、宍倉は、コソコソと、階下へ降りていった。金力がある上に、空手という武力を備えてる龍馬には、宍倉も、一目置くのである。

「マスターの奴、何いってやんだい」

龍馬は、チャブ台の前に、腰を下した。窓だけは洋風で、タンスや茶ダンスの列んだ、宍倉夫婦の居間だが、真新しい洋服ダンスだけは、龍馬の所有品で、着換えの服が、一ぱい詰っていた。

「例によって、発表会のことよ」

サキ子は、バカバカしいという顔つきを、見せた。

「嫌なら、断っちまえば、いいのに……。宍倉に、金払ってやれば、いいんだろう」

「それだけ、損するじゃないの、二時間ばかり、声を出せば、済んじまうわよ」

「そんな発表会って、あるかな。みんな、スゴく、ハリきるんだろう」

「あたしだって、半年前は、そうだったわよ。人間て、変るもんね」

サキ子は、人生の経験者らしい感想を洩らした。

「ほんとだ。うちのママが、シャンソンが好きになったからな」

「わッ、驚いた！」

「実際、わからねえもんだよ。急に、レコードを買い込んだり、自分でも、ハミングをやったりしてさ」

「まア、無邪気だわね」

「無邪気ってことも、ねえけどさ、突然変異にアちがいねえよ」

「でも、オバサマみたいな方、わりと少女的でしょう。シャンソンの感傷性が、何かの拍子で、グッときたんじゃない？」

「何の拍子かな」

「それア、オバサマだって、青春の使い残しがあるわよ。それが、陽気のせいで、芽を吹くってことも、考えられるわよ。だけど、あたし、忠告したいな。そういう感傷は、欺瞞《ぎまん》よ。いいえ、感傷ってものは、すべて、欺瞞で、空虚よ」

「でも、大人のセンチは、手が混んでるからな。まア、そんなこと、どうだっていいや。君、永島栄二って、知ってるかい？」

「それア、知ってるわよ。ちょいと、歌える人ですもの」

「そいつを、ウチへ呼んだんだってさ。ママのシャンソン熱も、想像できるだろう」

龍馬に、そのことを伝えたのは、女中さんであって、母親ではなかった。

「ほんと?」

サキ子が、顔をしかめた。

「なぜ?」

「いいえ、オバサマは、大丈夫にきまってるけど、永島さんて、女たらしで評判の人だもんね。あんまり、寄せつけない方が、いいと思うんだけどな……」

「よけいな心配、するなよ」

母の情事なんて、考えただけでも、龍馬にとって、不愉快だった。そして、そんな先きぐりの想像をするサキ子に、腹が立った。

「そうね、オバサマは聡明だから、逆に、永島をオモチャにしちゃうかも、知れないわね」

「どっちだって、いいじゃねえか。黙ってろよ……。それより、今日は、少し、金使ってみてえな」

龍馬は、珍らしいことを、いいだした。彼は、中古実用車を買うために、二十万円も貯金したほどで、決して、濫費家ではないのだが、バナナのライセンスを貰ってから、真夏の寒暖計のように、グングン昇っていく預金額を眺めると、少しは、それに手をつけてみたくなった。

「ダメ! まだ、早いわよ。あんたの服や靴は、事業のために必要だから、支出するけど、無目的のお金使う時期じゃないわ。いつ、スポーツ・カーの売物いってくるか、知れないじゃないの」

「わかってるよ。だけどね、おれ考えたんだ、事業の収入に手をつけなければ、おれの貯金の二十万は、使っても、いいんじゃねえかな」

そういわれると、サキ子も、反対の口実がなかった。共同経営以前の財産であるから、彼女が、いくら、世話女房的感情を働かしても、及ぶところでなかった。

「そうね、それは、リューチンの自由だわ。でも、ムリに使うことはないと、思うわ」

「いや、自然の要求なんだ。おれ、生まれてから、一度に二千円以上の金、使ったことがねえ気がするんだ。今日あたり、やってみてえんだ。そのつもりで、銀行から、出してきたんだよ」

と、千円紙幣の束を出して見せた。

「まア、手回しいいのね。いくら？」

「二十万の十分の一……。それくらい、使ってもいいだろう。君も、支度しろよ」

彼は、金ボタン服を、脱ぎ始めた。

サキ子も、それくらいの金額ならば、消費に同意しないわけにいかなくなって、

「今日は、どの服着る？」

と、洋服ダンスの扉を開けた。

「そうさな。銀座へいくから、タウン・ウエアーかな」

龍馬も、一端《いっぱ》しのことをいって、赤いシマのネクタイを、結びにかかった。

ネクタイを結ぶとズボン、ズボンをはくと、

「はい、上着……」

と、着換えを手伝うサキ子は、まるで、戦争前の日本の細君であって、亭主に皿を洗わせる流行は、まるで、知らないようだった。

懐中に金があるから、渋谷からハイヤーでも飛ばすかと思ったら、二人は、地下鉄で銀座へ出た。それは、倹約というよりも、習慣に従っただけで、車を飛ばすなら、自分でハンドルを握らなければ、龍馬の気持は、収まらないであろう。

「三越へ、入ってみようか」

地下道を歩いてる時に、龍馬がいった。

「え、三越？」

サキ子が、笑った。銀座へは、よく来るけれど、デパートというところへは、一度も、用のなかった二人である。この若い東京人は、靴でも、下着でも、みゆき通りあたりで買うことはあっても、数あるデパートには、トイレ拝借以外に、立ち寄ったことはなかった。

「そうね、今日の気分に、合うわね」

そして、二人は、デパートの地階へ、足を踏み入れたが、さすがに、アルマイトの鍋釜や、お惣菜コロッケの類には、まだ、興味が起らないと見えて、そこは素通りで、一階へ昇った。

ワイシャツ。下シャツ。スポーツ・シャツ。ネクタイ。ベルト。靴下——

「このタオル地のジャンパー、どう？　クリーム色が、いい色してるわ」

「安物だよ、値段を見てみろ」

彼等は、高いものが、買いたいらしかった。

「おれのものばかりでなくても、いいんだぜ、君、欲しいものねえか」

「そうね、何がいいか知ら……」

化粧品部へ回ってみたが、金ピカのコンパクトも、舶来のルージュも、サキ子の興味をひかなかった。彼女は、化粧と見せない化粧をする主義なので、そういうものは、不必要だった。

「七千円の香水があるぜ。どうだい」

「絶対反対。フランス香水なんかより、ナフタリンつけた方がいい」

それから、二人は、二階、三階と歩いたが、男子洋服のブラ下りには、龍馬は眼もくれなかったし、呉服太物の売場は、サキ子が速や足で通り過ぎた。彼女は、和服と名のつくものを、一枚も持っていない女で、寝衣《ねまき》さえパジャマで通していた。近頃の和服流行も、彼女は、まったく無頓着だった。といって、洋装の方も、まっ当なものは、ほとんど持っていないが、スラックスなら、何本も納ってあるというような、好みなのである。

二人は、時計や貴金属から、家具まで、見て歩いた。応接間のセットや、食器棚などが気に入っても、どうしようもないのであるが、店員の眼には、新婚ホヤホヤの夫婦が、買物にきたとうつるらしく、

「アパートでお使いになるんでしたら、もっと、簡単なセットもございます」

と、寄ってきた。

二人は、匆々に、店を出た。

「デパートって、まったく買う物ねえな」

デパートばかりではなかった。

どこへ行っても、買う物がないのである。いつもなら、あれも欲しい、これも買いたいと、ショーウインドの中の品物が、やたらに眼につくのであるが、大いに買うために、お金を準備してきた今日は、意地悪くも、買い気が起らないのである。

「不思議ねえ、全然、欲しいものがないわねえ」

「うん、金持ってると、使いたくなくなるものかなア。永井荷風って人も、そうだったらしい……」

みゆき通りも、並木通りも、一わたり歩いてから、二人は、顔を見合わせた。

「こんな日に、ムリにお金使うことないわよ。ギョーザでも食べて、帰りましょうか」

サキ子が、堅実な考えを、持ち出した。

「止せよ、あんまり情けねえや。第一、シャクだよ、銀座へきて、金が使えねえなんて……」

龍馬のいうことも、一理あった。

二人で二万円——一人一万円の金が使えない、銀座でもあるまい。どこの都市へ行っても、消費の中心地は、何々銀座と名がついてるが、その本元へきて、金が使えないという法はない。たった一人一万円の金の使い道がないとなったら、銀座の恥辱であり、また、銀座へきた者の名折れでもある。よほど、金の使い道を、知らぬことになるではないか。

「まア、ビールでも、飲もう」

龍馬は、煉瓦づくりのビア・ホールへ、足を向けた。しかし、一万円だけビールを飲むのは、骨が折れるだろう。

薄暗い店内に、ドイツ好みの頑丈なイスとテーブルが列べてあったが、時間が早いので、客の数は少なかった。

「大きいの……」

龍馬が、威勢よく、註文した。

「お二つですか」

「そうよ」

サキベーだって、大ジョッキの一杯や二杯を、敢えて辞するものではない。

やがて運ばれた、陶製の大きなコップを、龍馬は、取る手おそしと、口へ運んだ。

「うめえな、今日のビール……」

「ほんと。きっと、樽の開けたてよ」

サキ子も、通なことをいって、一気に、半量を飲み干した。何、今日のビールがうまいのではなくて、散々、歩き回って、喉が乾いたのである。

「お代り……」

そのジョッキも、龍馬は、二た口で、飲み干してしまった。負けじと、サキ子も、ゴクゴク喉を鳴らしたが、フーウと、呼吸《いき》をついて、一休みした。

三度目の註文は、一杯だけだった。いつもなら、龍馬も暗算をしながら、お代りを命じるが、今日は、まったく解放の喜びだった。

「あア、いい気持になった……。何だか金の使い道が、開けてきたような、気がするぜ……」

妙なもので、約二リットルのビールが龍馬の購買慾を、軌道にのせることになったのである。

ビア・ホールを出た二人は、先刻一度歩いた、みゆき通りへ、また、さしかかると、

「おい、サキベー、このレースのワン・ピース、どうだい?」

龍馬は、ショーウインドを、覗き始めた。

「レース着るガラじゃないな、あたしア。それに、さっきも、ここは見たじゃないの」

サキ子も、内心、買気を催してきたが、一応の遠慮を見せた。

「見直したら、よくなったよ、買っちゃえ、買っちゃえ」

店の中へ入って、寸法を合わしてみると、ちょうどよかったので、持って帰るように、包ませてる間に、

「この短いトレンチ・コートみたいなの、雨降りの時に、着られそうね」

サキ子が、新型の白いレーン・コートをいじって見た。

「ついでに、こいつも、買っちゃえ」

龍馬が女店員に、包装の追加を命じた。それを、一つずつ、胸に抱えて、二人は往来に出た。

「さあ、もっと買うものねえか」

「今度は、リューチンのものがいいわ」

サキ子は、ものを買って貰っても、礼一ついわなかったが、ほんとは、ひどく済まないと、思っているのだ。そして、先刻、男物洋品店で見て置いた、英国製の夏スエーターを、どうしても、彼のために、買入れたかった。

その店へ入って、ショーウインドの品物を、持ってこさせた時に、龍馬は、

「おれにア、少し、紳士臭えや」

「あら、そんなことないわよ。むしろ、ジュニア向きよ」

「奥様のおっしゃるとおりでございます」

店員が、飛んだ口添えをしたので、龍馬も、二の句がつげなくなり、それを買うことにした。

その外に、サキ子は、イタリー製のコンビのネクタイとハンカチも、買わせて、店を出た。

「やっと、これで、買物ができたな」

龍馬は、いい気持だった。値段かまわず、ものを買うということが、こんな快感を催すとは、知らなかった。

た。

「だって、まだ金は残ってるぜ」

龍馬は、釣り銭をズボンのポケットに押し込むだけで、紙入れの紙幣は算《かぞ》えてもいなかっ

「もう、一万三千六十円、使ってるわよ」

サキ子は、キチンと数字をあげて見せた。

「へえ、そんなに、買っちゃったのかい。もっと、銀行から出してくれれば、よかったな。でも、まだ、飯食うぐらい、大丈夫だよ。相当、豪華にやっても……」

ちょうど、時刻も、夕飯によかった。

「トンカツやギョーザ食うの、やめようぜ、今日は……」

龍馬は、サキ子が堅実な意見を出さないさきに、釘を打った。

「だって、まさか、帝国ホテルへいく気じゃないでしょう」

「いっていけねえこと、ねえさ。まだ、六千円残ってんだから……」

「そんなムリしなくたって、いいのよ。何てったって、あたしたち、帝国ホテルには弱いわよ」

「しかし、ほんとに、商人になるんだったら、帝国ホテルや東京会館ぐらい、ヘッチャラになるべきだよ」

「それア、そうね。思い切って、飛び込んでみるか」

「でも、今日でなくたって、いいな」

今度は、龍馬の方が、尻込みした。

「とにかく、洋食？」

「うん、すごく高級で、そいで、入りやすい所って、ねえかな」

「むつかしい、註文ね。〝梅の木〟っていうフランス料理、どうか知ら」

「いったこと、あるのかい」

「ない。前を通っただけ……」

「大きい店かい」

「わりと、小さい。だけど、高そうな家よ」

「決めた。そこにしよう」

龍馬は、だいぶ腹が減ってきたので、この上、選択に時間をとりたくなかった。

二人は、歩き出した。

「どの辺だい」

「土橋通りよ。でも、何丁目ぐらいだったかな……」

サキ子も、うろ覚えで、広い土橋通りへ出てからも、町角にたたずまなければならなかった。

「たしか、あの辺よ。まちがったら、また、戻ればいいわね」

二人は、通りを突っ切って、向側へ渡った。そして、スキヤ橋の方に、鋪道を歩いていくと、十軒ほど先きの店から、ニコやかに笑いながら、一組の男女が出てきて、龍馬たちの先きを歩き出した。

「あら、あれ、リューチンとこのオバサマじゃない？」

サキ子が、小声で、叫んだ。

「よく似てるな」

龍馬は、足を止めて、眺めた。

「男のほうは、たしかに、永島栄二よ。服に見覚えがあるわ」

龍馬は返事をしないで、また歩き出した。

「似た服着てる奴は、いくらもいるよ……。おい、この家じゃないか、〝梅の木〟って？」

龍馬は、カンバンの字に、眼を留めたが、そこは、先きの一組が出てきた店にちがいなかった。

「サキべー、他の店にしよう」

龍馬は、グルリと、向きを変えてしまった。

日本の洋食

自宅の応接間で、呉天童は、一人の貧しい青年と、会っていた。龍馬と同じくらいの年齢の男だが、垢じみた学生服を着て、ヨモギのように、長い髪を乱している。二人の会話は、広東語で進められてるが、便宜上、日本語で書くことにする。

「毎月六千円じゃ、苦しいにきまっている。しかし、日本の海外留学生も、戦後は、ずいぶん、ひどい生活をしてるらしいな」

　天童は、寛容な笑いを示しながら、イスの背に、頭を乗せた。

「はい、ぼくもアルバイトはやっていますが、日本人じゃないから、口も少いし、北京系華僑の商社が、使ってくれるといいのですが、彼等は、案外、冷淡です」

「だって、君、アルバイトの先きぐらい、台湾系だって、関《かま》わんじゃないか」

「いや、ぼくの良心が、許しません」

「そんなことをいって、わたしだって、台湾系といわれてる人間だよ。その上、金儲けをしないにしても、資本家の部類に入る男だぜ」

「いや、先生はちがいます。先生は、純粋な中立派で、そして、自由主義者です」

「わたしに、主義なぞないよ。中立も、結果であって、北京も台湾も嫌いだとすると、こうなる外はない……。しかし、人間は好きだから、君のような男の援助を、敢えて辞さんのだ。まア、困ったら、また、来なさい」

　天童は、そういって、上着のポケットから、白い封筒に入ってるものを、取り出した。

「ありがとうございます」

　青年は、イスから立ち上って、恭々しいお辞儀をした。

この青年は、Ｏといって、北京政府から留学資金を支給されて、私大の医科に学んでるのだが、ふとしたことから、呉天童と知り合い、時々、生活の援助を受けているのである。在日中国人が、大陸系の旧華僑と、台湾出身者の新華僑に分れて、多少の対立を示しているが、その上に、北京系と台湾系の政治的派流があって、なかなか、厄介である。しかし、北京系を自称する連中にも、何億という資本家がいるし、台湾系の中にも、プロレタリアートの理髪職人がいるし、その辺は、複雑である。ただ、若い学生だけは、その多くが純真で、尖鋭的な、中華人民共和国の謳歌者であり、Ｏ君もその一人だった。

「呉先生……」

彼は、封筒をポケットに入れて、帰る姿勢をとったが、何か思い返したらしかった。

「何だい」

「先生が、ぼく個人を援助して下さるのは、感謝に堪えないのですが、さらに、一歩を進めて、祖国の人民と政府のために……」

「わかったよ。それをいわないと、いつも、帰る気がしないらしいな」

「先生《シエンシヨン》、起来《チーライ》　起来《チーライ》！、前進《チエンチン》、前進《チエンチン》！」

「わかった、わかった。サア、帰り給え」

Ｏ青年が帰ってから後も、天童は、応接間のイスに坐って、タバコをすっていた。

——若い者には、思想が食物なのだな。それとも、酒かな。

日本へきている中国学生の八割は、急進思想を持っているが、それは、日本の学生も、同じことかも知れない。彼等は、思想なしに生きられないので、そして、目下のところ、思想らしいものといったら、あの方しかないのだから、そっちへ傾くのが、当然かも知れない。

しかし、天童は、自分の過去をふりかえると、O青年のような、狂信の経験がなかった。彼が日本へきた時は、左翼思想が盛んで、その方の本を読んだこともあるし、孫文の三民主義を肯定した覚えもあった。

ただ、夢中にならないうちに、そういうものが、一つのものの考え方として、彼の頭のヒキダシの中にしまわれるのが、落ちだった。

二十《はたち》で共産主義にカブれないものは、頭の悪い証拠だし、四十になって、保守主義者にならない者も、バカのうちということが真実だとすれば、

——おれは、たしかに、バカだよ。

と、彼は、素直に、自分の欠陥を認めるのである。

——でも、おれは、バカで差支えないが……。

息子の龍馬が、バカの二代目だとすると、彼の気持は、穏当でなくなる。

龍馬が、思想に縁がなく育ってきたのは、驚くべきことだった。彼が通ってるF大学は、学生運動の騒ぎが少いことで、有名だが、そんな学風の影響ばかりではないらしかった。彼は、生まれつき、思想なしで、青春を生きる術を、知ってるらしいのである。もしも、天童が、ハシカを非常に軽く済ませた子供だとすれば、龍馬の方は、ハシカ知らずという、不思

議な体質らしい。

――あいつは、戦争で苦しまなかった。そのせいだろうか。

同じ年頃の日本の青年とちがって、龍馬は、空襲も、学童疎開も芋ヅルの味も、知らなかった。戦後の虚脱と屈辱も味わわずに、第三国人の息子として、ノビノビと育った。

――だから、あいつは、戦争を怖れない。

過ぎた戦争の記事を、毎月、満載している〝旗〟という雑誌を、あんなに、愛読している。龍馬に祖国があったら、きっと、軍人を志望するだろう。ところが、彼は半日本人であり、一種の無国籍者である。自衛隊員にもなれない。

――あいつは、何かで、爆発する男だ。

その危険は、天童も、以前から感じていたが、最近の龍馬の様子が、どうも、心配だった。彼は、確かに、変調を起している。もし、それが恋愛だとしたら、対手がどんな女であっても、望みをかなえてやれば、問題はないが、そんなことではなさそうである。

――O青年のような赤い息子が、現代では、一番安全な息子らしいな。

天童が、そんなことを考えながら、ボンヤリしてるところへ、

「あら、こんなところにいらっしたの」

紀伊子が、入ってきた。

「うん、客が帰ったところでな……」

彼は、いい機会だから、龍馬のことを、ゆっくり、妻と相談しようと、思った。

「まア、お掛け……」

「あたしね、このあいだ、ある人から、とても、おいしいフランス料理、ご馳走になったの」

紀伊子も、客用のヒジカケイスに、腰を下した。

「へえ、そんなウマい家があるかね」

「土橋通りの〝梅の木〟っていう店よ」

「うん一度、行ったことがある。その時は、格別のこともなかったが……」

「そう。でも、あたしの行った時は、すばらしかったわ。氷漬けにしたフォア・グラのおいしいことといったら……」

「しかし、フォア・グラなんてものは、缶詰で、フランスからくるんだから、コックの腕といえんだろう」

「でも、小牛の喉の肉のソーテだって、とても、結構だったわ」

「うん、あれは、軟らかくて、ちょいと、いけるものだ。尤も、ソースいかんだが……」

天童は、食べ物の話となると、膝を乗り出してしまって、龍馬のことなぞ、忘れたようだった。

「しかし、メニュの選び方が、なかなか、気がきいてるじゃないか」

「だって、フランス帰りの人ですもの」

「そうか。そのせいだな」

彼は、洋裁研究にパリに出かけた女を、想像した。

「ところで、あたし、その人に、お返しをしなくちゃならないのよ。今度は、あたしの方で、ご馳走したいの」

「それは、いいだろう。洋行帰りの人だったら、日本料理がいいかも知れんな。君のよく行く宇治亀なんかが、一番じゃないかな」

「ところが、その方、日本料理は、あんまりお好きじゃないんですって……」

「じゃア、田村町あたりへ行って、中国料理を食わせるんだな。今、どこに、いい料理人がいるかな。そうだ、赤坂の赤壁飯店に、王という男がいる……」

「待ってよ、その方はね、洋食がいいんですって。それも、ホテルや大レストオランでなく、ウマイモノ屋の洋食っていうご註文なのよ。でも、ご馳走になった〝梅の木〟へ、もう一度行くのも、チエがないし……。あなただったら、きっと、いい家、ご存じだと思ってね……」

紀伊子も、よくよく思案にあまって、良人に、そんな相談を持ち出したにちがいなかった。

天童は、しばらく考えていたが、

「うん、いい考えがある。わたしに、任せなさい……」

天童は、急に活気づいて、居間へ行くと、どこかへ、電話をかけた。

「おい、ネクタイを、持ってきなさい。すぐ、出かけるから……」

彼は、大きな声を出して、妻を呼んだ。

「あら、何のご用？」

「君の用だよ。うまい洋食を食わしてやろうと思って、コックに相談に行くんだ」

「あら、悪いわ、あなたに、そんな用を……」

紀伊子の偽らざる気持だった。永島栄二に食べさせるご馳走を、良人に奔走させるのは、知らぬが仏といっても、良心にトガめた。彼女は、ほんの少しばかり、チエを借りるつもりで、良人に話しかけたに過ぎなかった。

「かまわんよ。誰が食べたって、食べる以上、うまいものを食べなければ、損だ。その工夫は、君よりわたしの方が、知ってるよ」

彼は、小鏡の前で、ネクタイを結び終ると、シワだらけの家着のセビロのままで、玄関へ出て行った。

「会食の日取りは、明後日の夕だね」

「ええ」

大きな図体が、うなずいて、ドアの外へ消え去った。

紀伊子は、首を垂れながら、居間へ戻ってきた。そして、イスを引き寄せて、テーブルの前に坐ると、頬杖をついて、考え込んだ。

このあいだ、永島と〝梅の木〟で食事をした晩のことが、思い出された。

「奥さまのような、魅力のある女性は、日本へ帰って、始めて、お目にかかりました」

冷たい白ブドー酒のグラスを、口に持って行きながら、彼は、低い声で、ささやいた。

——あら、それが、フランス流の口説き文句なの。

彼女は、心の中で、クスクス笑ったが、悪い気持はしなかった。こういう対手と遊ぶのは、始めから、一線を画してる気持なので、その垣根の手前側なら、相当のイチャツキも、演じてみたかった。また、永島が、そんな誘惑的な言葉を弄するのも、彼女が富裕なのを見込んで、将来の物質的援助を求める下心とも、疑われるが、それを承知の上で、遊び対手とするのも、面白かった。

あの晩は、キャバレへでもと、誘われたが、それは断って、ある高級な喫茶店で、一時間ほど、オシャベリをして別れたが、次ぎは、紀伊子の招待と、約束がきまった。その時は、少し、ズッシリした贈物もしてやりたいし、食事も、ゆっくり愉しみたかったが、ふと、良人に料理の相談をかけたのは、千慮の一失だった。また、良人も良人で、いくら食いしん坊の生まれとはいいながら、わざわざその準備に、足を運ばなくても、いいではないか。

——あたしは良人をだまさずに、自分の秘密を、愉しみたかったのに……。

天童は、赤坂台町から、六本木へ抜ける道を、テクテクと、歩いていた。好きな都電に乗るまでもない道程に、千葉田十吉という老コックが、住んでいるのである。年に一、二度、彼はこの隠退した老コックと会って、彼の料理を食い、彼の昔話を聞くのを、愉しみとしていたが、今年八十一になる千葉田は、明治から大正へかけて、東京で最もウマい洋食を食わせた、銀座裏鍋町の〝扇月〟の主任コックとして、有名だった。現在は、時折り、店のコック場の見回りに行く外は、良家の奥さんお嬢さんの集まりに、料理を教えに行くだけで、老いの身を養っている。

鋪装道路から、細い路地に入って、三軒目の格子戸が、千葉田の家の玄関だった。

「ご免……」

天童が声をかけると、とっつきの茶の間から、アワセに角帯を締めた千葉田が、顔を出した。イキに痩せた、小柄な老人である。

「これは、お珍らしい。さア、さア、どうぞ……」

と、二階の座敷へ案内しようとするのを、

「いや、ここで、結構……」

天童は、勝手に茶の間へ入って、チャブ台の前へ、アグラをかいた。

「さいですか。いえ、カミさんが出かけちまって、一人っきりですから、まア、ここの方が……」

千葉田は、座布団をすすめながら、

「時に、何ご用です、わざわざ……」

「なに、例によって、食う方の用です」

「その用が、一番ですな。人間、食い気のあるうちは、寿命のある証拠ですから……」

「そう。しかし、ただ食っても、仕方がない。うまいものを、食わなくては……」

「仰せのとおり。その、うまいものを、近頃、何かあがりましたか」

「そういわれると、ちょっと、返事に困りますな。ことに、洋食となると……」

「そのわけですよ。日本の洋食ってやつも、形だけは本格になってきましたが、本格にやればやるほど、マズくなるってえところがあるんです」

「へえ、どういうわけです」

「昔、横浜に浪花屋——俗にインゴー屋という家がありましてな。チョンマゲ結った爺さんが、洋食をやるんですが、スープとライス・カレーと、ビフテキしかできない。そのビフテキが看板なんですが、あたしも、若い頃、爺さんの仕事を、覗きに行ったことがあります」

「焼き加減のコツですか」

「それも、無論あるんですが、爺さん、第一、肉を見る眼が肥えてるんです。気に入った身どころが、手に入らないと、店を休むんです。それから、強火で焼き上げる手順は、普通のとおりなんですが、最後に、鍋を下す間際に、ザーッと、醤油をかけるんです。日本の醤油——おシタジをですよ。肉の汁《ジユウ》と、醤油が一緒になって、いいソースができるんですな。うまかったですよ、これは……」

「なるほど、日本式洋食というか、新しい日本料理というか……」

天童は、首を振って感心した。口の中に、一ぱいツバキを溜めたのは、ウマさが想像できたからだろう。

「そういう行き方だったら、今でも、うまいものができるでしょう。尤も、その当時は、何だ、醬油なんか使やがってと、あたしは爺さんを、バカにしましたね。こっちは、鹿鳴館や、横浜のクラブ・ホテルで、毛唐のコックから、汗水垂らして、本格の料理を覚えようとしてる、最中でしたからね」

「すると、あんたは、鹿鳴館時代から……」

「あの建物が、やがて華族会館になる前に、東京クラブってものがあって、あたしア、そこに働いてました」

「じゃア、あんたは、コックの元祖ですね」

「飛んでもない。あたしの師匠の藤田って男もいましたし、この男のアダ名はケツ平っていうんですが、他にも、フランス為とか、大和屋敷の吉とか、先輩が大勢いましたよ。みんな、アダ名を持つほど、腕のいい職人でした」

「ふウむ」

天童は、考え込んだ。日本の洋食の歴史が、案外に古く、多くの先人が、まったく系統を異にする料理を、謙虚に、必死に、学び取ろうとした努力に、感心した。

「尤も、あの時分のコックは、今のコックみたいに、料理の品数は、知りません。領事館に住み込んで、そこの奥さんに教わるとか、外人のホテルの皿洗いをして、ソッと覚えてくるとかするんですから、そう詳しいことは、知りアしないんです。でも、その、少ししか知らない料理を、うまくこしらえましたね。例えば、コンソメとか、ロースト・ビーフなんかになると、とても、今のコックはかなやしません。何しろ、基礎をやかましく、叩き込まれていましたからな。外人コックのやり方を、そっくりそのまま、正直にやってましたからな。そして、今のように、皿の上の見てくれを、考えないんです。どうも、昨今、少し飾り過ぎますよ」

「じゃア、その時分の方が、かえって、洋食らしい洋食が、食えたんですな」

「そうなりますな。それに、材料も、あの時分の方がよかったんです」

「それア、おかしいですね。昔は、材料が手に入りにくかったというなら、わかりますが……」

「反対なんです。あの時分は、混ぜもののないバターや、料理用の酒のいいのが、いくらでもありました。日本にできないから、全部、舶来ものを使うわけです。その代り、値段は高くつきますが、お客が文句をいいません。洋食ってものは、バターと酒がよくなくちゃ、ホンモノはできませんからな。当時のお客は、洋食は高いもんだと、覚悟していたから、こっちも、材料を惜しまず、念入りの仕事ができました。両方、イキが合わなくちゃ、ダメですよ……。ところで、食う方のご用と、おっしゃるのは？」

そこで、天童は、フランス帰りの客を、細君が招待するので、千葉田を煩わしたい、ということを語って、

「一つ、日本の洋食も、ここまできたというところを、見せてやって貰いたいんだ。表面的な模倣洋食なら、その辺にいくらもあるが、洋食のほんとの味をつかまえてるのは、千葉田君だけなんだから……」

「いや、恐れ入ります。もう、あたしも、八十の声を聞いてから、すっかり、カンが鈍りましてな……」

「楽隠居の君を、煩わすのは、気の毒だが、うちの細君の大切な友人だそうだから、是非……」

「そうまでおっしゃられると、お断りもできません。一つ、やらして頂きましょう。場所は、やっぱり、〝扇月〟の食堂がいいと、思いますが……」

「あすこなら、文句なしだ」

「じゃア、旦那と、メニュのご相談を致しましょう」

千葉田は、用ダンスのヒキダシから、鉛筆と紙を、取り出した。

「オウドウヴルは、こっちに任して頂いて、スープはコンソメになさいますか、ポタージュですか」

「それは、次ぎの魚の料理次第だな」

「ご尤も。一つ、明治時代の〝扇月〟流に、カニの甲羅蒸しと、いきますか。クルュブ・ア・ラ・ベシャメール。こいつア、日本料理を、逆に、フランス料理に翻訳したようなもんで……」

「ウム、うまそうだな。すると、濃いソースの料理らしいから、スープの方はコンソメがいい」

「それが、ようがす。そこで、アントレですが、つまらなくコるよりも、いっそ、シャトウ・ブリアンは、いかがで？」

「いいね、君が焼いてくれるんだったら、天下一品のフィレ肉グリルだよ。ソースは？」

「マデールですかな」

「結構。それから、ジャガ芋の付け合わせを、一工夫して貰いたいな」

「スッフレ芋が、うまく見つかりましたら、ポンム・スッフレを、こしらえましょう」

「や、それは、ありがたい。そして、肉の後のサラダは？」

巨大な天童の顔と、ツルツルに禿げた千葉田が、チャブ台の上に、額を集めて、語り合ってるところは、政府をくつがえす謀議でも行ってるような、真剣さが見られた。

「じゃア、メニュを書きますよ」

千葉田は、老眼鏡をかけて、鉛筆を動かした。

「君、正確なフランス語を、書くもんだね」

天童は、感嘆した。

「いえ、料理の外のフランス語は、一字も知らないんで……。さア、できました」

と、渡された紙片を、天童は読み返して、

「あア、これア、人に食わせるのは、惜しいよ。あア、うまそうだ……」

と、舌なめずりをしながら、ポケットへしまい込んだ。

前夜祭

「おい、サキ子、ちょいと来な……」

と、島村貞造は、娘の部屋の入口から、声をかけた。

「何よ、いま、仕事してるんだよ」

サキ子は、机に向って、原稿紙に、何か、書いたり、消したりしていた。

「そんなことア、後でいいじゃねえか」

「そうはいかないよ」

「ちょっと、話があるんだ。あっちへ、来てくれ」

「うるさいなア……」

文句をいいながらも、彼女は、部屋を出てきた。

貞造は、客間の縁側へ、座布団を二つ持ち出して、自分が先きに坐った。

「まア、坐れ……」

「坐ったわよ……」

彼女は、縁側から、スラックスの脚をブラブラさせて、樹の少い庭の方へ、顔を向けた。

「ソッポ向いて、坐る奴があるか」

「大丈夫。話は、聞えるわよ」

「口の減らねえ奴だな……。この間うちから、ゆっくり話がしたかったんだが、おめえは、滅多に家にいねえし……今日は、おせんが使いに出たから、ちょうどいいんだ」

「お母さんが、家にいたって、かまやしないじゃないの」

「おめえと口論すると、あいつは、心配しやがるからな」

「あら、あたしとケンカするつもりで、ここへ呼んだの」

「そうじゃねえけどさ、とかく、おめえと話してると、無事に納まらなくなるんだ。だが、今日は、上品にいこうな、お互いに……」

貞造は、つとめて、理性の支配に従おうとした。それでなければ、市場の帰りに、競輪へも行かずに、家路についた甲斐がなくなるからである。

「あたしは、いつも、冷静よ」

「わかったよ……。ところで、いよいよ、おめえの舞台に立つ日も近づいてきたな」

「大ゲサなこと、いわないでよ。双葉ホールなんて、誰だって出れるわよ。童謡の会で、幼稚園の子だって、唄うわよ」

「それにしたって、人前に立つんだから、タイしたもんだよ。おめえのは、独演会だから、落語家なら、大真打ちだぜ」

「いやだわ、ハナシカの独演会と、一緒クタにして……」

サキ子は笑ったが、さすがに、その日のことを考えると、ノンキな顔もしていられなかった。いくら、イヤイヤながらのデビュにしても、ギリの切符を買って入場してくる人々の前に、そうデタラメな態度もとれないのである。

——ほんとに、ハッキリ、断っちまえば、よかったんだわ！

気が重くなると、彼女は、きっと、そう思うのだが、今更、どうしようもなかった。

「だがな、サキ子、お父ッつァんは、ほんとに、うれしいんだぜ、おめえが、そうやって、音楽家とか何とか、人にモテハヤされる女になるかと、思うと……」

貞造は、テレビ・ドラマの父親役のような言葉を、口にした。

「モテハヤされなんか、しないよ。まだ、そこまで、行ってやしないんだよ」

サキ子は、プリプリしていた。

「でも、いずれは、モテハヤされちまわアな。紫シマ子って名前からして、人気が出そうだぜ」

「止してよ、あんな名つけたの、とても、後悔してるんだから……」

「そういったもんじゃねえさ。おれだって、紫のオヤジっていうんで、人中で、鼻が高けえよ」

「お父ッつァん、そんなこと、本気でいってるの」

「そうとも。どこのオヤジだって、子供の出世は、喜ぶもんだよ」

「だって、お父ッつァんは、あたしがシャンソン始めた時、あんなに、反対したじゃないか」

「それア、あの時分は、認識不足ってものよ。その後、宍倉さんに、すっかり説教されて、芸術はゼニ金で買えねえ値打ちのもんだとわかったんだ。ゼニ金なんて、まったく、下らねえもんさ」

「お父ッつァん、いやに、お金を軽蔑し出したんだね」

「そういうわけじゃねえが、金儲けにアクセクするのは、おれ一人で、沢山だよ。おめえは、今度のオヒロメの会で、一つ、アッと、世間を驚かして、それから、三年とたたねえうちに、日本一になって貰おうじゃねえか。その間の経費も、いろいろ要るだろうが、なアに、お父ッつァんが付いてるから、心配することアねえ。おめえは、何も考えねえで、シャンソン一点張りで、やってくんねえ」

「まア、ずいぶん、ワケがわかっちゃったのね。そんな、理解のあるお父ッつァんだと、思わなかったわ。ご免なさい……。ところで、今日の相場、いくらだった？」

「ちえッ、何をいってやがるんだ」

「バナナは、今、一年じゅうで、一番高い時だからね。それに、この頃、お天気続きだから、需要は、一層高まってる筈よ」

「おい、頼むから、そんな、きいた風なことを、いわないでくれよ。おめえは、まだ娘なんだぜ。女ダテラに、バナナ師の真似をしたって、うまくいく道理がねえよ。それに、この七月がくれば、龍馬さんのライセンスも切れるんだから、それから先きは、カッパの岡上りだよ。悪いことはいわねえから、後はお父ッつァんに任して、おめえは、シャンソンに、一身を打ち込んでくれ。頼む……」

「いやアだよ、アッカンベ！」

サキ子は、右の眼の下へ、指をやった。

それで、いつものとおりに、親子ゲンカの幕が開いたのは、いうまでもなかった。

あいにく、仲裁役のおせんさんが留守で、悪口の応酬は、いつ果てるとも見えなかったが、常の貞造なら、その辺で、ポカリと腕力をふるうところなのに、急に折れて出たのは、不思議だった。

「まア、そう怒るな。おれも、口が過ぎたかも知れねえ。機嫌直して、話し合おうじゃねえか」

「知らないよ、お父ッつァんの腹の中は、よく、わかってるんだから……」

サキ子の方は、一向、妥協に応じないで、身支度を整えると、プイと、家を抜け出してしまった。

日吉駅から、渋谷行きの電車に乗った彼女は、眼をトガらし、口を嚙むように結んで、馬上のジャン・ダークといった人相に変り、車内を睨《ね》め回してるので、この線に多い学生の乗客も、そばへ寄る者がなかった。

——あたしたちから、ライセンスを取り上げようと、企んでるんだよ。

彼女は、父親の陰謀を看破して、腹を立てているのである。父親は、龍馬の忠実な番頭となって、働くと見せかけて、実は、龍馬を実務から遠ざけ、仕事に興味を持たぬように、仕向けている。そして、七月以降のライセンスを、自分の手に収めたい野心なのである。

龍馬は、そんなことに、一向、気がつかないばかりか、自分が働かないで、金が入ってくる現在を、結構な身分と、喜んでいるが、サキ子は、七月の期限を、オメオメ待ってる気はなかった。龍馬さえその気になれば、呉天源は必ず次期のライセンスも譲ってくれるだろうから、バナナ輸入を継続するのは、勿論のこと、その他の有利な事業も、分けて貰って、行く行くは、隆新公司《ロンシンコンス》の東京支社を、設けさせたいのである。そして、龍馬を支社長に、彼女は、支配人というイスに坐って、東京の実業界に進出したかった。

　そんな大望があっては、シャンソン発表会に気乗りがしないのも、ムリはないが、彼女の前途に立ちふさがろうとする父親に至っては、まったく、容赦できない。いくら、父親でも――いや、父親だから、かえって、腹が立つのである。彼女が、この世に生をうけたのは、彼女の意志ではない。父親の自発的行為の結果である。それならば、責任を痛感して、すべての利益は、彼女を優先させるべきではないか。逆に、娘と争って、その幸福を奪おうとは、見下げ果てた親ではないか――

　怒りを乗せた電車は、やがて、渋谷終点に着いた。彼女は、駅前から電話をかけて、龍馬を呼びだそうとしたが、どうせ、待ち合わす場所は〝キキ〟だとすれば、そこの電話を使えばいいと思って、広場を斜めに歩き出した。

〝キキ〟へ入ると、レジスターのところにいた、宍倉の細君が、

「あら、ちょうど、よかったわ。皆さん、二階へ集まってらっしゃいますよ」

と、教えてくれた。

サキ子は、調理場の土間に、靴を脱いで、階段を昇った。

「やア、入らっしゃい。早かったですね。電報見たんですか」

チャブ台を囲んで、龍馬や、近藤、酒田、長谷川といったグループの顔が揃い、中心の座を占めた宍倉が、彼女を見て、声をかけた。

「知らないわ、電報なんて……」

「じゃア、いきちがいかな。急に、あなたの後援会の集まりをすることになったから、あなたにも出て頂こうと、思ってね」

宍倉は、龍馬の隣りに、彼女の席をつくった。

チャブ台の上には、コーヒー茶碗や、ジュースのコップが、店の灰皿と共に、列んでいた。

尤も、今日は、宍倉も、伝票を出す気はないであろう。

「サキベー、暫らくだったな」

「いよいよ、やるんだってな」

「すごく、切符が売れてるそうじゃねえか」

ボーイ・フレンド諸君は、口々に、サキ子を祝福してくれた。

「へえ、そう？　おかしなことがあったもんね、切符が売れるなんて……」

彼女は、人ごとのように、笑った。

「それア、あたしも、死者狂いで売ってるし、ここにいる皆さんだって、ムリしてさばいて下さってるからですよ。一枚も売ってくれないのは、龍馬さんだけだ……」

宍倉が、文句をいった。

「でも、リューチンは、赤字は引き受けるって、いってくれるじゃないの」

サキ子が、弁護した。

「リューチン、ほんとかい。パパにでも、ネダったのか」

そういう近藤にしても、他の友達にしても、龍馬と暫らく会っていないので、彼の近頃の懐中《ふところ》工合など、知ってるわけがなかった。

「ところで、近藤さん、あんた、五千円寄付してくれる約束でしたが……」

「それア、赤字が出た時のことだよ。その代り、切符は三十枚売ってやったから、文句ねえじゃねえか」

「三十枚、三十枚って、おっしゃるけどね、百枚っていう大口もあるんだから、あんまり威張らないで下さいよ」

「誰だい、そんな、イカレ・ポンチは？」

「一枚二百五十円の百枚っていうと、大きいですよ。それを、ポンと投げ出すのは、さすが、親子の情だね。サキ子さんのお父さんですよ」

「いけねえ」

と、近藤は、頭をかいたが、サキ子は、

「ちぇッ」

と、歯をかんだ。

「どうです、会場売りのプログラムの印刷――シックなもんでしょう」

宍倉は、モーブ色の木炭紙の二つ折りを、皆に見せた。

「いやに、フランス臭えんだなア」

「そこが、つけ目でさア。そして、紫シマ子のムラサキを、きかしてるんですよ」

「色はいいとしても、才女って肩書は、本屋の広告みたいだな」

「ほんとよ。それだけは、止めてって、あれほど頼んだのに……」

サキ子が、頬をふくらませた。

「そんなことより、曲目を見て下さい。〝枯葉〟も、〝ミラボー橋〟も、〝河は呼んでる〟も、みんな、原語でうたうんですよ。ニコル・ルビエが、日本でうたった曲は、大部分、取り入れてるんです。ほんとは、日本ルビエと、プロに書きたかったんだが……」

「止してよ、あんな女、全然興味ないんだ……」

と、サキ子が、口を出した。

「おやッ、サキベー、すっかり変節したね」

酒田がヒヤかした。

「そうよ、シャンソンそのものにも、もう魅力失ったの」

「それで、デビュしようってのは、どういう量見だい？」

「あんなこといってるんですよ、誰だって、スコ・テレですからね、こんな時にア……」

宍倉は、本気で、そう思ってるらしかった。

「作詞、作曲、自演ってのが、一つあるね。それを、〝無題〟とは、気取ったもんだな」

「ほんとはね、自作自演をカンバンにしたかったんですよ。ところが、サキちゃんが、すっかり怠けちゃって、一つしかできないっていうんです。その一つも、まだ、歌詞ができないから、題だって、つけられませんや」

「だって、あたし、この頃、とても、忙がしいんですよ。詩なんか書いてる閑ないわ。でも、今日は、半日、机の前へ坐り込んだわ」

「ありがたい。できましたか」

「ダメ、お父ッつァんと、ケンカしちゃったから……」

「しょうがねえな、あんたは……」

「ところで、当日は、おれたち、どんなことを手伝うんだい」

近藤が、きいた。

「どなたか、いい服着てきて、後援会の花輪贈呈をやって下さいよ」

「え、花輪？　その金、誰が出すんだ」

「無論、後援会からですよ」

「痛えなア、酒田？」

「うん、マスターの負担かと、思ったら……」

「うちは、渋谷〝キキ〟よりって、大きいのを、フンパツしますよ」

「それア、宣伝じゃねえか。後援会の分も、ついでに、引き受けろよ」

近頃の学生は、勘定高いのである。

「おい、どこか、飲みにいかねえか」

龍馬は、退屈したらしかった。


宍倉だけを残して、若いグループは、〝キキ〟を出た。

「何でも、好きなものを、食わせるぜ。遠慮なく、いってくれ」

龍馬は、大きく出た。

「おい、大丈夫か、そんなこといって……」

「キキのマスターみたいに、赤字は、こっちにオンブさせるんじゃねえのか」

誰も、龍馬が二百万以上の預金の持主であることを、知らなかった。

「まア、任しとけよ……」

いい気持だった。友達に、こういうことをいうのは、嘗て知らない愉しさだった。ワリカンは合理的であっても、精神に喜びを与えるに至らなかった。

「人数が多いんだから、あまり費わしちゃア悪いな。十円ズシぐらいで、カンベンしとこうか」

「あすこは、混むからな。恋文横丁のトンカツ屋は、どうだ」

「もうちっと、デラックスでいこうや。近藤は、車、持ってきてるんだろう」

龍馬がきいた。

「うん」

「じゃア、車で乗りつけて、恥かしくねえところへ、連れてこう」

「うえッ、スゲえことになったぞ」

近藤、酒田、長谷川、そして、龍馬とサキベーとなると、五人だから、近藤の中型車の中は、多少、窮屈だった。二人は、後席の中央に坐ったから、スラックスの膝が、隣りの龍馬の体温を感じた。サキ子は、よく行動を共にするけれど、こういう経験はなかった。そして、サキ子は沈黙し、龍馬は、窓際の方へ逃げようと、モゾモゾした。

そのうちに、車は、道玄坂を上った。

「もう少しいって、右へ曲るんだ……」

龍馬は、干からびたような、声を出した。そして、車が目的の料理屋の車寄せで、止まった時には、蘇生したように、真っ先きに、飛び降りた。

富豪の邸宅でも買ったのか、ガッシリと、いかめしい玄関だった。五、六人の女中が、紅い敷物の上に、手をついた。

「リューチン、こんな家、知ってるのか」

酒田が、きいた。

「うん、一度、来たことがある」

といって、龍馬も、島村貞造や、その仲間のバナナ師に招かれて、会食しただけであるが、その時の料理のジンギスカン鍋を、珍らしく思ったので、ここを選んだのだった。

広い廊下を歩いて、金ブスマに土佐絵のかいてある座敷へ通されると、中央にコンロのついた丸テーブルがあり、その周囲に、一同が坐った。

「ジンギスカン鍋を、持ってきてくれ給え。それから、ウイスキーは、スコッチがあるか」

龍馬が、女中に話しかけた。

「さア」

「無ければ、すぐ、取り寄せて貰いたいな」

大きな湯タンポのような鍋に、女中が羊の肉を乗せると、モウモウと、脂《あぶら》の煙が立つが、卓を取り巻く一同は、床屋さんへ行ったように、白い上っ張りを着せられてるから、服が汚れる心配はなかった。その代り、誰も仮装をしたように、風体が変って、中でも、サキ子は、カッポー着をつけた奥さんのような姿になった。

「サキベーは、案外、似合うぜ。いかにも、料理の上手な奥さんみたいだ」

「バカにしないでよ。ハンバーグ・ステーキなら、お手のものなんだから……」

「怪しいもんだな」

「ほんとよ。最近、台所ってもんに、興味が出てきたのよ」

と、ムキになっても、誰も信用しなかった。少くとも、今夜の彼女は、食う方が専門らしく、後から焼けてくる肉を、小丼のソースに浸して、片端から平らげるので、唇が脂で光っていた。尤も、肉嫌いの龍馬を除いて、誰も彼も、よく食べた。そして、脂ッこくなった口の中を、洗うように、ハイ・ボールを、何杯も重ねた。

「ところで、リューチンに、質問があるんだがな……」

近藤が、酔って赤くなった顔を、龍馬に向けた。

「何だよ」

「お前、一体、どうしたっていうんだよ。このところ、学校へは、ちっとも出て来ねえしさ……」

近藤が不審に思うのも、ムリはなかった。彼等は、大学の最上級生で、来春は卒業だから、就職運動を始めても遅くないと共に、出席率をよくして、点を稼ごうとするのが、普通なのである。それを、逆に怠け出した、龍馬の気が知れない。

「そのうち、出るよ」

龍馬は、ニヤニヤ笑っていた。

「今のは、友情に関する第一章の質問なんだけどよ、好奇心に関する方も、ずいぶん、あるんだよ。久し振りに会ったら、お前、すっかり、メカしちゃってるじゃねえか」

これには、誰も、笑い声を立てた。龍馬の今日の装いは、男子専科という雑誌のラフ・スタイルのグラビアを、切り抜いてきたようなものである。

「それに、頭も、のばしアがってさ」

酒田も、面白そうに、同調した。指摘された髪の毛は、まだ充分に生え揃っていないが、龍馬は、笑いながら、それをモシャモシャと、掻いた。

「第三問は、今夜のパーティーだよ。お前、安く上らねえぞ、スコッチなんか註文してよ……。第一、こんな家に出入りするってことが、不思議だよ。そんな金、持ってるわけねえもの。お前が、株やってるって話も、聞かねえもんな」

長谷川も、わざと、真面目くさって、問い詰めた。

「とにかく、タダゴトじゃねえな」

「突然変異だな、確かに……」

何といわれても、龍馬は、ニヤニヤ笑ってばかりいるので、友人たちも、いささかジレてきたところへ、

「わたくしが代って、弁明致します」

と、サキ子が、坐り直したので、皆は、ワッと、声をあげた。

「リューチンはね、商売始めたのよ、とても儲かる商売を、あたしと共同経営で……」

「うえッ、ほんとかよ。二人とも、金儲けッてガラじゃねえのにな」

「バカにしないでよ。リューチンは、清国時代の大商人の血をひいてることがわかったし、あたしも、芸術の空虚を、マザマザと感じてる時だったし……」

「わかったよ。それで、リューチンは、学校やめて、商人になるってのか。そいつア、少し気が早えぞ。後、一年じゃねえか。卒業してから、商売始めたって……」

「うん、おれも、そう思ったんだけど、一儲けしてから、学校続けるテもあるからな。一年、

留年するつもりなら……」

　始めて、龍馬が口を開いた。

「でも、卒業証書って、そんなに必要か知ら……」

　サキ子は、自分が中退しただけに、学校の権威を認めなかった。

「それア、サラリー・マンになる気がなけれア、免状は要らねえかも知れねえが、ほんとに、商人になっちまうのかよ。続くかよ」

「一体、何の商売なんだ。リューチンのことだから、自動車のセールス・マンか」

「そんな、ありふれたのじゃないわよ。もっと、将来性と確実性のある、輸入業よ」

「輸入とは、大きいね。時計かい」

「バナナ！」

　それを聞いて、友人たちは腹を抱えた。

「笑うことないじゃないの。だから、あんた達、子供だっていうのよ。バナナ輸入は、政党まで動かしたほど、大きな利権よ。リューチンだって、一船入る毎に、二十万円以上、懐ろへ入ってくるのよ」

　二十万円と聞いて、一同、シュンとなった。

「そいじゃア、今夜のご馳走ぐらい、何でもねえわけだ。おれも、パイナップルか何かの輸入権、見つけたくなったよ」

「それ、ご覧なさい。あんた達が、来年卒業して、安月給貰ってる時分にア、あたし達は、恐らく、社長と専務よ」

「専務って、誰だい」

「あたしよ。あたしが、リューチンの足らざる所を補って……」

「ハッハハ、古事記の文句みてえなこと、いってやがらア」

皆の冗談を、愉快そうに聞いていた龍馬は、肉のお代りを持ってきた女中に、

「君、ここの家は、芸妓、呼べるのか」

「はい、参りますけど……」

「じゃア、五、六人、すぐ来るように、頼んでくれないか」

どうやら、彼は、もう、ほんとの社長になった気らしかった。

敵影

呉天童は、敵のない男で、在留華僑のどの派閥にも加わらないし、日本人に憎まれるほど、荒い金儲けをやったこともないし、野心がないから、利害の衝突もなかった。しかし、野心と派閥関係がないために、かえって、人にカツがれることになって、今度、在日華僑総社の会長に、推されてしまったのである。

今までも、彼は理事という名で、幹部の一員となっていたのだが、週に一度も顔を出せば、

用務は足りた。もともと、看板は大きくても、実力のない会で、下部組織の北京系、国府系の各華僑会の方が活潑な活動をしているのである。半分、眠ってるような会だから、会長といっても、大した仕事はないのだが、天童は、そんな席につくことは、マッピラであった。しかし、会員の方では、毒にも薬にもならぬ天童が、最も適任者と見たのか、五月末日の会長任期終了の時に、八割の大多数が彼を選挙したのである。

天童は固辞したが、結局、面倒な仕事は副会長が当り、彼は理事時代と同様な怠け振りで差支えないという約束の下に、就任することになった。

「バカバカしい。とうとう、会長を引き受けさせられた……」

彼は、家へ帰って、細君に文句をいった。

「あら、いいじゃないの。何といったって、総社は、一番、大きな会よ。そこの会長に選ばれれば、名誉だわ」

紀伊子としては、良人が高い地位に着いてくれたのが、嬉しくないわけがなかった。会長夫人になれば、日本の首相の催す観桜会にも、招待がくるのである。

ところが、紀伊子と同様のことを考えてる、一人の華僑がいた。張許昌という横浜中華街のボスである。この男も、天童と同じく、台湾の生まれであるが、戦時中に、徴用労働者の一人として、千葉県山武郡へ連れて来られた。終戦直後に中華街で、ヤミ料理やヤミ食料品店をやって儲けたのは、この徴用労働者が多かったが、大部分はその後失敗して、帰国してしまったのに、張だけは、キャバレやホテルの経営に手を伸ばし、進駐軍対手に、すっかり産を成した。今では、客商売の事業の外に、張産業というレッキとした輸出入の商店も持ち、新華僑の成功者として、人も羨む出世をしている。

この張許昌が、総社会長のイスを狙って、ひそかに運動していたということを、天童は、後になって知った。投票の二割は、彼が獲得していたのである。

「そうか。張が会長になりたかったのか。それなら、わたしが就任した方が、まだ、無事だったかな」

天童は、張の悪辣な仕事振りを知っていたし、人物も好かなかった。そして、張の方も、選挙に敗れて以来、天童を敵視するようになったのである。

そんなことを、誰かに告げ口されたとしても、気にはかけぬ天童であるが、何にも知らぬから、いよいよ泰然として、このところ、毎日のように、京橋に近い総社会館の会長室へ、姿を現わしていた。怠けることを約束に、就任したといっても、いざとなれば、そうもいかず、少くとも、最初の一カ月ぐらいは、精勤の覚悟を定めたのである。

そして、毎朝、九時半には家を出て、午飯は会館で食べ、夕飯も宴会でもあれば、帰宅をしないので、それを、誰よりも喜んだのは、紀伊子だった。

「やれ、やれ、何年振りで、お台所から、解放されたことやら……」

何しろ、三度の食事を、いかにウマく食うかを目的として、この世に生まれてきたような男を、良人に持っていたのであるから、たとえ、いちいちうるさい叱言はいわれぬにしても、細君の気苦労は、一通りでなかった。その上、彼女は、食補《シブー》的なグロ料理を好まないので、そのツキアイをしないだけでも、助かるのである。

そこで、グッと、気がラクになったところへ、マロニエ会の第二回を、幹事の高野アキ子が、箱根で開くことを、通知してきたのである。今度は、シャンソン鑑賞よりも、新緑の温泉に一泊して、会員の親睦をはかりたい主旨だそうで、会場は、湯本の双松亭と、書いてあった。

箱根も久し振りで、紀伊子は、心が動いた。折りよく、その日は、天童も宴会があって、夜の帰りもおそいと聞いて、出席の返事を出したのである。

当日は、初夏らしい快晴で、午後二時半に、東京駅表口で待ち合わせた会員は、欠席通知の平山ノブ子の外は、全部、顔が揃った。

「お天気で、よかったわね。きっと、明日も、晴れるわよ」

「双松亭は、お料理がいいから、今夜のお食事、愉しみだわ」

「あたしは、温泉が愉しみ……。湯本のお湯のような、薬臭くないのが、好きなの」

彼女等は、勝手なことをいいながら、〝いでゆ〟に乗り込んだ。

「永島さんは？」

紀伊子は、幹事の高野に、そのことを訊きたいのを、やっと我慢した。永島は、マロニエ会には、必ず出席すると、彼女にいっていたのである。しかし、その口約束を、皆に話すことはできなかった。二人きりで、〝扇月〟で食事したことを、人に知らせなければならない。永島には、誰も好意を持ってるから、口うるさいことになるにきまっている。恐らく、彼は、急な出演でもあって、参会できなかったのであろう。

紀伊子にとって、それが寂しくもあり、また、安心の種でもあった。たとえ、大勢と一緒であっても、男性と一夜を過ごすのは、多少の不安があったからである。

彼女は、快活になって、走る列車の中のオシャベリに加わった。

湯本へ着いても、まだ、日が高かった。

双松亭は、旧街道沿いの高みにあって、見事な二本の巨松が、目じるしとなっているが、新スキヤ風の座敷から見下すと、温泉街は崖下に沈んで、所在も知れず、向側の山が軒に迫って、箱根の入口とも思われぬ閑寂さだった。

「さあ、お風呂、お風呂。皆さん、ご一緒に入らない？」

旅へ出て昂奮するのは、少年と女性であり、四十の声は聞いても、女の秋が長くなった今日、彼女等は存分にハシャギながら、浴場に降りていった。

誰も、銭湯に出かける身分ではなかったので、女ばかりでも、混浴は珍らしい気分だった。

黒い大理石の円型浴槽に、肩を列べると、

「やっぱり、肥ってる方は、トクね、山村さんが、一番、皮膚が若々しいわ」

と、紀伊子は、山村カメ子の首筋から胸へかけて、眼をやった。

「あら、ヒヤかさないでよ。どうして痩せようかと、苦心サンタンなのに……」

「でも、いいわ。それくらいの肉づきなら……。あたしは、若い時から、こんなに骨ばってるの。どうしても、老けるのが、早いわ」

紀伊子の偽らざる告白だった。若い時は、スンナリして、姿がいいとか、美人の典型とかいわれて、いい気になってるうちに、いつか干ニシンのような自分を発見して、嫌悪に堪えないのである。その上、世間の嗜好も、いつしか変って、彼女のような体つきは、古い型に属し、いい中婆さんでも、デンと肉づきがよくて、濃化粧をしたのが、若い男性に魅力があるらしく、学生たちがオバサマといって、寄ってくるのは、たいがい、そんなタイプである。しかし、注意深く眺めてみると、山村カメ子だって、肌にシワは少いといっても、ソーセージのような色をしてるし、水肥りで弾力は少いし、他の連中だって、汚れたフキンのようにシミだらけだったり、アッコーディオンのようにヒダだらけだったり、ハダカになったら、急に、誰も、婆さん臭くなってしまった。ほんとに羨ましいのは、一人だっていない。

そこへいくと、紀伊子の肌は、色だけは、白かった。それが、温泉に浸ってるうちに、次第に桜色を呈して、しぼんだ乳房と、隆起した首の下の骨に、眼を外らしさえすれば、ずいぶん媚《なま》めかしい効果が、出ていないこともなかった。

——これだけが、人に敗けないのね。でも、これだって、今のうちよ。

彼女は、青春の忘れ物のような肌の色を、抱きかかえるようにして、浴槽を出た。

「お先きへ……」

湯上りの化粧で、この色を、倍に美しくしなければならない。

晩の食事の卓を囲んだ時に、見ちがえるほど美しくなったのは、紀伊子ばかりではなかった。まだ誰も、お化粧がきかなくなるほど、年老いてはいないのである。

服装だけは、宿の浴衣にくつろいだので、同じガラが四人揃って、

「お酒、註文しましょうよ」

「あたしは、おビール……」

と、遠慮がなかった。

そして、料理が旅館式に、一時にドッと、くりださなかった。折敷《おしき》に乗った前菜が出て、間を見て、キスの細作りに水前寺海苔の向が出て、ジュンサイの味噌椀が出て――、万事懐石風なのが、彼女等の好みに合った。

「お加減、結構ね」

「お道具も、いいわ」

「さすが、高野さんのお世話だけあるわ」

「でも、箱根でここの家が、一番高いって評判よ」

「かまやしないわ。紀伊子さんや山村さんのような、財閥がついてるんですもの……」

「あら、知らないわよ」

そのうちに、車エビとナスの丸煮に、錦糸卵のかかった椀盛が出てきた。青竹の中で焼いた、鮎も出てきた。

「うれしいわ、あたしの好きなものばかり……。お台所しないで、ご馳走が食べれるほど、うれしいことはないわね」

「ほんと。だけど、少し、シャンソンの話しなくていいのか知ら」

「そうよ、今日は、マロニエ会の集まりなのよ」

「いいじゃないの。シャンソンによって結ばれた友情を、温める会と思えば……。レコードなんか、東京でやる時に、いくらでも聞けるわ」

「それも、そうね。じゃア、少しハメを外して、飲みましょうよ」

「でもね、全然、シャンソンと絶縁した会にもしないつもりだから、まア、ゆっくり召上ってよ」

と、幹事の高野アキ子は、思わせぶりなことをいった。

そして、また、おしゃべりが弾んで、話題が各自の亭主や子供のことに及んでくると、紀伊子は、次第に興味を失った。

――こんな時こそ、家庭のことは忘れて、自由な気分になれないのか知ら。日本の女って、骨のズイまで、飼育されてるのね。

しかし、その時に、女中が速や足で入ってきて、

「お客さまが、お着きになりました」

と、頭を下げた。その背後から、変り型のボストン・バッグをさげた永島栄二が、

「やア、おそくなりました……」

ニコヤカに笑って、入ってきた。

「あら、永島さん！」

「まア、先生、お出でになる筈だったの」

「ええ、これでも、マロニエ会の顧問ですからな、ハッハハ」

そして、一座は、急に、色めき立った。

永島は、食事を済ませてきたといったが、

「まア、そんなことおっしゃらないで……」

と、数本の女の腕で、食卓に坐らせられた。そして、この宿には、スコッチでも、コニャックでも、備えてあるというので、グラスと壜が、たちまち、彼の前に列べられた。

「こういう日本趣味の座敷で飲むのも、悪くないですね。ぼくは、ホテル以外に泊らんのですが……」

「でも、お婆さんのお酌じゃ、お気の毒ですわ」

「どう致しまして。揃いの浴衣をお召しになって、圧倒される媚めかしさですよ」

そういいながら、彼は紀伊子の方を見て、眼でアイサツした。

――此間は、〝扇月〟で、失礼しました。

――いいえ、とても、愉快な晩でしたわ。

眼だけで、そういう会話ができるというのも、二人の仲が、他の会員の比でないことを、物語った。

それから、間断のないおしゃべりが、始まった。女たちは、すでに酒が入っているし、解放感を骨までシャブリたい気持で、露骨な話題を持ち出しては、キャアキャア声をあげた。

すると、永島も、コニャックの酔いに任せて、フランス女の色好みを、大ゲサに語り出した。

「……娘時代には、そうでもないんですが、腕にヨリをかけて男をこしらえるのは、結婚後なんですな」

「まア、それじゃア、家の中がもめて、大変でしょう」

「なアに、亭主の方でも、適当に浮気をしますから……」

「じゃア、お互いに、文句いえないわね。でも、それなら、いっそのこと、夫婦別れして、好きな対手と一緒になればいいのに……」

「離婚なんて、手数も、費用もかかるし、それに、何も良人が嫌いで、浮気するとは限らないんですから……」

「あら、良人を愛してるのに、他の男も愛せるんですの」

「愛し方はちがうでしょうね。しかし、その使い分けができるのは、愛情の文化が発達してる証拠ですよ」

「ほんとね、あたしたちも、もっと、文化的にならなくちゃ……」

キリのない話になって、一番迷惑するのは、女中さんであった。早く、寝床をのべて、引き退りたいのに、十時を過ぎても、おしゃべりと、笑い声は止まなかった。

「とうとう、今度の会は、シャンソンが出なかったわね」

「いや、これが、広い意味のシャンソンでしょう、ハッハハ」

十二時になって、やっと、永島は奥の一人部屋、女たちは、二人ずつ二組に別れた。紀伊子は、高野アキ子と同室で、食事をした部屋に、寝ることになった。

床に入ったが、紀伊子はなかなか眠れなかった。隣りの寝床の高野アキ子が、酒の酔いが手伝ったのか、枕につくと、すぐ寝息を立てたが、かえって、紀伊子の眠りを妨げた。

旅館の中は、気味の悪いほど、静まりかえって、崖の下の渓流の音が、ハッキリと聞きとれ、地虫の鳴く声と、混じった。

――フランスの女のように、情事を愉しむっていう気持になれたら、幸福ね。

眠れないのは、苦痛でなかった。空想が、後から後からと、湧いてきて、果しがないのである。

――もし、あたしが情事を企むなら、今夜あたり、チャンスよ。

彼女は、永島栄二が、一人で寝てる室が、廊下のつきあたりにあることを、知っていた。そして、永島という男が、こちらから誘いをかければ、犬のように尾を振って、近寄ってくることも、わかっていた。

――でも、もうチョットというところね、垣根を乗り越えさせるのは……。

永島が、彼女にわれを忘れさせるだけのものを、持っていないのか、それとも、垣根の中で愉しむ彼女の計算が、力強いのか、実行を考えると、バカバカしかった。

それよりも、夜半の冷気が、肩に浸みてきた。そして、誰もいない浴槽で、空想を続けたくなった。彼女は、高野アキ子を眼覚まさないように、ソッと寝床を離れて鏡台の側の手拭いをとると、部屋を出た。

電燈は、宵のうちと同じように、明るく、廊下を照らしていた。磨かれた板の上を、彼女は、しずかに、スリッパを滑らして、廊下のつきあたりから、浴場へでる階段を、降りようとした。

その時に、永島の部屋のフスマが、突然、開かれて、パジャマを着て、タオルを下げた彼の姿が、現われた。

「あ、奥さんも、お湯ですか」

彼は、一瞬、驚いたが、すぐ笑い顔にかえった。

「ええ、眠られなかったもんですから……」

「ぼくもです。あんまり静かで、かえって、眠れません」

「さ、どうぞ……」

彼女は、先きに、永島が階段を降りるように、シグサをした。いくら、男湯と女湯と別れていても、深夜、二人で入浴したことが、他の連中に知れたら、タダおさまるわけがない。

彼女が部屋へ帰ろうと、身をひるがえした時に、

「奥さん……」

永島の腕が、伸びてきた。

「いけませんわ、いけません……」

彼の顔が、大写しになって、接近してくるのを、紀伊子は、必死に払いのけた。

黄色い花輪

とうとう、紫シマ子発表会の日がきた。

尤も、その日の到来を感激してるのは、当人のサキ子よりも、宍倉《ししくら》平吾の方であるが、彼とても、今日の会が成功のうちに終るだろうとは、考えていなかった。サキ子の不熱心は、会の日が近づくにつれて、度を増して、舞台で着る衣裳も、宍倉の望むローブ・ド・ソワレは、註文しなかった。フダン着で出るのだと、ガンばってるのである。

そんな量見で、ロクな唄がうたえるわけがないので、宍倉も、内心、サジを投げてるのだが、せめて、自分の出資した金だけは、回収しなければならぬので、誰よりも緊張して、早くから、会場の双葉ホールへ、姿を現わしていた。

しかし、今年は、梅雨が早くきて、長く続いてるので、当日も、六時半の開演の前から、シトシトと、霧雨が降り出した。

「ちえッ、これじゃア、フリの客は、一人も来ねえぞ」

彼は、天を仰いで、嘆息した。銀座あたりとちがって、丸の内となると、足場が悪いから、この天気に、無名新人のシャンソンなぞ、聞きにくる者はないであろう。

それでも、開場の六時になると、彼は切符のモギリの側に立って、入場者に愛想よく、頭を下げることにした。

エレベーターが、四階まで上って、ガチャリと扉が開くと、最初の入場者が、現われた。

「今夜、唄の会があるってのは、ここかねえ」

子供を三人も連れた、おカミさん風の客だった。およそ、シャンソンと縁遠い風体の女で、

「はい、さようで。どうぞ……」

と、答えた宍倉も、アッケにとられた。しかし、彼女は、帯の間から、小さな子供の分までの切符をとり出した。ギリで沢山の切符を、売りつけられたにちがいなかった。

その切符の番号を見て、宍倉は、すぐ合点した。

――サキちゃんのオヤジさんが、百枚買った切符のうちだな。

早くつっかけてきた入場者は、大部分、貞造から切符を押しつけられた連中で、青果市場の販売会社社員とか、仲買人とか、大きな小売屋さんとか、その家族たちであった。従って、顔見知りが多く、廊下でも、客席でも、あちこちでアイサツが交わされ、旅館に着いた団体旅行者のような賑やかさだった。

「あたしア、シャンソンてやつは、始めて聞くんだが、面白えかい」

「時々、テレビでやりますよ。ハヤリ唄の間延びのしたようなもんでさア」

「こんなとこを借りて、おヒロメするところを見ると、きっと、儲かるんだぜ」

「島村さんも、抜目はねえな。自分はバナナで儲けて、娘にア唄で稼がせるんだから……」

そのうちに、貞造自身も、セビロ姿に身をあらためて、

「皆さん、どうも、雨のところを、済みません。お蔭さまで、娘も顔が立ちます……」

と、まるで、大きな取引きでも済んだ時のように、ペコペコ頭を下げて歩いた。

こういう客種は、双葉ホール始まって以来のことで、場内の空気も一変したが、

「ちえッ、これじゃァ、評判になりっこねえよ。シャンソンのわかりそうなのは、一人もいねえんだから……」

と、宍倉は、ブツブツ文句をいった。

それでも、開演時間が近づくと、龍馬のグループや、彼等の売った切符の客が、続々と入ってきた。

「どうだい、マスター、景気は？」

「ええ、まア、どうやらね。それより、後援会の花輪は、このとおり、廊下に飾っときましたがね、花束贈呈の方は、近藤さんがやってくれますか」

「おれより、その役は、リューチンがいいよ」

「でも、龍馬さんは、テレ屋だから、引き受けまんせよ」

「それだから、あいつにやらせると、面白いんだ」

しかし、肝心の龍馬は、まだ、姿を現わさなかった。

話の途中に〝週刊道楽〟の芸能記者が、二階席へ昇っていくのが見えたので、宍倉は飛んで行った。

「やア、いらっしゃい。よろしく、頼みますよ」

「うん。君、礼をいえよ。おれは、ムリに、足柄英朗《あしがらえいろう》をひっぱってきたんだぜ」

足柄は、フランスのシャンソンの紹介と研究で、有名な評論家だった。

「え、そいつアありがたい」

「永島栄二も、たぶん、聞きにくるだろう」

「永島も？　済みませんな。いずれ、礼はしますぜ」

宍倉は、その吉報を、誰よりもサキ子に伝えたくて、緋色のジュータンの敷いてある側廊下を、楽屋の方へ急いだ。

六畳ぐらいの小さな洋室だが、大鏡、洗面台、ソファ、ロッカーまで置いてあり、間のカーテンをひけば、人がいても更衣や着つけができ、小ザッパリとして、楽屋の乱雑さは、見られなかった。

窓際のソファに、サキ子が紺デニムのスラックスの片脚を、乱暴に投げ出して、への字に曲げた唇に、タバコをくわえていた。その側に、龍馬がつっ立って、何か、慰めていた。

「ピアノの伴奏なんか、いらないって、あれだけいったのに……」

サキ子は、自分でギターを弾く時の外は、無伴奏で行きたいと、ダダをこねたのを、宍倉が、それでは舞台が寂しいからと、強引に、ピアニストを連れてきて、開幕の二時間前頃に、リハーサルをやったが、その時の彼女の態度が気に入らないといって、ピアニストは怒り出すし、サキ子は風船玉のように、フクれ出すし——これでは、イキの合った伴奏なぞ、思いも寄らなかった。

「龍馬さん、ここにいたんですか……。あ、サキちゃん、唄う前に、タバコなんか喫っちゃ、ダメだよ」

宍倉は驚いて、注意したが、

「大きにお世話よ。どうせ、こんな、オンボロ発表会……」

彼女は、すっかり、フテていた。

「何をいってるんですよ、自分の会じゃありませんか……。あ、あんた、まだ着替えをしてないね。もう、五分もないよ。さア、急いだ、急いだ……」

大あわての宍倉は、ロッカーの中につるした黒いワン・ピースを、とり出そうとすると、

「いいんだってば、これで……」

彼女はシマ模様のポロ・シャツの肩に、手をやった。

「冗談じゃないよ、それじゃアお客さんに、失礼ですよ。シャツに、デニムのズボンとは、何事だね。おまけに、ズボンの膝に、泥までつけてさ……」

「だって、家から、はいてきたんだもの」

「まア、いいから、これに着替えて下さいよ。夜会服はいやだってえから、このドレスをこしらえたんじゃありませんか」

「あたし、始めっから、フダン着で出るっていってたわよ」

「だからさ、これが、フダン着……」

「あら、そんなの、ヨソイキよ」

観点の相違というものであるが、結論を見出すには、相当の長時間を要する見込みである。

宍倉は、大きな溜息をついてから、

「ツベコベいってるヒマは、ありませんよ。仕方がねえから、その靴ミガキみたいなカッコで、舞台へ出たらいいでしょう……。ほんとに、龍馬さん、今度であたしもコリたよ、こう気を揉まされちゃア、ゼニ金に替えられねえよ」

と、さすがの宍倉も、泣き声を放ったが、龍馬は、ニヤニヤ笑うだけで、対手にならなかった。

そこへ、開幕のブザーが、楽屋の天井で、鳴り渡った。

宍倉は、急いで、楽屋を飛び出した。

もう、入場者はことごとく席について、廊下に人影もなかった。正面入口のドアを開けて、彼が客席の背後に立った時に、場内の照明が暗くなり、カーテンが中央から割れた。

舞台の上は、右手にピアノが置かれ、中央にマイクの棒が見えるだけで、黒い幕が半円型に垂れていた。その黒幕の左端から、人影が現われると、散漫な拍手が客席から起ったが、やがて、ザワザワと、笑い声に変った。

ピアノ伴奏者が、スモーキングを着て、胸を反らし、ひどく気取り込んでるのに、肝心の……紫シマ子が、ヒョコヒョコと、靴磨きの小僧のような姿で、出てきたからだった。

「笑うのは、あたりまえだよ。あッ、あのお辞儀は、何だい。まるで、頭を下げちゃ、損すると、いわんばかりだ……」

宍倉は、歯をかんだ。

しかし、サキ子は、案外、落ちついていた。恐らく、気に染まぬ結婚式にのぞんだ花嫁が、翌朝は実家へ逃げ帰ると決心した時には、こんな冷静さが、生まれるかも知れない。

彼女は、ジロリと満場を見渡し、そして、自分がうたう唄の名を、教壇の先生のような、ブッキラボーな声で伝えた。

「河は呼んでいる……」

とたんに宍倉が、舌打ちをした。

「だから、おれは、司会者をつけろと、いったんだ。そうすれば、ぐっと、ハデになるのに……。これじゃア、まるで叱られてるみてえだ……」

ピアノが鳴り出した。彼女は、マイクの前に、近寄った。そして、こうなったら仕方がないという顔つきで、眼をつぶり、肩で一呼吸してから、口を開けた。

　　ぼくのあの子は水のように《マ・プチット・エ・コンム・ロゥ》
　　泉から湧く水のように《エレ・コンム・ロウ・ヴィヴ》

その唄い出しから、特異なものだった。第一、声が、いやに太かった。それが、地声というのか、個性というのか、未鍛錬を感じさせる代りに、どのシャンソン歌手からも聞いたことのない、声と唄い方だった。そして、彼女は、どのシャンソン歌手もやる〝味出し〟を、やらなかった。また、どのシャンソン歌手もやるような、眼づかいや身振りを、一切、やらなかった。そして、彼女は、原語でうたってるので、歌詞は通じないし、これでは感動の湧く道理はなかった。

「色気のねえのも、ほどがあったもんだよ。何だい、あれア。丸太ン棒がつっ立ってる方が、まだ、気がきいてらア。あア、もう、いけません。一つ唄っただけで、もう勝負はついたよ。悪い夢を見たと思って、おれア、今度で手を引くよ……」

宍倉は、頭を抱えて、半歳の野心が水泡に帰したのを、覚った。

はたして、〝河は呼んでいる〟が終っても、拍手一つ聞えず、ザワザワと、客席がざわめくだけだった。

絶望した宍倉は、休憩時間になっても、楽屋へサキ子を訪れる気にならなかった。彼女の顔を見れば、シャクにさわるだろうし、文句をいえば、楽屋へ詰めかけてる龍馬のグループが、彼女に加勢するにきまっていた。

――まア、いいや。今夜の会の赤字は、きっと、龍馬に背負わしてやるから。おれア、あんな女、もう、見向きもしねえよ。今度は、流行歌の歌手を、掘り出してやらア。

それでも、マネジャーと名乗ってる手前、会場を抜け出すわけにもいかず、廊下に出てると、貞造につかまってしまった。

「どうです、宍倉さん、思ったより、上出来じゃありませんか」

バナナ師らしい数人の男と共に、劇場へ行った気で、食堂で一パイやろうとした彼は、そんな設備がないと聞いて、引き返してきたところだ。

「そうですか」

「そうですかって、あんたの方が、あたしより、わかってるでしょう。やっぱり、あんたは、眼が高かったね。うちの娘が、あれだけ唄えるってことを、チャーンと、見抜いていたんだから……」

「ヘッ、親バカ・チャンリン……」

と、危く、口から出かかったのを、宍倉は、彼らの側を離れることで、免れた。

すると、今度は、廊下の隅で、足柄英朗と永島栄二を中心にして、タバコをのみながら、各社の芸能記者の群れが、たむろしていた。

これは、素通りするわけにいかないから、頭を下げて、アイサツをすると、

「宍倉君、ちょっと、聞いていけよ。今、足柄さんと永島さんの間に、議論がもち上ってるんだ」

と、〝週刊道楽〟記者が、肩をたたいた。

「いやね、ぼくア、あのお嬢さんの個性のことをいってるんだ。彼女が、紛れもない、自分のシャンソンを持ってることは、確かだというんだ」

足柄英朗は、体は小さいが、声は強かった。

「そうかも知れませんが、その個性を活かすのに、あの技術では……」

永島は、下手に出ていても、負けていなかった。

「しかし、ぼくは模倣の技術の洗練よりも、彼女の幼さと素朴さを、愛するね。ベコオの音盤《ディスク》を、そのまま口マネするような技術は、いくら上手でも、ぼくはあきあきしてるんだ」

足柄は、皮肉な言葉を弄した。永島のベコオ張りは、世間の通り相場なのである。

はたして、彼は顔面を硬ばらして、

「紫シマ子さんだって、ニコル・ルビエの模倣ですぜ。しかも、ヘタな模倣です。それが、おわかりにならないんですか」

と、呼吸を弾ませた時に、休憩時間の終りを告げるベルが、高々と鳴った。

再び、舞台のカーテンが揚ったが、今度は、サキ子が一人で登場してきた。第二部は、ピアノの伴奏がなくて、彼女自身がギターをひくことになっている。そのせいか、彼女は、第一部の時よりも、緊張のほぐれた態度で、客席にお辞儀をした。すると、聴衆の一部で、拍手が起きた。それは、彼女にささげる花束を持った男が、舞台の端の段を登る姿が、見えたためだった。

龍馬だった。ハニカミ屋の彼が、友人のいたずら心の犠牲となって、花束贈呈の役を、引き受けさせられたのである。

「いいぞ、リューチン！」

誰かが声をかけたら、彼はドキンとして、立ち止まったが、それでも勇気を出して、舞台の中央まで歩んだ。紫シマ子後援会と書いたリボンのついた、大束のバラを、彼女にささげると、拍手が湧いた。サキ子は、龍馬が汗をかいてる様子を見て、クスリと笑って、口を抑えた。

無事に役目を済ませた龍馬は、舞台を降りる時になって、気をゆるめたのか、フット・ライトに足をひっかけ、大きな音を立てて客席に転落した。人々は、アッと声をあげたが、さすがは空手二段であった。モンドリ打った体が、客席へ落ちた時には、スックと、みごとな立ち姿だった。これは、満場割れるばかりの喝采を、呼んだ。

飛んだ余興があって、会場の空気が、なごやかに変ってきたところへ、第二の花輪贈呈が始まった。恐らく、どこの劇場でも、ホールでも、こんな花輪が贈られたことはないだろう。厳密にいえば、それは花輪ではなく、マンモス的なバナナの枝なのである。まるで、いま樹から切ってきたように、房々と黄色い実が重なって、花よりも美しかった。横浜青果市場有志と書いた大きな札が、紅白のリボンで結んであったが、それをサキ子にささげたのは、貞造の仲買人仲間の親友だった。

最初に、青果業関係の入場者の間から、大拍手が起った。他の人々も、この新趣向の花輪を面白がって、熱心に手をたたいた。第一部の時のダレた空気は、どこかへ飛び去った。

舞台のサキ子も、すっかり気楽になって、持ち前のイタズラ小僧のような眼つきを、輝かすようになった。そして、第二部の最初は、自作自演の〝無題〟をうたう筈だったのに、マイクに近づくと、

「あの、結構な花輪を頂きましたから、御礼と致しまして、即興詩をうたわせて下さい。題

は〝青ブクの歌〟……」

そして、彼女は、ギターの前弾きにかかってから、ガラリと変ったイキイキした調子で、うたい出した。

その皮は青けれど
身は朽ちて、けがれたり
その眼《まな》ざしは清けれど
心はさすらいの娼婦に似たり
ああ、青ブクのバナナ
バナナは黄なるこそよけれ

サキ子は、人間が変ったように、表情タップリになって、眼をグルグル動かしたり、唇をタコのように尖らしたり、肩を上げたり下げたり、マイクの前を行ったり来たり――それが、日本人歌手によくあるワザとらしさがなく、唄の中へ溶け込んだ面白さで、靴みがき小僧のような服装と、よく似合った。

大拍手、大喝采が起った。

青果業関係の入場者は、バナナの唄とわかって、すっかり嬉しくなったのである。しかも、彼等が贈ったバナナの花輪のすぐ後で、そんな唄がうたわれたので、寄席の芸人が、客の註文に応じて、ドドイツでもうたった時のような満足感を味わったらしい。

「ああ、青ブクのバナナか——ほんとに、青ブクときた日にア、目もあてられねえや」

「追熟加工満点の正品を、お買い下さいって唄だぜ、今のは……」

と、大喜びなのである。

そして、二階の評論家たちの席でも、足柄英朗が、まっ先きに、

「これア、面白い。即興詩を、とにかく、あれだけ唄えるというのは、一つの才能だね。パリのキャフェ・シャンタンには、ああいう歌手がいるが、男が多い。若い女で、即興シャンソンをやれるのは、世界的にも珍らしいよ。それに、ぼくは、あの唄い方を、推奨したいね。なぜって、日本の全部のシャンソン歌手は、唄う《シャンテ》ということばかり考えて、語る《ディール》ということを、まったく、疎かにしている。しかし、紫シマ子君は、語っているよ。立派に、語っているよ……」

と、ひどく、肩を持ってくれたのである。すると、近くに坐ってる各社の記者諸君も、体を乗り出して、彼の説を傾聴したが、

「しかし、青ブクというのは、何です。意味がわからんじゃありませんか」

「あれは、何かの象徴にちがいない」

とにかく、第二部になって、意外な好調を示してきたので、宍倉は、すっかり面食らって、

二階の客席へ行ったり、階下の様子をさぐりにきたり、ウロウロと、動き回ってるうちに、廊下の出入口のところで、一人の男につかまった。

「失礼ですが、あなたは、紫シマ子さんのマネジャーですね」

と、差し出された名刺を見ると、タマラン・レコード会社の肩書がついていた。

「そうです。どんなご用で……」

「今の青ブクの唄を聞いたんですが、ちょいと、イケると思うんです。場合によっては、紫さんと契約してもいいんですが……」

「えッ、そいつア何よりです」

「でも、流行歌とちがって、シャンソンの方は、売行きも知れてますから、高いギャラを望まれちゃ困りますが……」

「そんなアコギなことをいわないで……。彼女のシャンソンは、日本で類例のないもんなんですよ」

と早くも、商売気を駆り立てた。

父と子

それから、一カ月ほどして、夏になった。

夏とくると、呉天童は弱いのである。暑い台湾で生まれたくせに、寒暖計が二十五度を越すと、フウフウいってる。肥満しているせいか、汗ばかりかいて、やれ扇風機の、冷たいタオルのと、騒いでるが、そのわりに、食欲は衰えない。冷しソーメンとか、コールド・ミートとかいうものを、大食するが、舌を焼くように熱いカニの饅頭《マントウ》なぞを、夏食うことも、避けはしない。従って、夏ヤセをする機会がないのである。

しかし、暑さを口実に、連合総社へ顔を出すことも、三日置きぐらいになった。会長の仕事といっても、国府の大使館や、日本外務省の役人と、儀礼的な交際をするとか、来日した要人や、外地華僑の頭株の歓迎会や招待が、主なので、いつも、会長室のイスに坐ってる必要はないのである。

今日は、朝から、カンカン照りなので、出社は見合わせて、二階の自室で、新聞を読んでると、会長秘書の林景之《りんけいし》が、訪ねてきた。対手が秘書であるから、彼は、タオル地のパジャマのままで、応接間へ降りて行った。

「べつに、用事というほどではありませんが、会長のお耳に入れて置いた方がいいと思うことがありまして……」

林秘書は、キチンと着込んだ夏服の背を、屈めた。

「何だね」

「つまらんことですが、今朝の自由報に、会長のことが出ていましたので……」

自由報とは、国府系華僑の間で読まれてるタブロイド型の新聞だが、それを、林秘書は天童に渡した。

「へえ、何を書いたね」

天童は、赤インキで丸をつけた箇所を、一気に読み下したが、すぐ、新聞を投げ捨てて、

「何だ、下らん……」

「事実無根の中傷だとは、思っていましたが……」

「いや、決して、無根ではない。ぼくは、Oという北京からきてる留学生に、金をやってるし、可愛がってもいるんだ……」

「はア」

「愛すべき青年だから、愛してるだけのことだよ。連合総社の会長は、そういうことをしてはいかんのかね」

「いや、会長個人でなさったことですから、問題にはならんと、思います。それよりも、お気をつけになるべきことは、取るに足りないことを理由にして、会長を中傷する人間がいることですな。つまり、こんなことを書かせた人間は、誰かということで……」

「心当りがあるかね」

「はア、新聞社で調べてきましたから、確かだと思います。会長選挙で、次点者だった、横浜の張許昌らしいです」

「何だ、あいつか。あんな人間を、対手にしてはいかん。捨てとき給え、捨てとき給え……」

呉天童は、てんで、中傷者を問題にしなかった。中傷の理由が、まったく不合理である上に、中傷の原因も、彼にとって、無意味だった。

——張許昌が、そんなに会長になりたいのなら、いつでも、譲ってやるがね。

そんなことを思ってるのだから、ハリアイがないのである。それよりも、彼は、心にかかる雲が、別にあった。

龍馬の行状が、いよいよ、眼にあまってきたのである。

第一に、彼が、ほとんど、学校へ行っていないことが、明らかになった。天童は、学歴ということを、世間の親のように、過大評価していないから、卒業を控えて、学校をやめるといっても、それだけの理由があるなら、不賛成は唱えないつもりだが、怠け癖がついたのなら、叱ってやりたい。毎朝、寝坊をして、家を出て、何をしてくるのか、帰ってくるのは、夜半が多い。時には、泥酔してることもある。

どうやら、方々を遊び歩いてるらしいが、金も要るだろうに、一向、母親に小遣銭をセビらぬという。反対に、銀行預金通帳の額がふえたという怪事実を発見したのは、よほど前だったが、近頃は、その預金帳も、家には置いてないらしく、細君が息子の部屋を探しても、徒労に終った。

何か、息子は、親に秘《かく》して、企みをやってるらしい。もうこの上、看過するわけにいかなくなった。そして、細君に究明を命じるのだが、どういうものか、彼女は、近頃、ソワソワと落ちつかない様子で、今日も、朝から外出をしている。細君自身の心に、何か悩みがあるらしいが、それは、彼が心配する必要はない。なぜといって、彼女は、人の手をかりなくても、自分で悩みを解決できる女であると、彼は信じてるからである。

彼は、階下の居間へくると、ベルを押して、女中を呼んだ。

「龍馬は、まだ、起きないかね」

「はい、まだ……」

「昨夜は、何時ごろ、帰ってきたね」

「さア、もう、十二時過ぎだったと、存じますが……」

「そうか。よろしいよ」

女中さんを去らしてから、彼は、柱時計を見た。針は、十時四十分を、指している。

——もう、充分に、睡眠はとってる。

彼は、二階の息子の部屋を、訪れる気になった。近頃は、食堂へ姿を現わさないで、スッと外出してしまう時があるから、寝こみを襲うのが第一と、考えたからである。

しかし、彼は、一度だって、息子の部屋なぞ、覗いてみたことはなかった。大きくなった息子の世界に、そう簡単に足踏みする気持になれなかったのである。しかし、今日は、仕方がない。

「おい、起きてるかい?」

ノックをしてから、彼は、遠慮がちの声を出した。

「パパですか。今、眼が覚めたところ……」

ドアの彼方で、眠むそうな声が聞えた。

「はいっても、いいかい」

「ええ、どうぞ……」

天童が、ドアをあけると、ムッとした熱気と、男の臭いが、流れてきた。

「これア、いかんね。暑いだろう」

彼は、ガラス窓を開き、ヨロイ戸をはねのけて、ニコニコしながら、息子のデスクの前に腰を下した。龍馬も、あわてて、ベッドに起き上ったが、控えのイスは、皆、脱ぎ捨てた衣類の置場にしてあるので、マトレスに腰かけて、父親に対《むか》い合った。

「パパどうしたんです、こんなに早く……」

「早くもないよ、もう十一時だ」

「へえ、そんなかな。今日も、暑そうですね」

「だから、もっと早く起きて、下へくればいいのさ。今年は、クーラー入れたからな」

「ぼく、あの涼しさ、好きじゃねえな」

「わたしも、そうだ。でも、ママのお望みでな……」

「ママどうしてます。しばらく会わねえな」

「下宿人みたいなことというもんじゃない。わたしの顔だって、久し振りじゃないか」

「ほんとだ。じゃア、今日は、皆で一緒に、午飯食いましょうか」

「ママは、お出かけだよ」

「この頃、よく出かけるんですってね、ママは……」

「そうさな。わたしだって、会長を仰せつけられてから、よく出かけるよ。しかし、そういう君が、一番、外出をするんじゃないのかい」

天童は、息子の顔を覗き込むと、対手は、頭をボリボリかいて、持ち前の子供じみたテレ笑いをした。

――ははア、これは、大丈夫だ。

父親の直覚で、彼は、息子が、決して、後暗い行いをしてないことを、知った。龍馬は、こういう表情のできる間は、親として、心配する必要のない青年なのである。

――もう、何も聞かずに、帰ってもいいのだが……。

天童は安心して、一層、ニコやかな笑いを湛えながら、

「ところで、この頃、学校へ行かんそうだが、何か、思うところあるのか」

「大したこと、ねえんですよ。でも、出席が悪くて、単位とれなけれア、一年延ばしてもいいと、思ってます。とにかく、そのことは、一段落ついてから、考えようと思って……」

「何が、一段落つくんだね」

「金儲けですよ」

「金儲け？　君、そんなことを、始めてるのか」

天童は、眼を丸くした。

「ええ、金儲けって、面白いですね。ぼく、やっと味がわかりましたよ。それまでは、いくら、神戸の叔父さんにハッパかけられても……」

「何だ、天源にそそのかされたのか」

「叔父さんは、呉錦堂って人を、とても崇拝してるんですよ。ぼくに、第二の呉錦堂になれって、舞子の移情閣を見物にやらされました」

「どうも、この間、神戸へ行った時の様子が、おかしいと思ったよ。移情閣は、パパも行ったことがある。昔は、もっと立派だった……」

「そういえば、この家のシッティング・ルームの壁紙、移情閣のと、よく似ていますね」

「ちょいと、真似したんだ。パパも、ある意味で、呉錦堂を崇拝してるんだよ。ただし、彼の金儲けの方ではない。消費面においてだ。あれくらい、ゼイタクをした奴はない。あいつは、北京から一流の料理人を呼び、フランス人のコックを雇い……」

　天童のアコガレは、その辺にあるらしかった。

「呉錦堂は、うちの遠い親類なんですってね」

「どうだか、知れたもんじゃない。姓が同じだから、先祖は一つかも知れんが……。そんなことより、君は、一体、何の金儲けをやってるんだ？」

「バナナ輸入です」

「バナナ？」

　天童は、顔をしかめた。彼はバナナを嫌って食べないが、それを扱う輸入業も、現在の仕組みでは、事業のうちに入らないと、軽蔑しているのである。

「だって、とても、儲かるんですよ」

息子は、叔父の天源からライセンスを貰って、ガール・フレンドの島村サキ子の父親の手を通じ、入船毎に利益をあげてることを、包みかくさず、父親に話した。

「天源の奴、どういう量見で、君にそんなことを、やらせるのかな。輸入ライセンスなんて、一つの特権だよ。しかも、あまり自慢できない特権なんだ。そんなものを利用して、金を儲けるのは、商人の道じゃないだろう」

「おや、パパは、商人の道なんて知ってるんですか。神戸の叔父さんがいってましたよ――兄貴は遊ぶために、世の中に生まれてきた人間で、外に能のないところが、偉いんだって……」

「ロクなことを、いわん奴だな。しかし、働く能のない人間でも、まちがってることと、そうでないことぐらい、わかるんだよ。君、バナナで金を儲けるのは、やめろ。日本と台湾の貿易が、正常の状態に復する時までは、手を出すな」

「そうですか」

龍馬は、不服そうだった。

「君が、学校をやめて、商人になるといったって、パパは、ムリに止めはしないよ。それも、一つの行き方だろう。でも、ケチくさい金儲けなんか、やって貰いたくない。天源だって、君をほんとの事業家に仕立てたいなんら、もっと外の方策がある筈だ。あいつは、昔から、手段を選ばん奴だから、困る……」

　天童は、また、笑顔にもどりながら、

「しかし、金を儲けるのは、悪いことじゃないよ。わたしは面倒くさいから、やらないが……」

「パパは、遊んでるのが天職なんだから、それで、いいんですよ。ぼくがコッテリ儲けて、養ってあげますよ」

「そう願いたいもんだが、少し話がウマすぎるな……。ところで、君、金が手に入ったら、自動車を買ったんじゃないのか。ハッキリ、白状して貰いたいな」

　父親の心配は、そこにもあった。

「それが、まだなんですよ。ほんとはね、パパ、ぼくァ車が欲しくて、金儲けする気になったんです。ところが、金のできるのに比例して、いい車が買いたくなってきたんですよ。今は、日本に何台もないっていう、スポーツ・カーを狙ってるんですがね。ただ、出物が、なかなか無くて……」

「まア、車は後にして、ほんとの事業を、勉強してくれんかな」

「ええ、もう、そっちの方は、止められませんよ。バナナがいけないっていうなら、他の事業やってもいいんです。隆新公司《ロンシンコンス》の東京支店やらして貰う考えも、あるんです」

「話が大きいな。まア、そういうことは、天源の指図に従えばいい……。とにかく、パパは、知りたいことが、大体わかって、安心したよ。最後に一つ訊くが、君と一緒に仕事してるガール・フレンドのことだがね、大変仲がいいようだが、結婚の意志があるのかね」

「結婚？　そいつア、まだ、早えよ」

龍馬は、ほんとに、思いがけない質問を受けた驚きを、顔に表わした。

「いや、パパも学生時代に、ママと知り合ったんだよ。だから、君の意志一つで、話に乗らないわけでもないということを、いったまでさ。しかし、決して、急ぐ問題ではない……」

「結婚って、確かに、急ぐ必要ないね」

「わたしも、ちっとも急がなかった。でも、対手が急いでくる場合が、あるんでな」

「そうか。対手の都合ってことも、計算すべきなんだな」

龍馬は、しばらく、言葉を途切らせた。

「まア、それはそれとして、どうだい、一緒に、飯を食いに出ないか。イタリー料理は、どうだ」

天童が、立ち上った。

「いいね、パパは肉を食べ、ぼくア、スパゲチ食うから……。だけど、これから、顔洗わなけれア……」

「早く、洗いなさい。パパは、下で待ってるよ」

「ちょっと、パパ……。あのね、ママのことなんだがね」

「うん」

「あんまり、出歩かない方がいいと、思うんだけど……」

「何だい、今度は、君がママのことを心配するのか、ハッハハ」

「いや、ちょっと、聞いたことがあるもんだから……」

龍馬は、いいたいことがいえない苦痛を顔に刻んで、着替えを始めた。

青ブクの歌

サキ子は、ちょいと、有名な女になってしまった。

あの発表会の批評で、〝週刊道楽〟あたりが、大きなチョーチンを持ってくれたことや、足柄英朗が〝シャンソンに於ける才女の可能〟という題で、彼女のことを新聞に書いてくれたことも、名を売出す因《もと》になったが、何といっても、タマラン・レコードが、彼女の〝青ブクの歌〟を、買ってくれたのが、一番大きな宣伝力になった。といって、契約のギャラは、お話にならない少額で、レコードの売行きも知れたものであるが、シャンソンの狭い世界では、大きな出来事だった。極く少数の人を除いて、シャンソン歌手で、レコード会社の専属というような者は、いないのである。

一体、彼女の唄が、それほど優れていたか、どうかは、疑問であって、それよりも、青ブクという題名の方が、魅力があったのではないか。

「青ブクって、何のこと？」

「つまり、君みたいな女のことさ。外面は、純情的、処女的であっても、一皮剝けば、その身は朽ちて、けがれたり……」

「ひどい！　覚えてらッしゃい」

そんな会話が、バーあたりで聞かれるようになったのも、青ブクというバナナ業者の専用語に、説明のつかない面白味があったからだろう。或いは、今の日本に、青ブク的存在が、充満しているためかも知れない。

どうやら、青ブクという言葉が、流行語になりかけてる形勢で、ほんとのことをいえば、紫シマ子の名よりも、その題名の方が、有名になったといえるのだが、当人の身になると、そんな認識は、口に合わなかった。

――あたし、有名になっちゃったわ、いつの間にか！

彼女も、半年前には、有名になりたくて、シャンソン歌手になる決心をしたのだから、悪い気持のする道理はなかった。途中で、金儲けの方に転向したといっても、事態がこのように変化してくれれば、思想もまた、ダイアルを合わすべきであって、さもなければ、終戦以来の日本人の生き方に、背くというものだ。

そこへもってきて、宍倉の攻勢が、一通りではなかった。彼も、あんなに絶望して、サキ子を見限ったのは、ケロリと忘れて、今は、最も忠実なマネジャーとして、毎日のように、サキ子の家を訪れないことはなかった。

今日も、日吉の家の玄関へ飛び込むと、大きな声を、張り上げた。

「サキちゃん、とうとう、テレビがいってきましたぜ、ヒノマル・テレビから……」

来月第一水曜日の晩に、〝青ブク〟を唄ってくれというのである。

茶の間で、サキ子やおせんさんと、茶を飲んでいた貞造が、シタリ顔で、

「テレビへ出るとは、大したもんじゃねえか。だから、いわねえこっちゃなかったんだ。おめえは、やっぱり、唄が向いてたんだよ。バナナなんかに手を出すなんて、飛んだヒマつぶしってもんだ……」

そんなわけで、サキ子も、シャンソンの方に時間をとられて、自然、龍馬との協同事業がおろそかになってきたが、

「どうせ、ほんの一時の人気よ。でも、せっかくマス・コミの波に乗ったんだから、しばらく、やってるのも、悪くないと思うの。どう?」

と、龍馬に、相談をもちかけた。

「いいだろう。それに、おれも、だいぶ、取引きの様子がわかってきたから、一人でも、何とかなるよ」

彼も、サキ子の人気が、根底のあるものと思ってないから、半年もたてば、彼女が事業の方に、復帰すると考えていた。それくらいの間は、彼女の好きな遊びを、させてやりたかった。

「でも、あたしの本業は、無論、事業よ。だから、あたしがシャンソンで稼いだお金は、事業の資金に繰り入れるつもりなの」

「すると、バナナ・エンド・シャンソン・コムパニーってことになるな」

「いいじゃないの。要するに、儲けるのが、目的なんだから……」

「それアそうだ。それに、シャンソンだって、バナナだって、似たような嗜好品だよ」

「シャンソンには、ライセンスが要らないだけでね……。そういえば、リューチン、あのライセンスは、七月で切れるのよ。入荷は、八月まで続くけど、それから後を考えなくちゃね」

「また、神戸へ行って、叔父貴に、後半期のライセンス、貰ってくるか」

「でもね、今度は、叔父さまも、すぐ、下さるかな。最初の分は、リューチンに、お金儲けの味を知らせるつもりで、下さったにちがいないわ。だって、あんなラクなお金儲けって、外にないわよ。この次ぎは、もっと、技術的にむつかしい仕事を、分けて下さるんじゃないかな」

「おれは、ラクな金儲けの方がいいよ。バナナのライセンス貰うに限ると、思ってるんだ」

「ダメ、ダメ、そんなことといってちゃ……。バナナ屋なんて、うちのオヤジのような低級なのに、任しとけばいいわ。あたしたちには、呉錦堂って、大きな目標があるのよ」

「そうか」

「だからね、あたしが、ちょっと寄り道して、シャンソンで稼ぐ間、リューチンは、叔父さまとよく相談して、次ぎの計画たてることにしたら、どう？　ライセンスによる金儲けのような、安易な道は、あまりに初歩的で、もう興味がなくなりましたッていえば、叔父さまは、きっと、お喜びになるわよ」

「そうかな」

「きまってるわよ」

サキ子としては、自分でシャンソンをやってる間に、龍馬が堅実な基礎を築いてくれることが、望ましかった。

しかし、龍馬としては、サキ子の言葉に道理を認めても、すぐ、神戸へ出かける気持はなかった。

本格的な事業を始めるのは結構だが、ちょっと、この辺で一休みしてみたい。銀行預金も、ずいぶんふえてきた今日、金儲けの方を休んで、金を使う方に、転じてみたいのである。

ほんとをいうと、彼は、金を儲ける愉しみを覚えたのは確かだが、それ以上に、金を使う愉しみの方を、シミジミと、味わったのである。自分たちのグループを、ジンギスカン料亭へ連れてって、芸妓なぞあげた晩の面白さは、忘れることのできないものだった。あれ以来も、機会ある毎に、金を使う喜びを見出していた。それも、上手に金を使うというやり方は、面白くなく、浪費に近い使い方が、最も愉しかった。彼が、呉錦堂の血をひいてるのが、事実だとすれば、金儲けの方よりも、ゼイタクをする遺伝だけを、タップリ受けついでるようだった。

そして、サキ子が、当分の間、彼から眼を放してくれるということは、浪費をする自由が与えられるのを意味した。彼女は、世話女房のように、行き届いた監視の眼を、彼から放さ

ず、

「グループをご馳走するのは、結構だけど、芸妓なんか呼ぶのは、全然、浪費よ」

と、意見を加えたりするので、少し、うるさいと思わぬでもなかった。

そんな女房が、親の病気で、実家へ帰ったようなもので、彼も、しばらくは、ノビノビと金が使えるのである。

彼は、急に、世の中が面白くなってきた。

しかし、ジャンジャン使いたいと思っても、服や靴は、もう沢山買い込んであるし、食い物の方は、金のかからぬのが好きな性分であって、結局、飲むのが一番ということになった。それも、従来のビア・ホールやトリス・バーでは、思うように金が減ってくれないから、バーなら一流、時には、銀座のキャバレや、赤坂のナイト・クラブへも、足踏みするようになった。

最初は、案外、モテなかった。金のかかる場所は、中老年がハバをきかすので、隅の方へ小さくなっていたが、次第に、彼がカイタイ犯人でも、自動車強盗でもなく、どうやら、金持のお坊ちゃんらしいとわかってくると、俄然、女どもが集中してきた。

「ほんとに、王選手ソックリねえ」

と、あらためて、龍馬の顔つき体つきを、見直す女なども出てきた。それは何といっても、スコ・ハゲの社長さんよりも、イキがよくて、品もそれほど悪くない若者の方が、彼女等としても、好もしいのである。その上、チップの切れ方は至極いいし、酒は強いし、エゲツないことはいわないで、いつも、ニコニコ笑っているのだから、モテなければ、不思議なようなものだった。

あるナイト・クラブのホステスなぞは、龍馬に対して、職業意識を忘れた傾きもあった。

彼女は、モーリスを一台持っていて、自分で運転して、原宿の立派なアパートから、店へ通ってくるのである。服装や装身具は、映画スターと上流夫人の中間といったところで、そんないい身分なら、何も、夜間労働に従事しなくても、よさそうに考えられる女であったが、車の使い方も、いろいろであって、ある夜――といっても、午前三時頃であったが、龍馬が飲み疲れて、家へ帰ろうとすると、

「あなたの車、待ってるの」

「おれ、車なんか、持ってねえよ」

暁方《あけがた》まで遊んでいくような客で、自家用車のない者は一人もなかった。

「じゃア、あたしの車で、送らせてよ」

これは、逆である。客の方が女を送るのなら、わかってるが――

「君、ころがせるのか」

「ええ、ヘタだけど……」

そして、運転台に二人坐って、彼女がハンドルを握った。彼女の言葉は、ケンソンではなかった。車は、どうやら真っ直ぐには進むが、曲る時は、危くて見ていられなかった。その上、彼女は運転しながら、龍馬にシナダレかかるので、一層、危険率を増した。とうとう、

電車の安全地帯へ乗り上げて、あやうく転覆しそうになった。

「ぼくに、ハンドル貸し給え」

「あんた、やれるの」

「まアね……。君のうち、どこだ。ぼくが送ってやる」

事態はアベコベになったが、車は、見ちがえるように安定して、速く走った。ハンドルを握って、胸を反らした龍馬に、彼女は惚れ直した。

「ねえ、あたし、あなたを、お客と思えなくなった……」

「何と思うんだ」

「弟よ、何だか、そんな気がしてきた……」

「そうか。君の方が、年上らしいな」

「あたし、もう、お婆さんよ。きらい？」

「べつに、きらいじゃねえよ。だから、君の店へ、遊びにいくんだよ」

「うれしいわ。でも、あんなところ、ムダなお金が掛って、バカバカしいわ」

「かまわねえんだ、掛っても……」

「それより、昼間、一緒に遊びましょうよ。日曜日なら、夜だっていいのよ。この車で、熱海でも、山中湖でも、どこでも、飛ばせばいいわ。あなたの腕前だったら、どんなとこだって、いけるわ」

「うん、そいつア面白そうだな」

そしてホテルのような、豪壮なアパートの前へきた。専属のガレージへ車を入れると、彼女は、龍馬を彼女の室で泊っていくように、勧めた。

「あたし、あなただったら、何にも頂こうと思わないわ……」

「目的が、少しちがうんだ。おれは、金が使いたくて、たまらねえんだよ。じゃア、サヨナラ……」

それぎり、龍馬は、彼女と会わなかった。

サキ子と会う機会が少くなった代りに、彼女の父親は、しきりに、龍馬を〝キキ〟に呼び出した。

彼もまた、娘の監視が弛んだスキをうかがって、策動を始めたのだろう。

「いよいよ、ライセンスの期限も切れますが、後半期分のご用意は、いいんですか」

「でも、八月一杯は、まだ、荷が入るんでしょう」

「ですがね、それから後は、一文も入りませんよ。今のうちに、準備をなさらなくちゃいけません。なアに、呉天源さんは、あなたがおっしゃれば、紙屑でもくれるように、気軽く、後のライセンスを回して下さいますよ」

「ぼくも、一度、神戸へ行こうとは、思っているんですが……」

「是非、そうして下さいよ。そんな時に、できれば、あたしもお供さしてくれませんか。叔父さんにお目に掛って、これから取引きをさして頂きたいんですよ」

「承知しました」

そう返事をしたけれど、龍馬は、すぐ忘れてしまった。神戸へ行くのもいいが、叔父がすべての費用を引き受けてくれるから、金を使うことができなくて、面白くない。目下は、消費専門家として、日々を愉しみたいのである。そのうちに、金がなくなったら、きっと、神戸へ行く。そして、次ぎのライセンスを貰ってくれれば、再び、金はゾロゾロ入ってくるのだ。もしも、サキ子の企画するとおりに、叔父がバナナ以上の大きな輸入を任せてくれるとなったら、どこまで金が儲かるのか、知れたものではない。その金を、どうするというのだ。
——消費ということがなければ、生産は無意味なのだ。貨幣は流通と回転によって、価値を生ずるものなのだ。

と、勝手な理窟をつけて、浪費を励んだ。

そういう龍馬の気持を、早くも覚った貞造は、これは、一度、財布の底をハタかせないと、神戸行きの腰を上げないと、見てとった、それなら、少し金使いの方を、手伝ってやろうと、

「龍馬さん、東京で遊ぶのもいいが、タマには、河岸を変えて、横浜はどうです。銀座よりもハイカラなキャバレが、ありますよ。一つ、ご案内しようじゃありませんか」

「あなた、ダンスやるんですか」

「冗談でしょう。そんなものできなくたって、キャバレ遊びぐらい、知ってまさア」

そう誘われてみると、龍馬も、少し気が動いて、ある夕、貞造と一緒に、新橋から横須賀線に乗った。

横浜へくるのは、いつか、貞造にバナナ室を見せられた時以来で、その半年間に、彼もバナナで儲けて、その金をセッセと使う身分になったのだから、早いものである。

駅から、車を走らせて、中華街に近い横通りへくると、貞造がいった。

「ゴールデン・ハーバーの前で、止めてくれ……」

そこは、横浜でも指折りのキャバレであったが、アクどい装飾がなく、熱帯植民地の社交クラブといった趣きがあった。

「華僑のボスの経営なんですがね……」

貞造は、そういいながら、入口を潜ったが、まだ時間が早いので、踊っている者もなく、バンドも、静かな曲を流していた。

「少し、腹がへってきた……」

「そうですか。こんなところで、食事すると、高いんだが……」

しかし、今日は金を使わせる目的だったと、貞造は思い直して、二品ほどの註文をした。テーブルにきた二人のダンサーも、一緒に、ハイ・ボールを飲んだが、龍馬は始めての客だし、貞造も、顔を知られるほど通ってもいないらしく、女たちのサービスは、通り一遍だった。

そのうちに、ホールの反対側から、あまり若くないダンサーが走り寄ってきた。

「あら、横浜を荒らしにいらっしゃったの」

と龍馬の顔をのぞき込んだ。銀座で顔なじみの女だった。

「おや、君か……」

「あたしも、先月一杯で、ハマへ流れてきたのよ」

彼女も、座に加わって、急に、テーブルが賑やかになった。

すると、今度は、貞造がいなくなった。彼は、バーのカウンターの前で、従業員と話してる一人の男の前へ行って、ペコペコお辞儀をし始めた。

「誰だい、あれア」

龍馬が訊いた。

「社長さんよ、うちの……」

やがて、貞造は、その男を連れて、テーブルへやってきた。

「龍馬さん、ご紹介しますよ。こちら、張許昌さんですよ、横浜で有名な……」

その男は、四十ぐらいの小男だったが、顔も、肩も角張って、眼が鋭く、肌がカニのように、赤かった。

「よく、来てくれました。あなたの神戸の叔父さん、よく知ってるよ。お父さんも、少し知ってる……」

張は貞造から、すぐに、龍馬のことを聞いたらしかった。

「どうぞ、よろしく……」

龍馬は、父の気に入らない男と知らないから、立ち上って、丁寧に礼をした。

「あなた、バナナやっとるそうね。もっと、もっと、やりなさい。バナナ儲かるよ。わたしの会社も、台湾の荷主の代理店やってる。あなたのライセンス、扱ったことあるよ。バナナのこと、この島村さん、よく知ってるが、それでもわからないこと、何でも、わたしの会社へ、聞きにきなさい……。今日は、よく、来てくれました。沢山、遊んでいって下さい。わたし、お金要らないよ……」

と、張がお愛想を、振りまいて、去ろうとすると、

「いや、お金は払いますよ」

龍馬は、あわてて、手を振った。

〝ゴールデン・ハーバー〟の夜は、龍馬の気に入ったとみえて、その後も、単独で、横浜へ出かけた。

その時も、張許昌が店にいて、彼を歓待してくれた。バーのカウンターへ連れていかれて、高価な酒をご馳走になった上に、

「あんた、呉天源さんのライセンスで、商売してるけど、もっと儲けたかったら、わたしのライセンス、貸してもいいよ」

とまで、いってくれた。

龍馬も、まだ懇意でもない人から、恩恵を受ける気にはなれないが、礼だけは述べて置いた。

「あんた、クレームで儲けること、知っとる?」

張は、また、親切なチエをつけてくれた。

バナナは傷みやすい果物であるから、船で運ぶ途中で、少し暴風雨でも食うと、イタミやクサレの損傷品が多く出る。それを、クレームというが、その損傷の分は、一割までは、出荷者が現物で補償するのが、慣例となっていた。現在は、一カゴのバナナといえども、奪い合う世の中であるから、クレームの補償を要求しない者はない。しかし、台湾の出荷者も、日本の業者のボロ儲けを知っているので、なかなかその要求に応じてくれない。

その辺までの事情は、龍馬も、貞造から聞いて、おぼろげな知識はあるのだが、何も、クレーム分まで慾張らなくても、充分に利益があるのだから、全然、考慮に入れていなかった。

「ええ、でも、そんなに儲けなくても、いいですから……」

龍馬は、ニコニコして、答えた。

「おウ、あなた、商人ないね。商人は、一円でも儲かること、見のがしてはいかん。そして、クレームの儲け、大きいよ。あんたの割当ては、沢山はないが、それでも、四、五十万のクレームは、わけなく取れる……」

張は、ひどく熱心に、すすめてくれた。しかし、せっかくの親切も、龍馬としては、目下、金を使う方が専門であって、儲ける話には、まったく興味がないのである。

「そうかも知れませんが、近頃は、台湾でも容易に補償に応じてくれないそうだし、そんな交渉をするだけでも、面倒くさいですよ」

龍馬が、いかにも煩わしそうに答えると、張は大きく笑って、

「あんた、まだ若い。若い人、みんな、お金の値打ち知らない。クレーム捨てたら、バチ当るよ。わたし、あんたに、クレームで倍儲ける法、教えてあげる……」

張は、その秘術を語った。それは、正規のクレーム補償は、根強く交渉すると同時に、別途に、その額だけ、台湾の出荷者日本代理店に、日本円でいいから、払い込めば、彼等はすぐ荷を送ってくれる。つまり、クレーム代金の二重取りであって、業者の間に、よく行われている、というのである。

「へえ、そんなヌケ道があるんですか」

しかし、龍馬は聞き流して、折りよく誘いにきたダンサーと、ホールの床を滑っていった。

また、貞造が、龍馬を誘い出した。

「もう、そろそろ、神戸へ行って下さいますか」

「まだ、早いな。チビチビ金使ってるから、ちっとも減らないんですよ」

「冗談じゃない。あんなに、ムダ使いをして、あたしア、ハラハラしてますよ。この上、お金が減らしたいんなら、競馬か競輪へでも、出かける外ありませんな」

「競輪？　そいつア、いいな。ぼく、まだ、一度も行ったことないんです」

「あたしア、競輪とくると、ちょっと、うるさいんですがね。ずいぶんモトをかけたから、この頃は、やっと、大ケガをしなくなりました」

「連れてって下さい、是非。ぼくは、バクチの味を知らないんです」

「バクチってもんじゃありませんよ。でも、お望みなら、いつでも、ご案内しますがね」

貞造は、その日のスポーツ新聞を買わなくても、どこで、どんなレースがあるか、ソラで知ってるので、金メダル・レース開催中の後楽園へ、案内することにきめた。

「後楽園は、バンクが高けえから、レースが面白くなるんですよ。それに、何といっても便利だから、商いのヒマを見て、ちょいと、飛んでくるというテもあってね。尤も、あたしなんかは、川崎だろうが、花月園だろうが、平塚だろうが、遠い近いはいわない方だがね……」

タクシーの中で、貞造は、しきりに、講釈を始めた。彼としては、キャバレへ同行するよりも、競輪のお供の方が、どれだけ有難いか、知れなかった。バナナ師の仲間は、誰もバクチ好きで、花札も、麻雀も、よくやるが、朝が早い商売なので、午後から夕までと、時間を限ってる競輪が、一番向いているのである。そして、龍馬が、もし競輪にコってくれるようになれば、バナナ師としても、一人前に近づくので、その点からも、満足であった。

「車券の買い方を、説明しますとね……」

貞造は、得意になって、単だの複だの、連勝だのという言葉を用いながら、説明してくれるが、龍馬は、半分も、聞いていなかった。

「一番バクチ的要素のあるのは、どれなんです？」

「それア、連勝式ですよ。こいつア、当る率が三十六分の一しかねえからね。滅多に当らねえ代りに、穴でも当った日にア、大変なことになるね。連勝の穴で当てた味だけは、忘れられませんよ。儲け金は、後ですぐスっちまうが、あの味だけは、一生忘れねえから、バクチってものも、考えてみれァ損はないね……」

車は、水道橋を渡って、野球場の前で止まった。野球場の方なら、龍馬も、何度来たか知れないが、その向側の入口には、まったく縁がなかった。

入場した龍馬は、野球場との相違に、ひどく驚いた。野球場なら、誰もスタンドに坐っているが、ここは、半数以上の人々が、スタンドを離れて、ゾロゾロ歩いてるのである。なるほど、彼らはレースを見物にきたよりも、車券を買うという目的があったのだ。どこの大都会の駅の切符売場だって、こんなに窓口の列んでるところはないだろう。そこへ、人々が群がって、車券を買っている。レースが済んで、もし勝ったなら、別な窓口へ行って、配当金を貰うから、どうしたって、スタンドに落ちついていられない仕組みになってる。絶えず人が動き、ゴミゴミと埃っぽいが、その群集の服装を見ても、野球場の外野席よりも、もっと庶民的だった。そして、動く群集の中で、縁日のヤシのように、大声で叫んでる予想屋も、毛糸のハラマキの中に百円紙幣の束を列べて、ウロついてる両替屋も、その風景の中にひどくピッタリした、点景人物だった。

龍馬は、そういう空気に、魅力を感じた。不自由なく育ったという点では、彼もブルジョアの息子であるが、毛嫌いだの、潔癖だのを知らない彼は、何の抵抗もなく、人々の中に溶け込むことができた。

しかし、貞造は、逆なことを考えたらしく、指定席券を買って、屋根の下のスタンドに、龍馬を導いた。

「今日は、皮切りだから、高尚に遊んでいきましょう。何なら、車券買わずに、レースだけ見物しても……」

「そんなの、意味ないですよ。ぼく、バクチをしにきたんだから……」

「そんな、大きな声でいわなくたって……。じゃア、どれ買います?」

第七レースが始まる前で、地ノリとかいって、出場選手が場内を顔見世的に、一周してるところだった。赤だの、青だの、黄だのと、色の変ったシャツに、番号がついてるが、もとより、龍馬に選択の能力があるわけがなかった。貞造は競輪新聞をひろげて、二重丸印が本命で、丸印が対抗で——というようなことを説明したが、龍馬は、それすら、ロクに見ないで、

「穴を、買って下さい」

「お止しなさいよ、ハナっから穴狙いなんか……」

貞造が、いくら止めても、龍馬は承知しないで、新聞予想に穴と出ている6—2を、特券で三枚買って貰った。

やがて、レースが始まったが、龍馬が想像していたような、抜きつ抜かれつの場面なぞ、少しもなく、一列の自転車隊が、グルグル回ってるだけだった。だが、最後の一周で、鐘が鳴り出してから、急に競り合いになった。

「おッ、冗談じゃねえ、穴が出やがったよ!」

貞造の方が昂奮して、シートから跳び上った。

龍馬が当てたのは、大穴とまではいかなかったが、四千二百円ほどの配当がついて、三枚の特券だったから、十二万六千円という金が手に入った。

「始めての人は、ツクもんだが、こいつア驚いた……」

さすがの貞造も、呆れ顔だった。

といっても、最後のレースまでの間には、龍馬はこの大半をスってしまったのに、貞造の方は、手堅く、一万円近く、儲けていた。それでも、ポケットに残った金は、龍馬の方が、多かった。

「競輪て、イカすもんですね」

龍馬は、よほど面白かったとみえて、その後も、自分の方から、貞造を誘い出して、後楽園通いをした。

龍馬に、トバクを好む血があるのは、不思議なことだった。天童は、天性の賭けごと嫌いであり、紀伊子は、それを卑しんだ。龍馬も、トランプや麻雀をやっても、血道をあげることはなかったのに、競輪だけが、なぜ、彼を捉えたのか、わからなかった。恐らく、現在の彼の境遇と、一致するからだろう。彼は、勝てば、勿論うれしかったが、敗けても、気に病む理由がなかった。キャバレで消費する金よりも、サバサバとして、いかにも金を使ったような、気がするからだった。

そして、彼は運に恵まれてるらしく、勝ち負けを計算すると、赤字は出ていなかった。勝った時の記憶は残り、負けた時は忘れてしまうから、彼は、いつも勝ってるような気がした。その上、バナナの収入は、貞造任せにして置いても、ドンドン入ってくるし、これでは、消費に身を入れないわけにいかなかった。秋の計画の必要なことはわかっているが、神戸へ行って叔父に頼むことは、存分に金を使ってしまった後で、結構ではないか。それに、学校の夏期休暇が始まったことは、たとえ、通学を怠けてる身でも、平気で遊べる安心感を、与えてくれるのである。

――子供の時から、夏は遊ぶ時ときまってるんだ。

彼は、すっかりフヤけて、遊び歩いていたが、貞造と会うために〝キキ〟に寄ると、彼よりも先きに、サキ子が待っていた。

「久し振りだな、忙がしいかい」

彼女がヒノマル・テレビに出たことも、タマラン・レコードの吹込みをしたことも、彼は知っていた。

「大したことないけどさ、家で練習したりするもんだから……。でも、今日は、どうしても、リューチンをつかまえたかったんだ……」

「どうして？」

「永島栄二って奴、シャクだからさ」

サキ子は、ひどく、怒っていた。

「ケンカしたのかい」

「ケンカなんか、しないけどさ。此間、シャンソンの仲間の集まる喫茶店で、大きな声で、ノロケいってるんだよ。まるで、リューチンのママを、色じかけで、パトロンにしたような……」

大人たち

マロニエ会の第三回の集まりがあったが、紀伊子は、出席しなかった。

彼女は、箱根湯本の集まりの時に、コリているのである。コリたといっても、子供が線香花火でヤケドした時ほど、単純なコリ方でもないが、とにかく、二の足を踏まざるをえなくなったのである。

あの夜半、双松亭の浴場の降り口で、永島栄二が、パリ帰りに不似合いな、即決的手段に出ないで、甘くささやいたり、軽く撫ぜたりという規定の順序を、追ってくれたら、どういうことになったか、知れないのである。あの晩の気分からいったら、彼女も、受け入れの態勢ができていないでもなかった。それなのに、永島も、根が日本男子の血を沸かして、腕力で、彼女を自分の部屋へ引きずり込もうとしたのが、悪かった。

「何なさるのよ!」

彼女は、一発、永島の頬に、掌《てのひら》を見舞ってしまったのである。この平手打ちは、十年前のイライラ時代に、天童にも一度行使して、アベコベに抑え込まれて、ひどい目に遇ったが、今度は、有効だった。

永島が、顔を抑えてひるむ間に、彼女は、自室へ駆け戻って、入口のフスマにとりつけてある安全栓まで、おろしてしまった。そして、隣りの寝床の高野アキ子を覗き込んだが、いいアンバイに、口を開いて、熟睡していた。

「何て、野蛮な……」

彼女は、寝床に身を横たえて、ドキドキする胸をしずめにかかったが、無論、眠るどころの沙汰ではない。眠れないから、入浴しようと廊下に出たら、あんな目に遇ったので、完全に眼が冴えてしまった。

彼女は、貞女を完うしたのだが、その満足によって、グウグウ眠るというわけにもいかなかった。彼女は、むしろ、何事も残念でならなかった。何もかも、ガタガタに崩れてしまったような、気がしてならなかった。

——あんな、おバカさんとは、知らなかったわ……。

年下のヤサ男と思って、気長に、可愛がってやるつもりだったのに、無法にも、彼女の垣根を破って、飛び込んでくるとは、何事であるか。垣根の所在を忘れさせるように、ひそやかに、忍び込んでくるのが、本筋ではないか。

——もう、ダメだわ。あの人の前に、扉を堅くしなければならない……。

彼女の誇りからいっても、そうしなければならないが、あの晩の廊下のドタバタを、マロニエ会の誰かが、聞いていないものでもない。もしそうだったら、一大事であって、永島に厳然たる態度を、とらねばならない。

翌日、永島は、朝早く宿を立ったし、その後の様子では、どうやら誰も気づいてないらしかったが、決して、油断はできない。知らないフリをして、猫のような細い眼をあけて、見てるという手口を、紀伊子自身も、よく踏襲しているからだった。

そういう経過があって、彼女はマロニエ会の出席を、見合わせたのである。少し、様子を見なければならない。

一番、気になるのは、永島が三日にあげず、手紙をよこすことで、自分のハシタない行為を詫び、それも、紀伊子に対する熱情のほとばしりであって、フランスの何とかいう隠退シャンソン歌手以上に、紀伊子のことが忘れられず、憐れと思って、一度会ってくれというような文面が、くりかえされた。

彼女が、一度も、返事を出さなかったのは、あの晩の行為でも、手紙の文句でも、彼女を甘く見てる形跡が、アリアリとわかったからだった。……といって、シロトをおだましよとわらう年増芸妓の心境に、彼女も到達してしまったのである。

それで、永島には、すっかり興がさめてきたのだが、しきりに手紙をよこしたり、時には、電話をかけてきたりするので、世間態が、憚られてきた。それ以上に、良人の眼も、気になってきた。いくら、寛大で、ものに動じない天童であっても、妻を奪おうとする男に対して、平気な顔もできないであろう。

彼女は、電話や手紙はまだいいが、永島が、図々しく、彼女の家を訪ねてくることを、最もおそれた。それも、天童が在宅の時に、やってこられると、一番、始末が悪いので、良人が家にいる時は、なるべく、外出を心がけた。

勿論、彼女は身をもって、貞操を守備したのだから、無罪潔白といえるのだが、対手の失策によって、ピンチを切り抜けた投手のような、ウシロメタさがないことはなかった。ほんとの完投でないことを、誰よりも知ってるのは、彼女自身である。

対手の出方一つで、あの晩は危かったのだし、どう考えても、良人に威張る気持になれるわけはなかった。

そこで、彼女は、家にいる時は、ひどく素直で、優しい妻になった。暑がり屋の良人のことを考えて、水冷式クーラーを買い入れたのも、その一つだった。

「あなたは、避暑ぎらいだから、せめて、家の中でも、涼しくしないと……」

天童は、いくら暑がっても、軽井沢や箱根へ出かけようとしない男なので、彼女の計らいは、当を得ていた。

「お蔭で、大助かりだ。この夏は、きっと、アセモノが出ないで済むよ」

天童も、電機会社の宣伝文句のようなことをいって、感謝したが、内心は、そうでなかった。なるほど、クーラーを入れたシッティング・ルームだけは、涼しいし、空気も乾いて、気持がいいが、一歩室を出た時の不快さは、我慢がならないのである。まるで、蒸しタオルで、全身を包まれたようで、あの気持の悪さを考えれば、始めから冷房に入らない方がよかった。

しかし、彼は、常に似合わず、その不平を、妻に訴えなかった。彼も、妙に、素直で、優しい良人になったのである。少くとも、そうなろうと、努力してるらしい。

天童だって、知らぬは亭主ばかりなり、という男でもない。妻が、マロニエ会という集まりを始めた頃から、ソワソワしてきたことも、知ってる。そのソワソワが、女と生まれた限り、誰でも持ってる浮気の虫のうごめきと、関係があるらしいことも、推察がついていた。

しかし、そうと気がついても、彼には、あまり嫉妬心が湧かないのである。第一、彼は妻を信用していた。彼女の浮気の虫は、相当飼い慣らされてると、知ってるからである。ムヤミに暴れ出すほど、野性を帯びていない。彼女の自尊心とか、ミエとかいう手綱が、浮気の虫の首に、結びつけられてる。今までも、虫のうごめきは、何度も、形跡があったが、いつも、無事で終っているのである。

その上、彼は、浮気の虫を、常に有害な寄生虫とは、考えていなかった。現に、彼は〝デゼスポアール〟の女に、通っているが、厳密にいえば、妻以外の女の性的牽引力を、愉しんでいるのである。ただ、彼は、自分の二つの掌の間に、彼女の掌をはさみ、そういうサンドウィッチを製造する以上に、彼女を求めない。それによって、炸鳳丹《ツァホアンタン》を食べたような食補《シブー》の力を、精神に与えてやれば、よき父、よき良人として、家庭生活を豊かにできるというものである。

浮気の虫は、決して、害虫とばかりいえない。けれども、情事は対手があることで、対手はどんな虫を持ってるかわからない。色と慾の二頭虫なんて、毒虫もいる。そういうのにかかったら、食補どころではない。七テン八トウの苦しみをしなければならない。

浮気はしてもいい。精神的浮気で済めば、それに越したことはないが、サンドウィッチ以上のところまで、進んだにしても、一度や二度のことを、咎め立てしない方がいい。怖いのは、深入りである。それも、妻がほんとに良人以上の男を発見して、サヨナラを告げるなら、やむを得ない。それによって、自分は不幸になっても、妻は幸福になるから、差引き勘定はつくが、騙されるのだけは、誰のトクにもならない。

天童は、妻の浮気の対手が、どんな男だか知らなかった時は、まだ気にもしなかったが、此間、龍馬の部屋で、彼と語り合った末に、意外にも、息子の口から、シャンソン歌手永島の名を、聞かされたのである。無論、龍馬は、母の汚辱を認めるようなことはいわなかった。ただ、評判の悪い男と交際してるというだけのことを、語ったに過ぎないが、

「そうか。そんなことを、君が心配しなくてもいいよ」

と、息子にいった代りに、彼自身が心配を始めるハメに落ちてしまった。

しかし、彼は、妻に何事もいおうとしないのである。そして、ひたすら、優しく、コワレモノを扱うように、妻を扱うだけなのである。

しかし、紀伊子の身になると、こんな時に、良人が優しくしてくれるのは、かえって、気味が悪かった。むしろ、キゲンが悪くて、どなりちらしてくれる方が、扱いよいのである。といって、彼女は、良人が薄々ながらも、カンづいてるとは、考えられなかった。まして、

龍馬がそんなことを、良人と語り合ったなどとは、夢にも思っていなかった。良人は無神経だし、息子は粗暴だし、こんなデリケートな事件に、気が回る筈がないと、思われた。

――でも、油断はできないわ。絶対に、覚らせないようにしなきゃ……。

永島が、手紙をよこしたり、電話をかけてくるのが、一番、不安だった。そして、良人に対して、いつも注意深くなり、感情の発露を慎しむので、自然に、行儀よく、素直になり、且つ、溝を生じるのである。

彼女も、龍馬の近状には、心を悩ませてるので、良人とよく相談しなければと、思いながら、自分にヒケメがあるので、口に出し兼ねていた。

その日の朝飯の時も、夫婦は、ひどく行儀よく、ニコニコして、食卓に向い合ったが、あまり、口をきかなかった。暑くなってから、紀伊子は紅茶とトーストに食事を変え、天童は、相変らず、熱いカユを食べていることも、何やら、夫婦の間の変調を、もの語るようだった。

「今日も、暑くなりそうですね」

「うん、今日も、暑くなりそうだね」

それで、話が途切れてしまって、天童がカユをすする音だけが、高くなる。それを気にして、紀伊子がまた、愚にもつかぬ話題を、求めるのである。

「国鉄が、一等と二等だけになるんですってね」

「いや、二等と三等だけになるんだろう」

「そうでしょうか」

「そうだとも」

良人は、優しい微笑の眼を、新聞から放した。

――おかしいわ。いつもなら、平気で、新聞を読んでるのに……。

ふと、彼女は、良人が何もかも知っているのではないかと、疑念が起きた。そして、日本人の良人なら、烈火のように怒るところを、中国人の神秘な血のために、静かな笑いを湛えているのではないかと、思った。平素は、良人を異国人と考えたことのない彼女が、そんな気になるのも、夫婦の危機かも知れなかった。

紀伊子は、ニコニコしながら、いきづまる緊張を感じてる時に、部屋の隅の電話機が鳴った。彼女は、救われたように、席を離れて、その方へ行った。

「はい、呉でございます……。どなた様で……。え、まア、天源さん？　いつ、出でいらっしたの、まア、まア……」

と、送話機を手でフタして、

「あなた、天源さんが、神戸からお出でになったんですって……」

天源は、産業省に用事があって、夜行で上京してきたそうで、午後四時頃から、体が明くから、兄と夕食を共にして、日航の最終便で神戸へ帰る予定だと、告げてきた。

「あい変らず、忙がしい奴だ」

天童は、苦笑したが、珍客がきたことは、彼にとっても、紀伊子にとっても、時の氏神を迎える感じだった。天源をもてなす食事の相談をするのに、二人は、なごやかに話し合った。

「天源さんは、日本料理はお嫌いだから、どこへお連れしたら、いいでしょう」

「いや、家で食う方が、ゆっくりしていいな。料理なんか、何でもいい」

「そう？　じゃア、お洋食の手料理と、後は、赤壁飯店へでも、出前を頼んだら？」

「それがいい、あの店へは、ぼくが電話かけて、献立をいってやろう。龍馬も、今夜は、家で飯を食うように、いって置きなさい」

「あら、困ったわ。昨夜、帰らないのよ、龍馬は……」

「無断で、泊ったのか」

「いいえ、大宮から、電話かけてきたわ。でも、あの子、ヘンよ。この頃、大宮だの、松戸だのって、妙なところへ、遊びにいくらしいの」

「おかしいな、競輪をやってる町ばかりだぜ」

「まさか、あの子、競輪なんて……」

「そうだな、自転車には、興味あるまい。自動車なら、話は別だが……」

しかし、夫婦は、まったく予期しないで、息子のことを語り合う機会を、見出したわけだった。少くとも、天童にとっては、細君の浮気問題より、息子の素行問題の方に、関心が深かった。息子の方が、大切というよりも、動揺の被害が、細君の方が少いと、計算してるに過ぎなかった。

それでも、この間、息子と二人きりで語り合って、大体、彼の気持もわかったので、そのことを、細君に語って、彼女の考えも聞きたかった。その機会のきたのを、喜びながら、

「君、龍馬も、近頃は、だいぶ考えが変ってきたらしいのだが……」

と、切り出すと、紀伊子も、自分のイザコザを忘れて、

「まア、どんな風に……」

と、膝を乗り出した。

「つまり、実業家というか、商人というか、そういう方向に進みたいと、決心したらしいんだ……」

「まア、そう。とても、結構じゃないの」

「そこまでは、結構なんだが……」

と、いいかけた時に、また、電話のベルが、鳴り出した。

紀伊子が、電話口へ出ると、天源の声で、用事が意外に早くかたづく見込みで、午飯までに、赤坂の家へ行くということだった。

「さア、大変、あなた、すぐ、ご馳走の準備にかからなくちゃア……」

せっかくの話が、また立ち消えになった。

呉天源は、赤い風船玉のようになって、飛び込んできた。兄に負けない、暑がり屋らしかった。

それでも、キチンと蝶ネクタイを結んだ姿で、礼儀正しく、兄と嫂《あによめ》に久闊のアイサツを述べたが、終ったとたんに、

「兄さん、シャワーあるね、暑い、暑い……」

と、浴室へ、駆けていった。

そして、応接間へ帰ってきた時は、紀伊子の出した浴衣も着ないで、コンビネーション一つの不行儀さだったが、兄の方も、タオル寝衣をまだ着替えていないから、文句はいえなかった。

「あっちの部屋の方が、涼しいよ」

そういって、天童は、弟をクーラーのある洋居間に導くと、自分も、パジャマの胸をひろげて、ヘソまで覗かせた。熱帯で育った子供時代に、返ろうというつもりかも知れなかった。裸に近い体を比べてみると、弟の方は堅肥りであって、稽古充分の力士を想わせられ、兄はアンコ型で、いたずらに肉の量ばかり多かった。

「おれは、お前に会いたかったんだ……」

紀伊子は、食事の支度で台所へ去り、弟と差し向いになった天童は、広東語で話しかけた。

「兄さんも、年をとったな。肉親が、なつかしくなったのかい」

天源が、ひやかした。

「まだそこまで行ってない。お前に叱言をいうために、会いたかったのさ」

といって、叱言をいう人の表情でもなかった。

「是非、聞かしておくれよ、兄さん。おふくろが死んでから、おれに叱言をいってくれる者が、いなくなったんだ……」

天源は、まんざら負け惜しみでも、なさそうだった。

「ところが、おれは、叱言が不得手でな。まア、せいぜい、質問というところだ」

「何でも、結構。遠慮なく、いって下さい」

「じゃア、早速うかがうが、お前は、龍馬にバナナのライセンスをくれたそうだが、そいつは、どういう量見かね」

「うん、あれか。あれは、先ず、甘口の酒を飲まして、だんだん、酒客に育てようという考えでね……」

「わかった。しかし、龍馬に、その素質があるかね」

「わたしは、あると思う。あの子は、眼先きのソロバンをはじくような、小商人には向かんかも知れんが、大勢の人間を使って、何年がかりの大きな商いをする頭と度胸は、確かに持ってるよ。やはり、兄さんの息子だけあるな」

「いや、おれは、金儲けのできる男じゃない」

「自分で、そうきめてるだけの話だよ。自分で、そんな人生の道を、つくりあげてしまったんだよ。尤も、今となっては、兄さんは、もう世外《せがい》の人だがね。だが、龍馬には、そんな真似をさせたくない。兄さんのような道に曲らない前に、わたしは、早教育を施したかったんだ……」

兄弟は、ハダカに近いかっこうで、文字通り、胸を開いて語り合ったが、天源の言葉は、いよいよ熱を帯びてきた。

「わたしは、本来、呉家の家業を嗣ぐべき人間じゃなかった。兄さんが、権利を捨てたから、大任がわたしに回ってきたのだ。しかし、これは飽くまで、わたし一代限りのものですよ。まかりに、わたしに男の子があったとしても、わたしは隆新公司を譲ろうとは、思わない。まして、龍馬は、呉家の正系の一粒種です。龍馬を大商人に育てて、家業の繁栄を計らなければ、わたしは、両親にも、先祖にも、申訳がない。そこで……」

「わかった。でも、その考えは、古いんじゃないかな。家の繁栄のために、個人の自由を縛るのは」

「兄さんこそ、古いよ。大陸だって、台湾だって、党の繁栄以外に、何を考えてるかと、聞きたいよ。人権だの、個人の自由だのってことは、世界国家でも成立して後のことさ。それまでは、人に負けちゃいられんよ。人より沢山儲けて、わが家の繁栄を計るんだ。そのためには、あらゆる犠牲を忍んで……」

「よろしい。お前の考えが正しいとして、話を進めよう。そして、お前が龍馬に、早教育を施してくれたのも、感謝するとしよう……。だがね、天源、少し、薬が効き過ぎたのではないかな」

天童は、笑いを洩らしながら、龍馬が学業をなげうったことや、儲けた金を使うために、日夜、家を忘れて、遊び呆けてることを、語り出して、

「どうも儲ける愉しみよりも、使う愉しみの方を、先きに覚えたらしいんだ」

「それア、あの若さだから、金を使うのが面白くなるのは、当然だけれど……」

しかし、天源も、多少、気がかりになってきた様子があった。

「おれも、金を使うということに、不賛成ではないが、あんなに、毎日、酒を飲んじゃ、体がたまらんだろう」

「いや、兄さんは、酒を飲まんから、そう思うんだが、若いうちは、そんなに体に影響ありませんよ。また、学校の方も、卒業間際で止めたって、商人には免状は不必要だから、あまり問題でないと、思うんだ。一番、心配なのは……兄さん、あの方だよ」

「女かい、しかし、龍馬は……」

「いや、兄さんにはわからんかも知れんが、あいつは、なかなかモテるんだ。その上、金を使うとなったら、少し危険だね。近頃の日本の女は、慾が深くなって、一時の金をシボるぐらいじゃ、満足しないんだ。生涯シボるつもりで、つまり結婚を目的とするんだよ。若いうちから、そんな女につかまったら、大商人の前途も、暗くならざるを得ないね。わたしの心配するのは、それだけなんだ……」

と、天源が、腕組みをしたところへ、紀伊子が入った。

「大変、お待たせ致しました。何もございませんけど、さあ、食堂の方へ……」

食卓は、花と銀器と白布で、洋風に飾られてあったが、料理は、カナッペと冷しスープの外は、出前物の中華料理と、鮎の姿ズシという取合わせで、婦人雑誌のカラー写真版を見るようだった。

昼食のことで、天源も、あまり酒は飲まず、兄に劣らぬ健啖ぶりを見せた。そして、向側に腰かけた紀伊子に、日本語で、妻子の近況など話していたが、話題は、また、龍馬のことに回ってきた。

「兄さんから、いろいろ聞いたが、あまり心配しなさらん方が、ええわ。ほんまに、学校行く気ないのなら、一、二年、神戸へよこしてみなさい。わしの会社で、商売覚えさしてやりますわ」

「そう願えれば、それに越したことは……ねえ、あなた?」

「うん、その方法は、わしも賛成だ」

天童も、すぐ、うなずいた。

「しかし、あの子、神戸へきても、極道するやろね。そこまでの監督は、うけあえんぜ」

「あら、それじゃ、何にもなりませんわ」

「どやね、姉さん、龍馬、結婚させる気イないですか」

「だって、まだ、二十一ですよ」

「わしア、十九の時に玉英貰うた……」

「でも、台湾と日本とは……」

「ちがうけれど、二十一で嫁さん貰うて、死ぬことないね」

それを聞いて、天童が、大声で笑い出した。

「早婚は野蛮ちゅうけど、近頃は、アメリカでも、早うなったらしいよ。それに、龍馬は、あない、ええ対手あるやないか」

と、天源がいったが、両親は、ポカンとして、

「誰のことかしら？」

「島村サキ子とかいうて、元気な娘さんや」

「えッ、どうして、天源さんは、あのひとを、ご存じなの」

「この春、龍馬が神戸へ来よった時に、後から訪ねてきて、わしの家へも、泊って行きましたがなア」

「まア、まア、驚いたわ……」

紀伊子は、眼を丸くして、良人の方へ、顔を向けた。

「ふウン、一緒にお前の家へ泊ったのか……」

天童も、まったく意外だった。彼も、息子が一人のガール・フレンドと仲よくしてることは、知っていたし、その娘の父親がバナナの方も手伝ってると、龍馬自身がいったし、もしや、恋愛でもしてるかと、結婚のことを持ち出したら、一蹴された覚えがあった。

「へえ、あんたがた、あの娘さんが神戸へきたことも、知らんのかね」

天源が、逆に驚いた。

「わたしは、会ったこともないのだ」

天童は、落ちついて答えたが、紀伊子は、神経的な声で、

「あたしは知ってますわ。二、三度、うちへ来たことがあるから……。でも、下品な娘よ」

「下品かも知れんが、見どころのある娘や」

天源が、キッパリ答えた。

「どんな点が？」

熱心に、天童が訊いた。

「頭が、よく働く。元気がええ。ものに拘わらん。ミエも張らん。慾も、なかなか深そうや」

「あら、慾の深いのが、いいんですか」

紀伊子が、笑った。

「姉さん、商人の妻ちゅうもな、良人と一緒に、金儲けする気にならなあかんもんや。官吏や会社員の妻やったら、ヤキモチ焼いたり、小説読んだりしとっても、ラチ明くが、商人の妻は、そういかん。何も、良人と一緒に商売せいと、いうのやないが、良人と一心同体で、良人が金儲けし易いように、いつも、心を配る女でのうてはあかんのや。人を使うのも、お客するのも、自分が金儲けする気で、一所懸命やる女でのうては……」

「それはわかるが、その娘は、龍馬に恋愛しとるのかね。わたしの見るところでは、龍馬は、恋愛中の男とは、思えんのだが……」

「そこや。そこが、わしの気に入っとるんや。あの二人は、互いに好き合っとるのに、恋愛ちゅうものを軽蔑して、外に表わさんのやな。恋愛ちゅうものは、ソロバンに合わんし、時代にも合わんことを、よう知っとるのや」

「まさか、いくら、今の若い人が、ドライだといっても……」

「そら、どうでもええが、二人が、自分勝手に、ひっつかんのやったら、親がひっつけてやったら、ええやないか。それで、龍馬がトクすると、わかっとったら……」

「そう簡単には、いきませんわよ。それに、サキ子さんは、最近、紫シマ子という名で、シャンソンで売出してますから、とても、結婚どころじゃありませんよ。家としても、シャンソン歌手なんか、嫁に貰う気はありませんし……」

紀伊子は、永島栄二でヤケドをしたので、シャンソンに怖気《おぞけ》をふるう気持になってるようだった。

「しかし、近頃、女優が続々と、結婚するところを見ると、ああいう人たちの考えも、変ったんじゃないかな、とにかく、わたしは、職業を問題にせんよ」

と、天童は、少し、弟の言に、動かされてきたようだった。平常の紀伊子だったら、そんな様子を見て、たちまち、食ってかかるところだったが、スネに傷を持つので、今日は控え目だった。

「まア、龍馬の嫁はんとして、あれ以上の女はないと、思うんやが、兄さんも、一度会うて見なさい。そして、つまらん女が出てこんうちに、なるべく早く、二人を結婚させることやな。多少、トラブルあっても、ムリにひっつけてしもうのや。二人が結婚したら、わしが預かりまっせ。龍馬には、商人の道を教え、あの娘はんには、商人の妻の道を仕込んで、呉家の立派な後嗣ぎこしらえるんや。こらア、えらい楽しみなこっちゃな……」

天源は、ひとりで喜んでいた。

スイカの季節

スイカが、果物屋の店に、山と積まれるようになると、バナナは、隅の方へ、引っ込まなければならない。

スイカとバナナは、似てもつかない果物でありながら、ライバルとして戦うのは、どういう因縁であろうか。そして、勝負は、常に、バナナの敗けときまっている。日本の大衆は、バナナを好む点で、世界有数であるが、何といっても、スイカは、先祖代々の庶民的嗜好物で、あの赤い色を見ただけで、日本人の伝統主義が、猛然と、燃え上るらしい。

とにかく、スイカの出盛りには、バナナ業者も、輸入を控えるのが、通例である。暑気のために、品物の傷みがひどい上に、相場は、グッと、下るからである。

龍馬も、このところ、相場が下る一方で、儲けが薄くなってきたが、どうせ、ライセンスの期限は知れてるので、大して、気にもしなかった。また、需要期がくる頃に、叔父に、後期のライセンスをネダればいいのである。

バナナの方は、心配しないにしても、競輪の成績が、メッキリ悪くなってきたのには、弱った。もともと、金を使い減らす目的で、競輪を始めたのだから、懐中が軽くなれば、本望であるわけだが、勝負事というものは、そういかない。

勝たなければ、意味はないのである。金儲けを度外視しても、勝たなければ、愉快でない。勝つのは、運のおかげと思う者はなく、自分の頭脳と度胸の勝利だと考える。自己の力の過大評価ほど、人間を酔わすものはない。

龍馬も、その味が忘れられなかった。最初は、敗けたところで、妻子を路頭に迷わす心配もないから、悠々と、選手やレースを研究して、予想新聞も充分に検討の上、人気薄だが、穴となりそうな選手を買って、よく儲けたものだが、その喜びは、バナナが高く売れた時や、空手の対抗試合で、敵の主将を倒した時の比ではなかった。勝つということは、これほど、うれしいものであるかと、シミジミ思い知ったのである。

しかし、この頃は、すっかり、敗けが込んできた。

妙なもので、勝ってるうちは、三日に一度とか、五日目とかの競輪通いだったが、落ち目になってくると、磁石で吸いつけられたように、連日の入り浸りだった。そして、入場すると、どのレースにも、手を出したくなって、休むということができなくなった。

龍馬だって、それが、勝負ごとをするのに、最悪の方法だということを知らないでもなかった。

――降りるんだ、出直すんだ。

彼は、何度も、自分にいいきかせたが、午後になると、どこかの競輪場へ、足を向けずにいられなかった。

――一度、勝ったら、やめるんだ。

しかし、穴を狙えばはずれ、銀行レースといわれるような、確実な本命を大量に買うと、大穴が出たりした。運命は、彼を嘲弄してるように、いつも、逆の目を見せた。こうなると、龍馬は、まったく自信と判断力を失って、予想屋の札に頼ったり、数字の無意味な魔力を、信じたりした。呉の日本読みはゴであるので、5のゾロ目を、特券で百枚も買って、みごとにスったこともあった。

銀行預金は、日向に出した氷塊よりも早く、減ってきた。もし、サキ子がそれを耳に入れたら、百万円ぐらいの損失で、終らせたかも知れないが、あいにく、彼女は、有名なシャンソン歌手の一行に加わって、地方巡演に出ていた。貞造にしたところで、側についていれば、彼のムチャな張り方に、忠告ぐらいしたろうが、この頃の龍馬は、いつも、一人で出かけていた。今日は、銀行から、三十万ばかり引き出して、鶴見の花月園競輪場へきたのだが、十番ほどのレースの間に、あらかた、取られてしまった。しかし、彼は、そのわりに、悲観しなかった。

――悪運の後には、必ず、幸運がくる。そして、幸運を早く呼び寄せるには、悪運のにがい汁を、できるだけ沢山飲めばいいのだ。

それには、資力が必要であるが、銀行の残高も心細くなってきたし、彼の割当量のバナナも、今月二十日の入船が、最後となる計算だった。

その上、困ったことに、叔父の天源が、今年後半期のライセンスを譲るのは見合わせると、いい出したことだった。この間、叔父が上京した時には、ついに会えなかったが、父を通じて、その伝言を、聞かされたのである。そして、秋になったら、バナナ輸入よりも、もっと大きな仕事を見習わせるために、神戸留学をさせられる話も、聞かされた。尤も、天童も、サキ子との結婚の話は、一言も、洩らさなかった。紀伊子の反対が強かったためだろう。

龍馬は、金が欲しくなった。コンソルの中古車を買うのに、二十万円欲しかった時以来のことである。しかし、あの時とちがって、親にネダらなくても、世間に金ヅルがあることを、知っていた。

花月園の帰りに、鶴見駅までくると、彼は、横浜の張許昌を、思い出した。

龍馬が〝ゴールデン・ハーバー〟の玄関へ立った時には、まだ、ドア・マンも出ていず、ダンサーらしい女たちの姿が、裏口へ入っていくのが、見られただけだった。

「社長さんは、来ていませんか」

彼は、裏口の右側にある事務所で、訊いてみた。

「まだ、会社にいると、思いますが……」

事務員が、張許昌のところへ、電話してくれると、彼は、自分の車を回すから、すぐ会社へくるようにと、返事してきた。

間もなく、大きなビュイックが迎えにきたが、山下町の外れにある彼の会社というのは、車に似合わない、小さなビルだった。呉天源のように、手広い商売をやってるわけではないのだろう。

「さア、いらっしゃい。ホールはまだ開いてなかったでしょう。ここで、暫らく、お待ちなさい」

上着なしの姿で、張は、愛想よく、迎えてくれた。

「今日は、遊びにきたんじゃないんです。いつか伺った、クレームのことで……」

「あア、あれ、取らなければ、損ね。あたしの店扱いの分、島村さんから話あって、台湾へいってやったが、まだ、入荷しませんか」

「まだなんです。あなたから催促して頂けますか」

「O・K。日本の人、バナナで沢山儲けること、台湾でよく知ってるから、クレーム分、なかなか再送せんのよ。あなた、その用で、横浜まで来たの」

「いや、そういうわけでもないんですが、鶴見の競輪に行ったついでに……」

「ほウ、あなた、競輪好き？」

「好きは好きでも、終始、とられてばかりいますよ。今日も、すっかりスッちゃって……」

率直に白状する龍馬に、張の三角型の眼が光った。

「すると、競輪のモトデ要るね。クレームの分、売れば、すぐ、金できるよ」

「だから、一刻も早く、送って欲しいんです」

「急ぐのなら、日本金で、代金送ったらよいね。すぐ、品物くるよ」

「でも、クレーム分は、賠償なんでしょう」

「うん、賠償の分は見送って、同じ量の品物、送らせるのよ」

「よくわからないんですが、つまり……」

「つまり、競輪の一着よりも、二着で儲けるのよ、ハッハハ」

事もなげに、張がいうので、龍馬も、心が動いた。

「ただ、わたしの店よりも外の華僑の店の方、あなた取引き多いね。その分、先きにしなさい。わたし、紹介してあげるよ。クレームを認定した海事検定証明書と、金、持って行きなさい。そうね。十万円送って、品物がくれば、五十万円になるね。バナナ、ほんとに、よい商売よ、ハッハハ」

龍馬は残り少い預金の中から、クレーム分再送の金を引き出して、張許昌にいわれたとおりに、取引先きの東京や横浜の華僑のところへ、依頼に歩いた。張から、どういう話がついていたか知れないが、どこでも、スラスラと、引き受けてくれた。最後に張の会社へ行ったが、自分からいい出したくせに、彼だけは、言を左右に托して、引き受けをしぶった。

電報で、台湾の荷主に入金が知らされて、すぐ発送したとしても、配船の都合もあるから、現物が日本へ着くのは、半月ほど待たねばならなかった。さすがの龍馬も、それまでの間は、競輪場通いを、控えなければならなかった。我慢できずに、出かける日も、勝負は、極力小さくした。

ちょうど、その頃に、サキ子が、巡業から帰ってきたのである。彼女は、岡山、広島、門司、福岡というような都市で、唄ってきたので、その土地々々の土産を、山のように買い込んできた。それを、〝キキ〟に届けるわけにもいかないので、久し振りに龍馬の家を訪ねてきたのである。

「龍馬さん、いらっしゃる？」

彼女は、デパート配達員のように、いくつもの紙包みを抱えて、玄関に立った。

「はア、でも、まだおやすみで……」

女中さんは、正直に答えた。

「まア、あきれた。もう、十時よ……。でも、起すの可哀そうだから、また、来ますわ。これね、旅行のお土産だといって、後で、渡してあげてよ。昨夜、帰りましたって……。じゃア、さよなら……」

彼女が、品物を置いて帰ろうとするのを、

「ちょっと、お待ち下さいまし……」

女中さんは、ムヤミなものを貰って、後で叱られやしないかと、奥へ取次ぎに行った。

紀伊子は、サキ子と一足ちがいに、外出したところで、洋居間で、天童が新聞を、読んでいた。

「あの、島村さんて女の方が、お坊っちゃまに、こんなものを……」

「龍馬に、会いにきたのか。それなら、起してやったら、いいだろう」

「でも、起すの、可哀そうだから、また来るって……」

「そうか。龍馬の寝坊を、知っとるのだな」

天童は笑ったが、ふと、島村という名が、このあいだ、弟の口から洩れた娘と同じではないかと、気がついた。

「そのお嬢さん、君は、見覚えあるのか」

「はい、ズッと前に、一、二度、遊びにいらっした方だと、思います。何でも、唄をおうたいになる方だとか……」

「わかった。じゃアね、その人を、応接間へ通してくれないか、わたしがお目にかかるから……」

天童は、そういって、次ぎの間へ立って行った。例のとおり、タオル寝巻を着ているが、初対面の客には、着換えをする礼儀ぐらいは、知っているのである。

「やア、島村サキ子さんですか……」

天童は、上着だけご免蒙ったが、ネクタイは結んで、応接間へ現われた。

「お父さまでいらっしゃいますか。始めまして……」

サキ子はイスから立ち上って、人並みのアイサツをした。ボサボサ頭をして、男の子のような風体をしていても、こういう時には、ヨソイキの口をきく心得もあるらしかった。

「龍馬に、いろいろ、お土産をありがとう。すぐ、起しちまってもいいんだが、あなたと話してる間だけ、寝かしといてやっても、あたしの方は差支えない……」

こういう口調は、天童の持ち前なのだが、サキ子には、ひどく面白かった。こんな豪傑みたいな顔つきの男は、始めて見たし、龍馬とも、天源ともちがい、また、日本人とも、中国人ともちがった、初対面の印象が、極めて強烈だった。

「ええ、あたくしも、ちっとも、差支えませんわ。だって、龍馬さんのお父さんて、どんな方だか、知りたかったんですの……」

「それは、ありがとう。わたしも、同様だったのだが、わたしの弟の方が先きに、あなたを知ったというのは、順序を誤っていましたね」

「でも、ほんとのご馳走は、後から出てくるものですわ、フ、フ……」

「すると、わたしは、ロースト・チキンみたいなものかね。それは光栄だが、龍馬は、あなたにとって、何なんです。パンかな、ケーキかな」

「あら、オジサマは、あたしをテストなさるのね。いいわ、喜んで、テストされるわ」

「いや、失敬。始めてお会いしたお嬢さんをつかまえて、面接試験のようなことをいうのは、礼儀に外れていますね。でも、カンベンして下さい。わたしは、大変、急いでるものだから……」

「何を？」

「それは、後でいいます。わたしは、あなたを知るのが、急務なのだ……。お訊きしますが、あなたは、龍馬が好きですか」

「好きよ、大好きですわ」

「結婚したいですか」

天童の口調は、軽く、優しかった。しかし、サキ子は、怒ったように、

「いや。そんなこと訊かれるの……」

「ご免なさい。まだ、お目にかかって、五分もたたないのにね。それに、わたしは、こういう質問が、不得手でね」

頭を下げんばかりに、恐縮する天童を見て、サキ子は、いくらか、気持をとり戻したように、

「いいえ、かまいませんわ。でも、どうして、そんなこと、お訊きになるんです。あたしは、龍馬さんが、好きですわ、大好きですわ。でも、それと、結婚ということとは、別問題だと、思いますの……」

「わかりました。結婚したいほど、好きではない、ということですね」

天童が、不満そうに、問い返した。

「あら、そうじゃないのよ。好きな人なら、結婚しなくてもいい、ということなのよ」

サキ子は、論理の正しさを信じてる、顔つきだった。

「そこが、わたしに、よくわからんのだが……」

「あら、とても、簡単じゃないの。好きってことは、第一条件よ。結婚は、都合に支配されるから、二次的条件ですわ。昔の人は、好きになると、ヤタラに結婚したがったけど、そんなに、ムリすることないのよ」

「じゃア、かりに、龍馬が、あなた以外の人と、結婚したら……」

「かまわないじゃないの。あたしが龍馬さんが好きで、龍馬さんもあたしを好きなことが、変らないなら」

「驚いたな。あなたがたが、好きっていうのは、恋愛とちがうらしいね」

「あたし、同じだと思うわ。ただ、お互いの絶対的独占とか、発狂的な献身とか、不合理なことは、望まないというだけよ。それに、そんなの、あまりにも、前近代的とお思いにならない？」

「そうかも知れないが、好きな者同士が結婚して、悪いという理窟にはならんでしょう」

「そうよ、結婚したって、いいのよ」

「何だか、熱がないですね」

「熱、熱って、オジサマの世代の方は、じきに、それをおっしゃるのね。ちょっと、甘いんじゃないか知ら。結婚てものは、もっと、計画的な事業だと思うわ。あたし、この半年間に、龍馬さんと、かなり接近してきて、結婚の可能性ってことも、生じてきたでしょう。それで、いろいろ、綿密に考えたのよ」

「そうですか。龍馬との結婚を、すでに、考慮に入れていたのですか」

「あたりまえじゃないの。男と女が接近してくれば、一応、当事者として、考えるべきことよ。でも、飽くまで、熱なんか出さないわよ」

「それで、どう考えました？」

「結婚条件として、大体、性格的にも、セックス的にも、あたしたちは、適合を持ってると、わかったの。ただ、一番いけないのは、龍馬さんがお金持の息子で、あたしが青果仲買人の娘だっていうことなのよ」

「そんな考えこそ、前近代的じゃないですか」

「あら、アベコベよ。良人と妻が、対等の経済力を持つことで、新しい夫婦生活が成立するんだわ。だから、あたし、龍馬さんと一緒に、バナナ輸入を始めて、もう、ずいぶん儲けましたの。後、何年かすると、龍馬さんが輸入会社の社長になって、あたしが専務になる見通しも、立っているの。そうなったら、すばらしい夫婦が、できあがるじゃないの。その時に、あたしは龍馬さんにプロポーズしようと、考えていたんですわ……」

　天童の顔が次第に、ほころんできた。彼も、天源と同じように、サキ子という娘が見どころがあるのを、知ったのだが、それは、商人の妻として、稀れな適格者というようなことではなかった。また、彼女が、恋愛や結婚について、新しい考えを持ってることでもなかった。時代が変れば、思想も変るのが当然で、それは、服飾の流行と同じことなのだから、昔から見れば、キモをつぶすような、トッピな型が出たところで、驚くには足りないのだ。

　そんなことは別として、彼は、サキ子が龍馬を愛してるのは、まちがいのないことだと、知り得た。これが、第一の満足だったが、その愛し方が、彼の気に入ったのである。

　彼は、自分の妻の紀伊子を、愛してはいるが、彼女からの愛され方には、時に、迷惑を感じないこともなかった。

　彼女は、恋愛ということに、人生の最大価値を、置いてるらしい。それは、結構だが、その恋愛というやつが、彼女が女学生時代に夢想したままで、あまり、進歩の跡を、見せないようである。そもそも、彼が恋愛の対手に見立てられたのも、彼女の空想の結果であって、彼女が勝手に買い被ったのである。その買い被りを、何年も押しつけられて、彼女の空想劇場の役者を勤めなければならなかった。勿論、不器用な彼には、彼女の望むような役柄はむつかしく、大根役者とわかると、まるで、彼が彼女をダマしたかのように、怒ったり、罵《のの》ったりするのである。

彼は、妻から罵られても、ハタから見るほど、苦痛を感じないし、妻の強さというのは、魅力的でもあるのだが、愛するわが子は、そんな目に遇わせたくなかった。それに、龍馬の性格は、彼よりも日本人的で、短慮と血気を備えている。妻のヒステリーによって、彼は生活を破壊されるかも知れない。

それというのも、紀伊子の恋愛観が、原因なのである。恋愛とは、甘く、柔らかく、香り高く、バナナのようなものと思ってるに、相違ない。バナナを食えば下痢するという台湾人の考えは、耳に入れないのである。

その点、このサキ子という娘は、まったく信頼が持てる。彼女は恋愛を過小評価し、結婚を事業経営と同一視している。考えが新しいが、現代の多くの娘のように、金持の息子と結婚したいという幼稚な慾は、持っていないらしい。好きな男が富んでるなら、自分も富んでから結婚するという考えが、面白い。少くとも、天童には、良家の箱入娘よりも、こういう女を龍馬の妻に迎える方が、心にかなった。

いっそ、天源のいうように、二人を早く一緒にさせて、神戸へやって、二人とも、隆新公《ロンシンコン》司《ス》に勤めさせて、互いに励まし合いながら、事業経営を覚えさせるのは、どうであろう――サキ子と話し合いながら、そんなことを、あれこれと考えていた天童は、一つの大きな障害にぶつかった。

――しかし、紀伊子が、ウンというはずがない……。

そして、サキ子の父親が、何というか。昔とちがって、養子をとるという考えはないかも知れないが、一人娘を、家から手放してくれるか、どうか。また、龍馬が日本人でないことも、彼女の父親を尻込みさせはしないか――

天童も、わが子のこととなると、細かに気が回って、今度は、そんな点を、サキ子に打診してみようと、

「ねえ、お嬢さん、あなたのお父さんという人は……」

と、口を切った時に、応接間の入口から、ノッソリと、龍馬が現われた。

「パパ、どうも、済みません。サキベー、いやに、早えんだな」

と、白い厚地のポロシャツ姿を、イスにのけ反らせた。顔だけは洗ったが、飯はまだにちがいなかった。

「ちっとも、早かないわ。でも、リューチンが寝坊したお蔭で、オジサマと、はじめてお話ができて、とても、よかったわ」

「何でえ、おれの悪口か」

「そうよ、きまってるわ。ねえ、オジサマ?」

天童は、何も答えず、ニコニコしていたが、若い二人の親密の度合いが、すぐ観察できた。彼がこんな風に、紀伊子と語り合ったのは、結婚後、十年も過ぎた時期だった。なるほど、これだけ打ち解け合っているのなら、結婚を急がないわけだとも、考えられた。

「本人が現われたから、わたしはこの辺で退散するとしよう。お嬢さん、ゆっくり、遊んでいきなさいよ……」

天童は、後の質問を割愛して、奥へ引きあげていった。

「お父さまって、いい方ね」

サキ子が、思ったとおりのことをいった。

「うん、あれは、なかなか、いい奴でね」

近頃の学生としては、父への最大の讃辞であろう。

「でも、あたし、少し、テストされたらしい……」

「へえ、何のテストだ」

「フ、フン」

「大人ってやつは、すぐ対手をテストしたがるもんだ。でも、うちのパパは、そんなこと、やらねえ人なんだがな……。ところで、旅は、どうだった?」

「全然、無意味。暑かっただけよ。もう、行かないわ、あんなところ……」

「秋になれば、暑かないよ」

「暑くなくても、行かない。第一、あたしの予想以上に、お金くれないの。それから、一行の連中の愚劣さも、予想以上……。流行歌手と、内容的に変りアしないわよ。芸術家ぶってるだけに、もっと、キザだわ」

「そうかも知れねえな……」

「あたしの留守中、商売、どんなだった？　預金、どれくらい、ふえた？」

「それがね、ちょっと、いいにくいんだが……」

競輪で、今までの儲けを、あらかたスッてしまったと、聞いた時のサキ子の怒りは、すさまじかった。

「まア、リューチン、あんた、正気？」

その大声は、奥の間の天童の耳にも、届いたかも知れなかった。

「あんたが株に手を出して、損したっていうなら、あたし、何にもいわないわ。投資を誤ったというだけのことだもの。だけど、競輪とは、何ごとよ。あんなもの、損しても、トクしても、ちっともプラスにならないじゃないの。縁日商人の遊びじゃないの」

「わかったよ。でもな……」

「でも、おかしいわ。あんた、競輪なんて、およそ興味なかったじゃないの。誰か、教えた人があるのね……。わかった、うちのオヤジさんね。そうにきまってるわ。ようし、今度こそ、とっちめてやるから……」

「いや、損したのは、おれ一人でいくようになってからだよ。オヤジさんに、罪ねえよ」

「それにしたって、教唆《きょうさ》の罪は、免れない……」

「まア、いいじゃねえか。商売の方で、また、儲けるさ。おれ、クレームの補償を貰うの、忘れてたから、その請求してるんだよ。そのうち、五十万ぐらい入るよ」

「何よ、五十万ぽっち……。それに、あんたのライセンスは、もう、切れかかってるのよ」

「知ってるよ」

「競輪なんかでスッたことがわかれば、神戸のオジサマだって、後の面倒は、見て下さりアしないわよ」

「うん、どうも、後のライセンスは、くれないらしいんだ。競輪のことは、絶対、知れッこねえんだけど……」

「いいえ、きっと、ご存じなのよ。それで、怒ってらっしゃるのよ」

「そうかなア。じゃア、おれ、商売なんかやめて、秋から、学校へ出ようか……」

「まア、何いってるの。リューチンて、そんな、意志薄弱の男だったの」

「そういうわけじゃねえけど、君だって、シャンソンやったり……」

龍馬は、何気なく、そういっただけだが、サキ子には、胸を突かれる衝撃となった。

「ほんとね、悪かったわ。あたし、リューチンを責める資格なかったわ……」

彼女は、水を吸ったタオルのように、シオれてしまった。

「いい気になって、旅興行に出たり……だもんだから、リューチンが競輪やったりするんだわ……。そんな、共同経営者ってないわ……」

「なアに、君は、ギャラを事業の収入に入れてるしさ。それをつかっちゃったんだから、悪いのは、おれだよ」

「いいえ、あたしの責任よ……。ねえ、リューチン、約束してよ。あんた、競輪やめてくれない？　そしたら、あたし、シャンソンやめる、キッパリやめる……」

サキ子も、サッパリした女で、シャンソンをやめるといいだしたら、まったく未練がないらしく、

「あたし、これから〝キキ〟へ行って、宍倉《ししくら》さんに、マネジャーを断るから、リューチンも、一緒に行ってよ」

と、外出を促した。

「うん、今日は、一日つきあうつもりなんだ」

二人は、久し振りに、肩を列べて、街路を歩いた。そして、渋谷へ出るのにも、タクシーも呼びとめず、地下鉄を利用したのも、学生気分に返ったためだった。

「リューチン、空手ってものは、しばらくやらないと、ニブっちゃう？」

サキ子が、妙なことを、訊き始めた。

「そんなことねえよ」

「じゃア、一度、永島栄二を、やっつけちゃわない？」

「よせよ、バカだなア。空手は、そんな目的に、使っちゃいけねえんだよ」

「だって、いつか、ヨタモンをノバしちゃったじゃない？」

「あれア、防禦だよ。しかし、永島が、どうしたんだい。また、うちのママのこと、何かいってるのかい」

「うん、今度の巡業で、あいつも一緒だったのよ。皆の前で、オバサマのこと、ノロけるの。ねえ、リューチン、そんなこと、ウソにきまってるわね。だから、あたし、シャクなのよ」

龍馬は、ひどく不愉快だった。一度だって、そんなことで、母を疑ったことはなかったのに、

「ウソにきまってらア」

と、答える声が、弱くなるのは、どうしたわけだろう。

やれ、美徳のヨロメキだとか、やれ、人妻の爆発だとか、そんなことばかりいってる世相がよくないのである。昔は、オフクロといえども、オフクロは堅いものと、相場がきまっていたが、新憲法以来、そうでなくなった。オフクロといえども、女であり、人間であり、まだ、活躍の余地が充分にあると、認められてきたのである。

龍馬だって、それくらいのことは知っているから、マサカと思っても、絶対否定というわけにいかない。

――もし、そうだったら……。

考えただけでも、不愉快でたまらない。生まれてから、こんな不愉快な気持を、味わったことはない。まるで、ドブ泥でも、腹一杯飲まされた気がする。そして、いつか、銀座の〝梅の木〟の近くで、母親と一緒に歩いていた永島栄二の姿が眼に浮かび、憎くてたまらな

かった。

彼は、次第に口少なになって、地下鉄終点の階段を降った。そして、〝キキ〟へ行くために、駅前広場を横切ろうとすると、サキ子が、急に立ち留まって、

「リューチン、あすこにいるの、オバサマじゃない？」

確かに、そうだった。

いざり機《はた》の白地の上布に、白献上《しろけんじょう》の帯を締めて、スラリとした立ち姿は、紛れもない紀伊子だったが、やがて、彼女は、広場の端から、近づいてくる人影を見出して、その方へ歩き寄った。

「あら、永島よ！」

サキ子が、強く、龍馬の服の袖をひいた。永島栄二は、タクシーできたらしく、駐車場の方から、変り色のパナマ帽を振りながら、シマの夏服のズボンを、大股に、近づいてきた。

恐らく、二人は、ここで待ち合わせる約束がしてあったのだろう。

「まア、いけないわ、あんな奴と、ランデ・ヴウなさったりしちゃ……」

サキ子が、つぶやいたが、龍馬は、銅像のように、口を結んで、釣り上った眼で、遠い人々を、睨めていた。

――やっぱり……やっぱり……。

彼は、眼の前が、まっ黒になった気がした。

彼は、それまで、必死になって、いやな疑いと、闘ってきたのである。聡明な母が、そんなバカなことをする筈がない。それは、永島の一方的宣伝であって、母は単にファンとして、好意を示したに過ぎないのだ。それにきまってる、そうでなければ、ならないのだと、打ち消し続けてきたのだが、今、眼の前に、母がその男と、こんな場所で、待ち合わせている事実を見て、地面に叩きつけられた気持だった。父親の顔が眼に浮かび、破壊されるわが家の生活が、必至に思われ、大声をあげて、泣き出したくなった。

しかし、広場の端の二人の様子は、少し妙だった。永島が、インギンな態度で、何度か頭を下げ、何か、コソコソ語りかけて、どこかに誘うような身振りをすると、紀伊子は、それに答えないで、ハンド・バッグの中から、白い封筒をとり出して、永島に渡した。当人と会ってるのに、ラヴ・レターを渡す必要はあるまい。

永島は、それを押し返しながら、なおも、しつこく、紀伊子にささやいている様子だった。そして、彼は駐車場のタクシーを呼ぶために、片手をあげた。

ついに、サキ子が駆け出した。

「オバサマ、およし遊ばせ。こいつ、とても、悪い奴なんですから……」

彼女は、まるで、盛場のオネーサンという形で、二人の間へ、割って入った。永島は、ひどく驚いて、

「何だい、紫君、よけいなことするな」

「ダメ！　あんたには、このオバサマと、交際する資格ない……」

そこへ、龍馬も、駆けつけてきた。

「サキベー、君に、ママを任したよ」

といって、彼は、満身の怒りを、ジッと堪えるように、地面を見つめながら、

「永島さん、一緒に、お茶飲みませんか、ぼく、あなたに、話があるんだ……」

「君ア、誰だい」

永島は、対手が若いと見て、横柄な態度に出た。

「ぼく、呉の息子です」

「じゃア、話はわからない。君のお母さんに、用事があるんだ」

「いえ、きっと、話のわかるようにしますから……」

その時、すでに、紀伊子は、さき子に引っ張られるようにして、駅の屋根の下に入っていた。混雑する人影が、たちまち、二人を永島の眼から隠した。それでも、サキ子は、もっと安全な場所へ誘うために、私鉄の階段の方へ行きながら、

「オバサマ、もう、大丈夫……。きっと、龍馬さんが、うまくやってくれますわ」

しかし、紀伊子は、何も答えなかった。息子とその女友達――反感を持っていた娘に、飛んだ現場を見られて、恥かしくて、口もきけない気持だった。そればかりか、二人の様子が、どうやら、彼女の秘密を知ってるらしいのが、空恐ろしかった。

それにしても、残念なのは、永島と最後の決着をつけるために、今日の待ち合わせをしたのを、二人に妨げられたことだった。さもなかったら、彼女は、すべてを、何事もなかった

ように、塗り消してしまう自信を、持っていた。

永島は、巡業先きから、度々、紀伊子のところへ、手紙をよこした。最近の手紙には、もう、甘い恋のささやきのような文句は、書かなくなった代りに、もし、帰京の翌日正午に、渋谷駅前に来てくれなかったら、何をするかわからないと、脅迫めいたことをいってきた。

紀伊子には、その腹の中が読めていた。永島は色と慾の二人連れだったが、一方が果せなかったので、もう一方に、執念を燃やしてるのである。それならば、望みの餌を与えて、その交換条件に、今後、一切、彼女につきまとうことをやめさせるつもりになった。そして、銀行の彼女の口座から、十万円を引き出して、渋谷駅前へきたのだが、永島は、彼女の姿を見たら、また一方の慾でも起きたのか、どこか静かな家へ行って、話をつけたいというのを、彼女が拒み、揉み合ってるところへ、突然、龍馬たちが出現したのである——

「でも、よろしかったわ、オバサマ、あたしたちが来合わせて……」

サキ子がまた、話しかけたが、紀伊子は、やはり、何も答えなかった。

「あいつ、ほんとに、悪い奴なの、女性の敵なの。前から、オバサマを狙っていたのよ。龍馬さんに、そのこと話して、警戒してたのよ。そしたら……」

「あなた、どうして、そんなことを……」

思わず、紀伊子が、口をきいた。

「それア、シャンソンの仲間のことですもの。いつか、オバサマがあいつと、〝梅の木〟へいらっした時分から、こいつアいけねえと、思ったわ。無論、オバサマは、大人だから、あいつの手に乗るフリをして、オモチャにしてるんだとは、思ってたけどさ……」

　やっと、少しばかり、気持の寛ろぎを見出した紀伊子が、善後策をどうつけようか、とにかく、サキ子と、話し合う必要があるので、駅構内の小さな喫茶店のイスに、腰を下した頃には、龍馬も永島栄二を、やっと説き伏せて、〝キキ〟の店内へ導くことに、成功していた。

「おい、二階明いてるかい。ちょっと、貸してくんないか」

　時間が早いので、店の中はガラ空きだったが、龍馬は、もっと人目のない部屋が、望ましかった。

　二階の和室は、よくカタづいて、中央に、キャシャな杉板の経机風の卓が置かれ、その前の麻の座ブトンに、ドシンと腰を下した龍馬は、

「この部屋は、ぼくのアジトなんで、誰も入ってきませんから、ゆっくり話していって下さい」

　と、穏やかな口調でいったが、対手は、警戒と軽蔑を混えた眼つきで、

「何の話か知らないが、早くして下さいね、ぼくは、多忙な男なんだ……」

「済みません。母のことで、ちょっと……」

「別に、話すこともないよ。それより、君は、紫シマ子君と、どういう関係なんだ」

「グループの仲よし、というところです」

「じゃア、最初にいっとくがね、あの女は、前から、ぼくに敵意を持ってるんだ。だから、

あの女のいうことは、全部、中傷ですよ。そんなことを理由に、ぼくを追及しないで貰いたいね」

「わかりました。人から聞いたことなんか、どうでもいいんです。ぼくは、息子として、カンジンなことだけ、知らせて貰えばいいんですから……」

「カンジンなことって、何だね」

永島は、年長者らしく冷笑を浮かべた。龍馬が、あまり悧巧でも、そう乱暴者でもないらしいと、見てとって、次第に、ナメてかかる態度に出た。

「ちょっと、いいにくいですが、あなたは、うちの母と……どんな関係なんですか」

精一杯の努力で、龍馬は、その質問をした。

「ハッハハ、バカだね。君も……。かりに、ぼくが君のお母さんと、普通以上の関係だったとしても、息子の君に、知らせるわけにはいかないよ。君のお母さんに、悪いからな。それから、ぼくとしても、自分自身の秘密を、君に告白する義務は、一つもないよ」

「そうかも知れませんが、ぼくは心配で、胸が一ぱいになっちゃってるんです。お願いですから……」

「何だい、ハムレットのセリフみたいだね。そんなお対手は、ご免蒙るよ」

「いえ、イエスかノーか、それだけでいいんです」

「ノー・コメントのノーだよ……」

「ほんとに、ただ一言だけ……」

龍馬の眼が、血走ってきた。

「子供だな、君は。そんなこと、返事ができると、思ってるのかね」

永島は、空うそぶいた。

「じゃア、もう訊きません。その代り、お願いがあります。今日限り、母と交際しないでくれませんか」

「なぜさ。なぜ、ぼくは、君の命令に従わなけれアならんのかね」

「命令なんて。……お願いなんです」

「どっちにしても、お断りするね」

ワナに捉えられた兎のような、悲しい眼つきをしていた龍馬が、この時、怒った豹に変った。

「どうしてもですか」

彼は、自分で意識しないうちに、立ち上っていた。姿勢は、おのずから、空手の後屈立ちになっていた。

「何をするんだ！」

永島は、龍馬が暴力を振るうと見て、壁際に後退りした。

龍馬は右手を脇腹に、左手を肩まであげた。拇指《おやゆび》だけ屈げて、揃えられた四本指が、ナタのような形になった。空手の手刀であって、こいつにやられると、骨を折られるか、軽くても気絶ぐらいは免れない。

「おッ」

気合いの声と共に、龍馬の左手が閃いた。とたんに、杉の経机が畳から飛び上って、二つに割れた。頭を抱えた永島は、無事だった。しかし、彼の顔に、血の気はなかった。

「永島さん、いってくれませんか」

龍馬は、前と同じように、悲しげな、懇願的な声を出した。

「いいますよ、いいますよ」

永島は、すっかり、消耗してしまった。

「どうぞ……」

「あんたのお母さんは、単なるぼくのファンです……」

「ほんとですか。それなら、何だって、あなた自身から、ヘンな噂をまいたんですか」

「それア……美人で、金のあるパトロンは、欲しいですよ、誰だって……」

「じゃア、それは、あなたの空想なんですね。母は無関係だと、誓ってくれますか」

「ええ、確かに……」

「そんなら、今後、母につきまとわないことも、約束してくれますね」

「ええ、もう、あきらめましたよ」

シブシブ、永島がそう答えると、龍馬は対手の前へ、両手をついた。

「永島さん、どうも、ありがとう……」

その時に、階段を上ってくる足音が、聞えた。

「たぶん、ここだろうと思って、寄ってみたら……よかったわ」

サキ子が、白い封筒を片手に持って、部屋へ入ってきた。

「あら、あら、スゴくやっちゃったわね」

と、ムザンに割れた机を眺めてから、永島の前に、封筒を置いて、

「これ、呉のオバサマから、頼まれたわ。何だか、知らないけれど……」

と、中身のことは、知って知らないフリをした。

月影落ちて鈴虫鳴く

土用半ばに秋風が立つというが、その土用も明けて、かなり経ったので、朝涼晩涼が長くなったと共に、日の短くなったことも、目立ってきた。そして、天源が上京してきた頃から見ると、呉の家も、よほど、家の中が涼しくなった。これは、気候的条件のためばかりではないらしい。三人の家族が、それぞれ持っていたモヤモヤ気分が、台風で吹き飛ばされたように、爽やかになったからだろう。

紀伊子は、〝キキ〟の二階で、どんなことがあったか、何も知らされていなかった。渋谷駅の広場で、あのような場景が演じられたことも、あれは夢だといって、打ち消すことも、できなくはなかった。なぜなら、毎日、顔を合わせる龍馬にしても、時々遊びにくるサキ子

にしても、あの日のことは、オクビにも出さないのである。それも、わざと口をつぐむというのではなしに、まったく何事もなかったように、自然な忘却を示すのである。彼女として、まったく感謝すべきアフター・サービスだった。

そして、一番ありがたいのは、あの日以来、永島からの電話も、手紙も、ピタリと止まってしまったことだった。龍馬とサキ子は、よほど有効な処置をとってくれたにちがいないが、それを訊きただす勇気は、彼女になかった。そして、感謝だけが、大きくなった。

紀伊子自身が、そんな風だから、鈍感な天童が、何事が起ったかを、知る道理はなかった。しかし、彼も、家の中の空気が変ったことと、妻の様子が落ちついてきたことぐらいは、気がつくのである。

——何かあって、何か済んだのだな。済んだのなら、もう、よろしい。

妻の浮気の虫のうごめきは、過去にも見てきたが、今度が一番、蠢動《しゅんどう》が烈しかった。それで、多少、気を揉んだのだが、済んだら、何も問うことはない。済むということが、何より大切である。そして、優しく、いたわってやった彼の処置が、過っていなかったことも、満足であった。

そして、新涼と共に、彼の食欲はモリモリと昂進し、新しい季節の食物に向って、舌なめずりを始めてるのである。

龍馬もまた、ライセンスの切れ目がきて、自然と、バナナ商売から、足を洗ってしまった。クレーム分の再送は、張許昌のいうように、早くは運ばなかったが、そんなことは、どうでもよくなった。この頃は、また、親から小遣銭を貰ってるが、結構、それで満足していた。

　商売をやめてから、家にいる機会が多くなった。〝キキ〟の宍倉は、サキ子がマネジャーを断って以来、彼女と不仲になったので、龍馬の足も遠のいた。いずれ、また、新しい〝巣〟を見つけるまでは、夜遊びも始めないだろう。

　彼は、自分の部屋へ引っ込んで、戦争雑誌の〝旗〟ばかり読んでいるが、そう退屈もしなかった。三日置きぐらいに、サキ子が遊びにくるからである。

「こんちわア……」

　サキ子が、玄関で、ご用聞きの小僧さんのような、色気のない声を出すものだから、女中部屋で笑いが湧くほどだったが、その代り、客の姿を見る手間を省いて、すぐ、龍馬のところへ取次がれる便利さはあった。

　二人が、話し合うのは、応接間の時もあり、龍馬の部屋のこともあり、時には家族の居間にも通されるのだが、今日は、二階の龍馬の部屋だった。

「あら、珍らしいわね。勉強？」

　サキ子は、アンダー・シャツ一枚で、テーブルにむかってる龍馬にいった。

「でもねえけどさ、学校の本てものも、暫らく見ねえと、懐かしくなるもんでな……」

「あたしも、この頃、ヒマだから、本読むわよ。今朝は〝経済を見る眼〟と、〝株の儲け方〟っての、読んだわ」

　彼女は、勝手にイスを持ってきて、龍馬のテーブルの側へ、腰を下した。入口も、窓も明けっぱなしで、話の中身も風通しがいいから、お茶を持ってきた女中さんも、ヤキモチは焼かなかった。

「仕事やめたら、グループの奴等の顔が、見たくなったよ。だけど、近藤は軽井沢だし、酒田も葉山から、まだ帰らないし……サキベーと遊ぶより、テはねえや」

これは、龍馬のテレ隠しだった。

「何よ、恩にきせて……。あたしだって、うちでオヤジさんと睨めっこするより、マシだと思って、来てあげるのよ」

「わかったよ。ところで、オヤジさん、ゴキ悪いのかい？」

「うん、困っちゃうわ。あたしが、せっかく売出した舞台を退いたってことと、リューチンがバナナやめたってことと、両方、重なっちゃったもんだからね……」

「だけど、オヤジさんの一番欲しいのは、神戸の叔父の持ってるバナナなんだ。それは、おれから、一度、叔父に頼んでみるよ」

「バナナ餓鬼っていうんだね、ああいうのは……。でも、あたしたちも、バナナのお蔭で、ちょいと、栄華の夢を見たわね。一時は、相当のもんだったからね」

「そうかな。あれが、栄華の夢なら、タイしたことねえな。空手の初段貰った時の方が、よっぽど、うれしかったぜ。それに、考えてみると、おれア、一番イカれてるよ。儲けを吐き出したばかりでなく、貯金の二十万も、スッちゃったからな」

「あれまで、なくしたの」

「クレーム分再送の方へ、回したんだ。でも、もう、金なんか、いらねえや。それより、おれ秋から、学校へ出たくなったよ。九月の試験はダメだとしても、半年留年で、卒業ってことになるからな……」

「そう、そんな気持なの……」

サキ子は、何か、考え込んだ。

「でも、学校出て、あんた、何になるつもり？　サラリーマン？」

サキ子が、誘導訊問をしても、龍馬は、気がつかなかった。

「まア、そんなとこかな」

「それから？」

「それからッて、月給貰って、毎日、会社へ通ってれば、だんだん出世するんだろう」

「そうね、あんたなら、せいぜい課長までね。そして、クビよ」

「よせよ」

「そんなに、卒業証書が欲しいの」

「そういうわけじゃねえけどさ、なんしろ、四年だからな……」

「あんた、もう、船を乗り出したってこと、忘れてるらしいわね」

「何の船だい」

「まア、あきれた。そんなことというと、神戸の叔父さまに、ドヤしつけられてよ」

「そうか。おれ、商人になるんだっけな。でも、スタートは失敗だったな」

「あれくらい、何よ。それに、経験もなかったんだもの……。どう、もう一度、振出しから、始める気ない？」

「だって、バナナは、もう、縁が切れたんだぜ」

「あんなの、商売じゃないわ、カンニングよ。あたしたち、今度は、本格的に行きたいの。それには、基礎から始めなくちゃ……」

そして、サキ子は、龍馬に〝神戸留学〟を勧めた。彼が五カ年計画で、隆新公司《ロンシンコンス》の社員となり、天源から充分に叩き込まれれば、輸出入業者の基礎的知識と経験も、獲得できるのではないか。その上で、独立の商売を始めても、少しも遅いことはない――

「それにね、リューチン、あんたは日本人そのものなんだけど、国籍は持ってないってことも、考えた方がいいと、思うんだ……」

彼女は、ズバズバと、そう切り出して、

「大学出て、日本人のサラリーマンのコースとるよりも、輸出入業という国際的な仕事の方が、トクなんじゃない」

「そうかな」

龍馬は、サキ子から異国人といわれたのは始めてで、何か、寂しかった。

「それにね、日本の将来なんか、どうなるか、わかりアしないわよ。あたしア日本人だから仕方がないけど、リューチンまで巻添え食うことないわ。あんたなら、どこの国へでも、スッ飛んで、商売やっていけるわよ。中国人といっても、北京系でも、台湾系でもないリューチンたちは、その点、世界人みたいに、自由を持ってるじゃないの。リューチンの一番羨ましいとこは、そこだわ。そこを利用しないって、法はないわ。それに、呉錦堂の血は曳いてるしさ……」

「わかったよ。おれ、少し、日本人になり過ぎてたな。この辺で、よく考えるよ……。だけど、もし、おれが神戸へ行ったら、君は、どうするんだい？」

「そうね、そこまでは、まだ、考えてなかった……」

二階で、若い二人が、真剣になって、将来の設計を語り合ってる時に、階下のシッティング・ルームでも、天童と紀伊子が、クーラーの低い唸りを伴奏にして、夫婦らしい会話を、交わしていた。二階とちがうところは、セリフのテンポがのろく、時々、間を持ったりすることだが、役者のイキが合ってる点は、変らなかった。

夫婦が、こんなに、シンミリ語り合ったことは、何カ月振りであろうか。天童は、暑い間は、総社の出勤も怠けているし、紀伊子も、好きな外出を、ムリに抑えるわけではなしに、家にいることが多かった。それでも、なかなか、夫婦がむつまじく語り合う機会は、生まれないものである。

「今日は、何か、ウマいものが、食いたいね」

天童は、夕づいてきた庭の光りを眺めて、早くも、食事のことを、考え始めた。

「何だか、今日だけのお話みたいね」

紀伊子は、また、レースの編物を始める細君に、戻っていた。

「それア、毎日でも、ウマいものが食いたいが、今日は、特別に、食いたい」

「ホ、ホ。じゃア、何か考えますわ。二階のお客さまも、だいぶ話が長いから、お食事出すことにして……」

と、台所へ立ちかけるのを、

「まア、待ちなさい。それより、若い連中も連れて、どこかへ、食いに行こう……」

「そうね、それもいいわ」

「何が、いいかな。肉類は、龍馬が好かんとすると……」

「ほんとに、あの子の偏食にも、困りますわ」

「いや、何とかいう豪州の水泳選手も、トーモロコシやニンジンばかり食べて、あんな記録を出してるよ。心配することないな。尤も、人生の方でも、菜食主義というのは、困るけれど……」

「何のことですの、それ……」

「いや、女ぎらいのことだがね。あいつ、二階のお客さんと、非常に仲がいいのは確かだが、君とぼくのあの時分と、だいぶ違うようだぜ。どうも、色気が乏しいな」

「友達交際《づきあい》が、あんまり長くなると、ああなるんじゃないか知ら」

「若い男女のフレンドシップなんてものは、昔はなかったもんだが……」

「そうね、いつも、恋愛だったわね。恋人から夫婦、そして、二年目から倦怠期ってのが、定石だったわね」

「君も、そいつは大いに経験したらしいな、二年目以後の方は……」

「空想家だったからよ、ご免なさい……」

「いや、空想家は、皆、純粋だからね。ぼくは、それを知ってるから、君がどんな顔をしたって、どんなことをしたって、平気だった。むしろ、気の毒で、何とか、空想を実現させてやりたいと、思ったこともあるよ」

「知ってるわ。あんたは、とても、大きな友情を持って下さったのね。ところが、あたしは、それが不満で……。でも、今は大丈夫。今度は、もう、空想家とお別れよ……」

「いや、いや、せっかく天から授かった美質を、ムヤミに捨ててはいかんよ。君に限らず、日本人は、空想好きで、戦争の空想に酔って、シクジッたと思うと、今度は、平和の空想を始めて、われを忘れてる。そこが、日本人のいいところで、ぼくが、日本人を好く所以なんだ。従って、ぼくが君を好くことにも……」

「恐れ入ります。でも、あたしは、もう、空想飽きちゃったの。懲りちゃったのかも知れないわ。もう、あたしも、四十代ですからね。五十になり、六十になる備えを、すべき時よ。あたしたちも、やがて、老人夫婦になるのよ。恋愛は、通用しなくなるわ。どうしても、友情という制度に、切り換えなくちゃア……」

「茶飲み友達というやつか。それもいいが、ぼくは、まだ当分、一緒に寝て貰いたいな」

「いやアな……。とにかく、あたし、今まで軽蔑していた、夫婦の友情ってものが、とても、大きく、映ってきましたの。中年以後の夫婦には、それ以外に、幸福の道は望まれないわ」

「君も、平和主義に転向したのか。恋愛が戦争で、友晴は平和と、いえないことはなかろう。不脅威不侵略は、ぼくも賛成だが、ぼくは切り換えの必要はないんだぜ。大体、以前から、その方針なんだから……。さて、問題は、若いくせに、友情一辺倒の二人のことだよ」

天童は、やっと、話をそこへ持っていった。

「でも、若い人とあたしたちとは、一緒にならないわよ」

紀伊子は、予防線を張った。

「それは、わかってる。それから、天源が勧めるように、あの二人を結婚させるのは、年齢的に早いことも、わかってる。しかしね、やはり、年齢的に、龍馬が人生の最初の危機を迎えてることも、考えなくちゃいかんよ。それから、あいつの向う見ずの性格もね。ぼくは、龍馬なぞは、早婚が害にならん、むしろ、救われることの方が、多いんじゃないかと、思うんだが……」

「さア、どうか知ら……」

「それと、龍馬の細君は、中国人でない方が、望ましいだろう」

「勿論よ、それだけは、お願いするわ」

「すると、選択の範囲が狭くなることを、覚悟しなければね。戦後の日本人が、国際的になったというけれど、それは表面だけで、平気で外国人に娘をやる家庭は、少いと思うよ。ことに、上流の家庭ではね。ぼくは、そんなことで、自分の国籍を意識したくないんだ。ぼくは、中国人とも、日本人とも考えないで、日本で暮してきたが、この暮し方は、幸福だったと、思ってる。どこの国にいる華僑も、大体、そんな暮し方を、心得てるんだよ。君も、そんな自由な考え方が、できないもんかね。龍馬を大好きだといってくれる娘さんが、たとえ、青果仲買人の子であっても、なくても、問題じゃない、と思うんだが……」

呉家で珍らしいことが、起った。

ハイヤーではあるが、大型のピカピカした車が、門の脇に、横付けになった。それだけなら、一向珍らしいことはないが、ヘルメット帽に、麻の服を着た天童が、ニコニコして、車に乗り込んだのである。

和服の紀伊子が、それに続いたが、龍馬とサキ子まで、そこに坐れば、四人掛けになって、窮屈だった。

「おれ、前へいくよ」

龍馬が、運転台のドアを開けると、

「あたしも……」

サキ子が、跡を追った。

「後ろは、二人分の人がいるから、そっちの方がおラクよ」

紀伊子が、笑った。

「神田の三崎町まで……」

天童は、巨体を折り曲げて、運転手にいった。

車が走り出すと、龍馬が後ろを向いて、

「パパ、自動車の乗心地は、どうです？」

天童は、ニヤニヤ笑って、すぐには返事をしなかった。

夕飯を食べに、皆で出かけるときまった時に、乗物は何にするかが、問題であった。天童の好きな都電は、ラッシュの時間であるし、人に揉まれては、着物がたまらないと、紀伊子が文句をいった。といって、三人が車でいって、天童だけが都電というのも、今夜はサキ子がいるだけに、面白くなかった。

「じゃア、ぼくも、車で行こう」

天童としては、よくよくの譲歩であって、紀伊子が驚きのあまり、ワッと声を出したのも、当然であろう。こんなに、平然と、自説をまげた良人を、彼女は始めて見たのである。彼は、最高の好機嫌であったのか、さもなければ、妻に対する最大のサービスをするつもりだったに、ちがいなかった。尤も、呼ぶ車は、できるだけ大型であることと、運転も、都電並みに遅くという条件だけは、忘れなかった――

「これぐらい、静かに走らせるなら、そう悪い乗心地でもない……」

彼は、車の速度と変らない、緩慢さで答えた。

「これア、パパ、病人車のスピードですよ」

龍馬が、笑った。

「すべての自動車が、霊柩車か病人車のつもりで走ってくれたら、東京も、文化都市の名を博するんだがな」

「だって、パパ、自動車は、スピードのための車ですよ」

「その考えが、まちがってるのだな。速力を出し得るということと、出すというのは、ちがう問題だよ。そして、自動車は、自分の軌道を持たないということを、常に、反省すべきだな……。ところで、龍馬も、この頃は、車を買うといわなくなったのは、大進歩だよ。あの貯金で、写真機でも買いなさい……」

サキ子が、片頰で、クスリと笑った。

水道橋からそう遠くない裏町へ、車が曲って行ったが、およそ、美食に縁のない界隈に、戦後売出した、テンプラ屋があった。入口も、シモタ屋風で、わかりにくい家だが、天童は、よく来る店だから、運転手に道の指図をした。

「電話しといたが、すぐ食えるかね」

上り口で、天童が、女中に訊いた。

「はい、すぐでございます」

それでも、別室で、十五分ぐらい待たされてから、揚げ台のある部屋へ通された。

中央に、揚げ鍋があって、それを囲む黒塗りの半円卓を前に、天童と龍馬、その両端に、紀伊子とサキ子が坐った。

「あたくし、お座敷テンプラって、始めてですわ。腰かけの家なら、食べたことあるけど

「……」

サキ子が、大きな声でいった。

「同じことですよ。戦後は、つまらんテンプラ屋でも、こんな風にしてね……」

お座敷テンプラなるものは、戦前の東京には、算えるほどしかなかったが、すべて、こんな風になったのは、一つの戦後現象だろうと、天童は語った。そして、テンプラの味にも、戦前派と戦後派があり、使う油や、コロモの解き方、つけ方、揚げ方がちがうが、戦後派の勢力が圧倒的だともいった。

「こっちは、テンプラのおツユらしいけど、こっちの液体は、何ですの」

サキ子が、小丼の中のものを指さした。

「レモンを搾ったんですよ。塩だの、レモンだので、テンプラを食わせるのも、戦後派の特徴なんだが、アメリカ人の感化かも知れないな。昔、チャップリンが日本へきて、花長というお座敷テンプラを、ひどくヒイキにしたが、どうも、アメリカ人は、テンプラ好きらしいですよ。この店なんかも、よく食べにきますがね。でも、彼等の好みに合わせていると、日本のテンプラも、堕落するね」

「すると、このお店も、戦後派なんですか」

「そうね、まア、中間派というところでしょう。わたしには、戦前風に揚げてくれます……」

そこへ、カッポウ着をきた主人が、小肥りの体を現わした。

「お待たせ致しました……。旦那、今日は、中マキのいいのがあります。後は、アナゴ、キス、メゴチ、それから、モエビ……」

「鮎は、もう、大きくなり過ぎちゃって？」

紀伊子が訊いた。

「ええ、もう、いけません。奥さまは、鮎がお好きでしたっけね」

「いいわ、モエビのカキアゲ頂くから……」

紀伊子も、テンプラは好きな方で、それも、サラダ油ばかりの戦後揚げが、大好物なのだが、今日は、良人を凌ぐ量見もないと見えて、油の調合に、口を出さなかった。

それでも、テンプラ屋の主人は、商売柄、夫婦の好みの間をとって、白ゴマ3、サラダ油6、カヤ油1という割合いで、揚げ始めた。天童は戦前派で、ゴマ油の勝った方が好きだった。

そこへいくと、龍馬は、戦前戦後を超越したテンプラ食いで、エビのテンプラでありさえすれば、どんな揚げ方であっても、飽きることを知らない。肉が嫌い、魚も赤い身のものは一切食わないのに、エビとなると、夢中なのである。

「若旦那、今度は、何を揚げます」

「エビ」

「お後は？」

「エビ」

中マキの六、七匁のやつを、もう、二十あまり平らげて、まだ、エビ、エビといってる。

それを真似たのか、それとも、趣味が似てるのか、サキ子も、熱いエビのテンプラを、フウフウ頬ばりながら、大体、龍馬と同じ数を、平らげていた。

天童は、いかにも愉しそうに、大食する若い者を眺めていたが、紀伊子は、

「まア、二人とも、お盛んね。でも、大丈夫？」

と、口を出した。

「この間、朝汐関がきましたね。これくらいのエビを、七十六食べました」。

と、主人がいうと、一同が嘆声を洩らしたが、

「でも、女では、あたしみたいに食べた例、ないでしょう」

とサキ子が、自慢そうにいうと、

「なアに、柳橋の芸妓で、三十七食べた人がいますよ」

「キャア！」

「ですから、沢山あがって下さい、若奥さんも……」

と、主人が、ちょっと、ソソッカしいことをいうと、誰も、急に、シュンとした。サキ子は、訂正しようと、顔をあげたが、何もいえなかったし、龍馬は、エビばかり食べているし、紀伊子は、ちょっと、眉を寄せて、呼吸を詰めた様子だったが、やがて、救いを求めるように、良人の顔を見た。天童は、ニヤニヤするばかり――

しかし、誰も口をきかなくなったので、テンプラ屋の主人も、妙な顔をし始めたが、

「君、今日のゴマ油は、いい匂いがするね」

と、天童が、その場を救った。

「そうですか、いつもと同じなんですが……。茨城の金ゴマを、特別に搾らせてます。旦那の前だが、ゴマばかりは、中国はいけませんな」

「そうかね」

「香港から、中共のゴマが、ずいぶん、日本へ入ってきてるんですよ。日本で製油するんですが、どうも、だいぶ、品が落ちますな」

「だが、中国料理には、あっちのゴマ油が合うんだよ」

「そうかも知れませんが、ニッポンのテンプラにア、ニッポンのゴマ油でねえと……」

「そんなことをいって、アメリカの綿実油を、沢山混ぜて、揚げてるじゃないか」

「済みません。これも、ご時勢でね。でも、サラダ油だけしか使わないテンプラ屋もあるんですから、大目に見て下さいよ……」

天童は、よほど、機嫌がよかったにちがいない。テンプラ屋で、ハイヤーを呼んで貰って、帰路についたが、車が、九段坂を登ろうとする時になって、急に、運転手に、

「君、銀座へ回してくれんか。ちょっと、寄り道がしたくなった……」

と、いい出して、紀伊子を驚かせた。

「あなた、どこへいらっしゃる気？」

「まア、いいさ。まだ、時間も早いし、皆で、銀座を歩いてみようじゃないか」

「ご名案ね！」

サキ子が、声をあげた。

「パパ、今日は、少し、風向きがヘンですね」

龍馬が、ひやかした。

「ヘンなことはないよ。父親ってものは、ほんとは、家族と共に愉しみたいのだが、なかなか事情が許さんので、つい、単独行動をとるのさ」

「あら、事情は、いつも許してますのよ」

紀伊子がいった。

「そうでもないさ。龍馬は、滅多に家におらんし、ママだって、いろいろ都合の悪い時もあったし……」

そういって、天童は、ニヤニヤ笑ったが、紀伊子は、最近のナマ傷に、チクリとこたえたので、それぎり、黙ってしまった。

「しかし、父親といえども、年中、家族と共に愉しみを分ちたいわけでもないからな。そういう感心な父親は、アメリカ輸入のテレビ・ドラマに出てくるだけさ。あれは、アメリカの女性聴視者のつくり出した幻影にすぎないよ。わたしだって、事情の許さないのを口実に、ずいぶん単独行動を愉しんだよ」

「そんなこと、オジサマ、あたりまえなんじゃありません？」

サキ子が、口を出した。

「ほウ、あんたは、男性の立場に、理解があるんだね」

「あら、男性の立場なんて、知りませんわ。大人みたいに、立場だの、掟だのって、考えないんですよ。そいで、お互いに、単独行動ばかりやってんですけど、割りと、うまくいきますわよ」

「それなら、結構だね。しかし、わたしが、家族と共に愉しみたいっていうのも、決して、ウソではないのでね。雄鶏が、餌をくわえて、めん鶏やヒナに配給してるでしょう。これも、動物的本能の一つでね。今夜は、たまたま、その機会を得て、わたしは、大変、愉快なんだ。そして、これから、わたしが単独行動で、よく出かけるヤキトリ屋へ、案内しようと思うんだが、諸君、どうだね」

「この上、ヤキトリを食べるの」

紀伊子が、眉をしかめた。

「おれも、トリなら食うけど、今夜は、エビを食い過ぎて……」

「あたし、平気だわ、ヤキトリ、大好きなんですもの。三本や、五本なら、まだ……」

車の窓に、銀座の灯が映ってきた。

一方交通の裏通りで、車を止めさせた天童は、とある袋小路の角を曲って、

「ここだよ」

と、先きに立った。ヤキトリの看板が、左側に出ていた。

「そうそう、いつか、この横丁から出てきたあなたと、会ったわね」

紀伊子が、クラス会の帰りのことを、思い出した。

「うん、あの時は、ヒヤヒヤしてね」

「何も、ヤキトリ屋にいらしったのを、ヒヤヒヤなさることはないでしょう」

「ハッハハ」

そして、天童は歩き出したが、ヤキトリ屋の前は、素通りにして、つき当りの密閉家屋の入口に、立ち止まった。黒い箱のような表構えで、思わせぶりな灯が洩れるところは、外国の港町の娼家の構造であるが、内部は、青天白日の営業であって、この家に限らず、この商売の家の常套手段である。

「紀伊子、ぼくのヤキトリ屋は、実は、この家なんだよ。デゼスポアールといってね……」

と、耳打ちしてから、彼女の体を押すようにして、ドアをあけた。若い二人も、狐にツマまれたような顔で、その跡に続いたが、サキ子は、トッサに、一流のバーへ案内されたことを、理解して、

「まア、オジサマって、イキな方ね」

と、龍馬にささやいたが、

「さては、噂のとおりだったな。パパがここへ通ってるって、近藤から聞いたんだが、おれは信用しなかったんだ。おれは、どうも、親に甘いようだよ」

と、首を振ったが、彼も、この間うちに、銀座で豪遊の経験を積んでいるので、このよう

な場所に、臆することもなかった。

「アラ、いらっしゃいませ……」

美人たちは、精錬の声を放って、天童を迎えた。初見の客にも、いらっしゃいませというが、アラという語を用いないのを、注意すべきである。しかし、彼女たちも、今日の天童が、珍らしくも、家族同伴と睨んで、早くも、サービス方針を改めた。

というのも、細君を連れて、バーへくる風習が、絶無というわけではない。何か、紳士的な行為のようにも、受けとれるが、バーとはこういうものだと、安心させて置いて、また、別な計りごとをたてないものでもない。美人たちも、心得たもので、同伴の細君には、極力、サービスを惜しまず、旦那サマそっちのけにするのが、通例である。そして、そっちのけにされた旦那サマは、アゴを撫ぜてる。まず、良人と美人は、グルのものと、おぼし召せ。

尤も、細君の外に、息子夫婦と覚しき者まで、連れてくるのは、そう例のないことだから、美人たちも、いささか面食らったが、そんな様子は気《け》にも見せず、

「今月は、皆さま、ご避暑だもんですから、毎晩、このとおり、空いておりまして……」

「うん、ありがたいな。ぼくの席が、明いているよ……。さア、みんなここへ坐りなさい」

天童は、壁際のいつもの席に、姿勢正しく、腰をおろして、

「ぼくの飲み物は、きまってるから、黙っていても、持ってくる。諸君は、何がいいね。龍馬も、今夜は、大いに、飲みなさい」

「じゃア、スコッチの水割り……」

「あたしも」

「ほウ、勇ましいね。紀伊さんは？」

「困るわ。何か、よさそうなもの……」

紀伊子は、飲み物どころではなく、始めて来たバーというところの観察に、心が奪われていた。なぜ、男たちが、こういう場所へ集まるのか、女給たちは、どんなサービスをするのか、好奇心に燃えて眼を光らせていた。向側のテーブルに、出版の関係者らしい、赤ら顔の男が、何か、しきりにシャべってる両側に、二人の女給が密着して、笑ったり、肩を打ったりしているが、あんなことで、男が夢中になるはずはなかった。それに、彼女の眼から見ると、女たちも十人並みの顔立ちはしていても、美人らしいのは一人も見当らず、何も、こんなところへ、高い金を払って、遊びにくる理由がわからなかった。

——良人は、どうやら、この家の常連らしいが、あたしに、一口も洩らさなかったのは、どういうわけか。第一、あんな不精な男が、常連になるほど、通いつめる魅力が、どこにあるのだろう。きっと、これは、奥に秘密室でもあって、良人一人できた時は、そこへシケ込む仕組みになってるのではあるまいか。

そんな邪推まで始めたところへ、

「まア、ウーさん、お珍らしい……」

と、出入口へ客を送り出した一人の美人が、とって返して、天童のテーブルへ寄ってきた。

それまで席にいた美人が、立ち上って、イスを譲った。

「やア、今晩は……。今夜は、一家総出でやってきたんだよ。この人が、ぼくの奥さん……」

「まア、うれしい、奥さまにお目にかかれて……。テルミと申します。どうぞ、よろしく」

と、愛嬌よく、お辞儀をした女を、紀伊子は、シゲシゲと眺めたが、どうも、格別のことはなかった。いやに、顔が小さくて、子供っぽく、昔は、子守女によくあった人相で、これが、銀座の女かと思われたが、よく見ると、抜目のない化粧と、眼つきが、油断ならなかった。良人のナジミ女らしいが、鈍感な彼は、この女のカマトト振りに、手もなく翻弄されてるのではないか――

「こちら、お坊っちゃまじゃありません？　眉毛のあたり、とても、よく似てらっしゃいますわ」

テルミは、龍馬の顔を見て、天童にそういったが、返事をしたのは、サキ子だった。

「そうなのよ。それから、ジャイアンツの王選手にも、似てると思わない？」

「あら、ほんと。頼もしいわ……。そういえば、あなたも、シャンソンの紫シマ子、そっくりでいらっしゃるわ……」

それで、大笑いとなったが、サキ子は、芸能方面には未練がないので、テルミを対手に、バーと社用族の研究を始めた。勘定とりに会社へくるのは、月末であるかとか、消費額の確認は、伝票にサインでもするのか、というような――

「いいえ、どなたも、そんな細かいこと、おっしゃいませんわ。お店の方だけの帳面で、請求書差し上げますの。ご自分がお払いになるんじゃないから、その点、鷹揚なもんですわ」

「それア、いけないわ。会社のお金だから、一層、正確にしなくちゃア……。将来、あたしたちも会社始めますからね、その時は、サインなしの伝票は、お払いしませんわよ」

「はい、かしこまりました」

テルミも、少し面食らって、ハイ・ボールのお代りをシオに、座を立ったが、その次ぎには、天童の側に、腰をおろした。

「ウーさんは、ほんとに、いいパパらしいわね。お家のかたは、お幸せだわ」

「なに、そうでもないさ」

天童は、一人でくる時と、少しも変らない相好の崩し方で、テルミの手をとった。彼女も、

「奥さんが、見てますよ」

といって、手を引っ込めるのも、曲がないし、わざと、何も気づかないフリをして、天童のするがままに任せた。

「君の眼は、二重マブタになってから、ずっと、可愛くなったな」

「お蔭さまで……」

これは、手術費を出して貰ったのだから、礼をいわないわけにいかないが、できるだけ、小声にした。

「もっと、手術するところはないかな。あったら、遠慮なくいい給え」

「あら、そんなに手術ばかりしてたら、顔が壊れちゃうわよ」

テルミも、吹き出した。天童は、愉快そうに笑って、彼女の掌を裏返えし、自分の掌の上に乗せ、さらに、もう一方の自分の掌を、その上に重ねた。いつものサンドウィッチ作業を始めたのである。

「リューチン、ちょっと、あれ見てよ……」

最初に、サキ子が発見した。

「パパも、やるんだな、相当……」

二人は、ひどく面白そうに、顔を見合わせた。

しかし、誰よりも先きに、それに、ハッと気づいて、一所懸命に眼をツブっているのは、紀伊子だったのである。

――まア、人をバカにして。どういう量見で、わざわざ、あたしの前で、あんなことして見せるんだろう。

見れば、腹が立つから、眼をツブったのであるが、バーへきて居眠りしていると、思われたくないし、消極的ヤキモチとは、なおさら、思われたくないし、これは、気のきいた文句で、一矢報いてやろうと、眼を開けたら、テルミの姿は、すでに、良人の側になかった。

バナナと下痢

その翌朝だった。

天童夫婦は、この小説の発端と同じように、差し向いで、朝飯を食べていた。庭に、紅い芙蓉が咲き、ヒンヤリした空気が、網戸から流れ込んできた。

「うまい！」

天童が、チリレンゲでおカユを、口へ持っていきながら、そういった。

「何がですの？」

考えごとをしていた紀伊子が、顔をあげた。

「いや、粥飯《シィファン》がさ。九月になると、粥飯がうまくなるな。コーヒーも、そうだ。夏のうちは、ほんとの味がない……」

天童は、この頃、多弁の傾きがあった。

「今朝は、スープを使ったからですよ」

「何のスープ？」

「鶏でしょう」

「そんなものを入れなくても、秋のおカユはうまいものだ……」

彼は、三杯目のカユを、音を立てて、食べ終った。紀伊子も、九月に入ってから、トースト・パンをやめて、良人と同じものを食べてるが、一椀が精々だった。

そして、食後の日本茶を、二人が飲む時になって、細君がいった。

「そう、そう――昨晩は、ご馳走さま……」

「あア、テンプラかね。タネは、悪くなかったね」

「いいえ、それから後のことよ」

「後は、何も食わなかったはずだが……」

「あら、あのバーで、大変なご馳走になったじゃありませんか。女給さんのお手々で、サンドウィッチをこしらえて頂いて……」

紀伊子は、手真似をして見せた。

「なアんだ、あれは、いつもやることだ」

「まア、いつも？　いやらしいのね」

「そうかな、あれだけのことだぜ」

「あんなことなすって、どこがいいの」

「どこってこともないが、まア、あんなことをするところらしいな、バーというものは……」

「あの女の人、ずいぶんおナジミらしいわね」

「そうさな、一年半ぐらいになるかな、可愛いところのある女だよ」

「どこへ連れてお行きになるの、いつも……」

「わたしは、店の外の交際はしない方針だ」

「あら、なぜ？」

「その必要がないもの……」

「そんなものなの」

「そんなものさ」

天童の顔色に、いつわりのないのを、紀伊子も、認めないわけにいかなかった。

「男の人の気持って、わからないわ」

「そうかな、極めて、単純なことだぜ」

「あんなことするのが、面白くて、一年半もお通いになったの」

「べつに、あれが、目的というわけじゃないが、細君以外の女に、あの程度の接触をするのは、愉しみなもんでね」

「あきれた……」

紀伊子の言葉は、強かったが、眼は笑っていた。良人の率直さが、快かったからだろう。

「それにしても、油断のならない方ね。一年半も、一人の女のところへ通ってたことを、てんで、あたしに気づかせないんだから……」

「それア、秘密にせんと、愉しさが半減するからね」

「そんなら、どうして、昨夜は、あたし達を、あんなところへ連れてって、あんな実演までしてお見せになったの」

その疑問は、良人とテルミという女の不審が晴れた後でも、変らなかった。

「実演なんて、ヘンなことを、いわんでくれよ。一つの習慣に、過ぎないんだから……」

「習慣にしても、あたしたちの前で、隠そうとなさらなかったのは……」

「じゃア、白状するかな。第一に、君との間に、あの秘密をなくなす目的だったんだ。あれは、済んだことに、したかったんだ……」

「すると、あの女給さんのところへは、もう、お通いにならないってこと？」

「そうなんだ、昨夜で、お別れさ。だから、少し、多額のチップを渡してきたんだが、そこまでは、君も気がつかなかったろう」

「でも、可哀そうよ、急に捨てたりしちゃ……」

「捨てるなんて、関係じゃないからな。今夜から、あの女も、常連の補欠を、探すだけのことさ」

「あなたの秘密は、安全なのね。でも、お愉しみがなくなって、お気の毒ね」

「いや、欲しくなれば、また、こしらえるさ。当分、必要がなさそうだがね……」

「なぜ？」

「だって、家の中が、愉しいもの……。わが家は、平和と幸福に、溢れてるような気がするよ」

「そんなか知ら？」

「そうとも、君は、すっかり落ちついた細君になったし、龍馬も、好配偶者を見出したし
……」

「あんた、どうしても、サキ子さんに、おきめになる気？」

「紀伊さん、今度は、わたしの判断に任してくれんか。あの娘さんには、欠点もあるが、龍馬を助ける力を持ってることは、確かだよ。わたしは、そういう嫁が、呉家のために、欲しくなったんだ。わたしは、自分勝手に、これまで生きてきたが、龍馬の結婚を考えたら、不思議と、天源と同じ気持になってきた。呉家の後継者として、龍馬を考えるようになったんだよ。わたしの二の舞いを、させてはならんとね。これア、日本人の紀伊さんの考えと、ちがうかも知れんが、是非、承知をして貰いたい……」

「…………」

紀伊子が、考え込んで、返事をためらっている時に、女中の一人が、慌しく、飛び込んできた。

「奥さま、裏口にも、ご門にも、変な人が立っております……」

「おかしいわねえ」

と、紀伊子が、イスから腰を浮かした時に、入口のベルが、高々と鳴った。

女中に続いて、紀伊子も、玄関に出て行った。ドアをあけると、ジミなセビロの男と、上着なしの半袖シャツの男との二人が、ツカツカと入ってきた。

「呉龍馬さんは、ご在宅ですね」

「はい、まだ、やすんでおります」

「起して頂きたいのです」

「どういうご用ですの」

「用向きは、本人に、直接いいましょう。とにかく、ここへ、連れてきて下さい」

「まア、横柄な方……。あたくし、龍馬の母でございます。ご用があったら、あたくしにおっしゃって下さい」

「確かに、お母さんですね。それなら、申しあげますが、お宅の息子さんに、令状が出ているのです」

「何の令状でございますの」

「逮捕令状です。私は、こういう者ですが……」

差し出された名刺を、警視庁防犯部防犯課経済係主任、警部補——と、そこまで活字を読んだだけで、紀伊子の腰が、ヘタヘタとなった。

「まア……龍馬が……どんな悪いことを……」

われを失った紀伊子が、どんな狂態を演じるか、知れなかったのに、その時、龍馬自身が、パジャマを着たままで、玄関へ出てきたのである。この頃は、夜遊びをしなくなって、朝も早く起きるようになっていた。

「どうしたの、ママ？」

「龍馬、あんたは、何を、何を……」

と、声も、喉につかえて、もののいえない紀伊子を、抑えるように、警官がいった。

「あなたが、呉龍馬さんですね」

「そうです」

「あなたを取調べたいことがあって、警視庁へ同行を、お願いにきました」

「おれ、そんな覚えねえんだがな……」

「そういうことは、本庁へきてから、いって下さい。すぐ、着物を着換えて……。それから、あなたのバナナ輸入に関する帳簿、輸入承認書、信用状、送り状、その他の書類、印鑑……外国人登録証も持って、同行して下さい」

「え、外国人登録証？　そんなもの、持ってませんよ」

龍馬は、何だか、おかしくなった。日本人のつもりというよりも、どこもかしこも、日本の青年として、生きてきたのだから――

「あなたは、外国人ですからね。登録証を持ってないと、不携帯の罪に問われますよ」

「だって……」

「心配することはない。登録証は、探せばわかる所に、しまってある……」

いつか、天童も、玄関へ出ていた。

「龍馬……」

天童は、息子の前へ進んで、底力のある声で、しずかに、

「君は、警察へ引っぱられるようなことをしたの？」

「いいえ、全然……」

龍馬の返事は、キッパリしていた。

「そう。じゃア、この人たちと一緒に行って、申し開きをしてきなさい」

「だって、何にも、悪いことしねえのに……」

「わかってる。だから、行きなさい。わたしは、登録証を探してくるから、君は、その間に、着換えをして……」

「食事をなさりたければ、なさってもいいですよ」

主任の警官がいった。

しかし、龍馬は、朝飯を食う気はなかった。そして、着換えのために、二階へ上ろうとすると、二人の警官が、後に続いた。

「あなたの部屋を、調べさせて貰いますから……」

紀伊子も、階段を昇ろうとしたが、警官に制止された。

とりちらかした部屋の中で、龍馬が着換えを始めてる間に、警官は、本棚の本や、その背後や、テーブルの抽出しなぞを、手速く、探し始めた。

彼等は、ひどく、アテ外れのようだった。部屋は、純然たる学生の勉強室で、帳簿だとか、伝票だとか、往復書類だとか、日記の影さえもなかった。戦争雑誌の〝旗〟のバック・ナンバーが、方々で、眼につくだけだった。

「あなたは、バナナ輸入をやりながら、何にも、帳簿がないのですか」

警官は、怒ったように、詰問した。

「ええ、商売はやったけど、帳面なんか、つけたことねえんですよ」

「そんな、バカなことはない……。どこか、別な場所に、匿してありますね」

「疑ぐるなら、どこでも、探したらいいでしょう。帳簿なんかつけなくたって、銀行預金帳見れア、いくら儲けたか、わかるじゃありませんか」

「その預金帳は……」

「ブック・エンドの本の間にありますよ。だけど、もう、みんな使っちゃいましたぜ……」

警官は、その預金帳と、それと一緒にクシャクシャに突っ込んである数葉の送り状や、無為替輸入承認書を、やっと、探し出した。

「それじゃア、同行を願います」

二人の警官の間にはさまれて、龍馬は、玄関へ降りて行った。足音を聞いて、天童も、紀伊子も、女中たちまで、玄関に出てきた。

「パパ、ママ、じゃア、行ってきます」

龍馬は、靴をはいて、頭を下げた。

紀伊子が、とたんに咽《むせ》び泣いたが、天童は、大きく、うなずいただけだった。

円タクを呼んで、龍馬を連行したのは、家の外を見張っていた警官で、主任とその部下は、さらに、天童の居間の捜査を始めた。

何の事件で、龍馬が取調べを受けるのか。同行を求めにきた警官たちは、天童夫婦が何を

訊いても、一切、説明を避けるので、見当もつかなかった、しかし、龍馬の部屋を捜索する前に、

「あなたのバナナ輸入に関する帳簿、その他の書類……」

と、主任警官のいった言葉は、紀伊子の耳に残っていた。

警官が引き揚げてから、彼女は、良人の胸にすがりついた。そのような仕草を、二十年前の彼女は、よく行ったが、その時分の甘い感傷と、まるで縁のない気持だった。

「あなた……あなた……」

涙で、言葉が出なかった。

「心配することはない、龍馬は、悪いことをする奴でないことを、信じてやれ……」

天童は、やさしく妻の肩を撫ぜて、イスに坐らせてやった。そして、彼は、電話器をとりあげて、華僑総社を呼び出し、秘書に、総社の顧問弁護士との至急の連絡を、命じた。すると、秘書の林《りん》は、

「承知しました……。何か、変ったことがあったんではありませんか、令息の身に……」

と、先手を打ってきたので、天童も驚いた。委細を聞いてみると、昨夕、例の〝自由報〟の記者がきて、呉会長の息子のバナナ不正輸入の投書が、社へきているが、事が重大だから、編集局でも、真相を確かめるまで、発表を控えているという話をしたそうである。林秘書は、ユスリだと思って、対手にしなかったが——

「そうかね。じゃア、その方も、委しく調べて、こっちへ報告してくれ給え……」

天童は、龍馬がすでに連行されたということは、口にしなかった。

「紀伊さん、龍馬は、どうやら、バナナで失敗したらしい……」

彼は、それ以上のことはいわなかった。

「きっと、そうよ。さっき、警視庁の人も、チラリと、そんなことを……」

「やっぱり、そうだったのだな。だから、わたしは、あいつがバナナに手を出すことは、賛成しなかったんだ。バナナでは、わたしも四つの時に、失敗したからな」

「あなた、何をおっしゃってるの」

「いや、バナナを食べて、エキリになったということさ。やっぱり、バナナは、危いな。龍馬は、バナナだの、自動車だの、あぶないものばかり、手を出すよ……。しかし、要するに、下痢だ。心配することはない……」

天童は、部屋を歩き回って、心中の動揺を抑えていたが、

「紀伊さん、これは、サキ子さんと、あの人の父親に、来て貰う必要があるね。バナナの仕事を、一緒にやっていたんだから……。どんなマチガイを起したのだか、一応、訊いて置きたいよ……」

「そうね、サキ子さんの家は、たしか、取次ぎの電話がある筈よ」

紀伊子が、龍馬の部屋へ、彼の手帳を探しに行ってる間に、弁護士から、電話が掛かってきた。

　天童は、総社の顧問弁護士に、あらましの事情を述べ、すぐ警視庁へ行って、事件の内容や見込みを、訊き出してくれることを、依頼した。

　その通話の済むのを、待ち兼ねるように、今度は、紀伊子が、島村の家の近くの八百屋さんを、呼び出した。やがて、サキ子が、電話口に出てきた。

「龍馬の身に、大変なことが、起ったんです。すぐ、家へ来て下さい……それから、お父さんも……」

　紀伊子は、言葉の修飾も忘れていたが、声には切実な親しみがあった。

　サキ子は、すぐ飛んで行くが、父は横浜の市場に出かけてるので、その方へも連絡して、直接そちらへ伺わせると、テキパキした返事だった。

「あの人、とても、えらいわ。ひどく、おちついてるの……。それとも、龍馬のことを、それほど想っていないのか知ら……」

　紀伊子が、ノイローゼを起しかけるのを、天童は、とりあわずに、

「そんなことより、さっき、警官が、龍馬の外人登録証のことを、いったね。あの時に、わたしは、ちょいと、ショックを感じたよ。わたし自身のことよりも、龍馬が、日本人でないということを、思い知らされてね。龍馬も、ヘンな顔してたが……」

「あたし、とても、悲しかったわ。きっと、中国人だと思って、警察では意地悪するんだわ」

「そんなことはないよ。しかし、法律的には、龍馬は日本人でない――そんなことを考える

のも、久し振りだよ。何だか、可哀そうだな。尤も、君だって、そうだが……」

「あたしは、名義だけの中国国籍だと思ってるから、かまわないけど……」

「しかし、国籍だの、国境だのってことは、つまらんことだ」

「いいえ、そうでないわ。何か、重大なことの時には、国籍がタタってくるのよ」

「それもそうだが、第三国人ということで、終戦直後には、わたしらは、日本人のように、苦しい目に遇わなかったぜ。金も、儲けたぜ」

「あんなこと、なければよかった……。あなた、あたし、決心しました」

「何を？」

「サキ子さんを、お嫁に貰うことを……」

天童は、妻の心の突然な変化に、驚いたが、彼にとって、うれしい成行きであるから、理由を聞こうともしなかった。

「それは、結構だ」

「いい家のお嬢さん貰おうたって、もうダメだわね。国籍がちがう上に、今度のような事件にあっては……」

「何をいうのだ。龍馬は、悪いことをする男ではない。従って、キズがつくはずもない。そして、あの娘さんは、龍馬にとって、理想的な……」

と、天童が、語気を強くした時に、玄関のベルが鳴り、ドアがあくと、一散に飛び込んできたのは、サキ子自身だった。

「どうなすったの、龍馬さん、何が起きたんですの」

アイサツは、一切抜きで、彼女は、二人の前に、突き進んだ。

「いや、実は……」

事のあらましを語る天童を、サキ子は、瞬きもしないで、見詰めながら、聞き終って、

「そんな、バカなことって、ないわよ。龍馬さんの眼の澄み方を見たって、犯人でないことはわかりますわよ。どうして、この頃は、ムジツの罪ばかりハヤるんだろう……」

「しかし、知らずして、法に触れるということは、考えられるからね。サキ子さんは、一緒に仕事をしていたのだから、何か、思い当ることはありませんかね」

「あたしたち、いつも、合法的にやってきたつもりよ。あれが、罪になるなら……」

と、サキ子は、痛憤やる方ない様子で、グルリと、体の向きを変えると、

「……そうだわ、あたしだって、罪人だわ。あたし、龍馬さんの事業のパートナアですもの。あたし、これから、警視庁へ、自首してくる……」

「待ちなさい。用があれば、先方から、呼びにきますよ。それより、もう少し、事情を聞かしてくれ給え。あなたは、シャンソン歌手として、地方に巡業していたことがありましたね。その期間は、あなたは、商売にタッチしていなかった筈だ。その時分に、何か……」

「それア、うちのオヤジさんが、知ってますよ。何しろ、彼はバナナ餓鬼ですからね。ロクでもないことを、龍馬さんに教えたんじゃないかな……。あたし、心配になってきたわ」

と、急に、沈み込んで、イスに腰を下した時に、電話が鳴り出した。

天童が、受話器をとると、総社の顧問弁護士が、警視庁の構内から、かけてきたのであった。そして、詳細の報告は、後刻天童と会う時に譲るが、とりあえず、容疑の内容を知らせると前置きしてから、

「つまりですな、お宅のご令息が、外国為替及び外国貿易管理法に、違反した行為があったというのですな……。ちょうど、先年の全バ連（全国バナナ連合会）事件の小型なケースに、当るらしいのです。尤も、金額は、知れたものなんですが……」

電話を聞き終ってから、天童は、無言で、部屋を歩き回った。

「あなた、どんな様子でした?」

紀伊子が、訊いた。

「困ったな、少し厄介なことになった……」

「オジサマ、話して……」

サキ子も、側へ寄ってきた。

「外国為替及び外国貿易管理法違反というやつだそうだよ」

「まア、すごく長い名の罪！　そんな、面倒くさい犯罪を、龍馬さんはやりっこないわ」

「いやね、ヤミドル買うとか、不正輸入の品物を扱うとかすると、この法に触れるんだよ。バナナ輸入でも、一昨年、全バ連事件というのがあってね……」

天童も、在日華僑の連坐した事件のことで、内容を知っているから、概略を話した。バナナ

ナのクレーム分を送らせるために、日本金を無許可で台湾へ送り、それによって、業者が、巨額の利益を獲たことが、発覚したのである――

「そういえば、龍馬さんも、クレーム分の再送とか、何とか、そんなことといっていましたわ……」

サキ子は、いよいよ暗い顔になった。

「ほんとかね。すると、あいつ……。いや、いや、龍馬に、そんな知恵があるはずはない。そんな慾も、あるはずはない……」

天童は首を振って、疑いを打ち消そうとした。

そこへ、女中が、入ってきた。

「あの、お勝手の方に、島村さんという方が……」

「うちのお父ッつァんよ。さア、取っつかまえて、訊かなくちゃア……」

サキ子が、出ていこうとするのを、紀伊子がとめて、

「お玄関から、お通ししてね」

女中が去って、暫らくして、島村が、入ってきた。市場から、すぐ駆けつけたとみえて、ネクタイもしない開襟シャツを、上着からハミ出させているが、菓子折らしい土産物を、フロシキに包んで、

「どうも、こんなナリで、お初にお目にかかりまして……。いつも、サキ子の奴が、お邪魔に上りまして、相済みません。一度、ごアイサツに上らなくちゃいけねえと、思いながら、

貧乏ヒマなしというやつでござんして……。また、今日は、わざわざ、お呼び出しに預かりましたが、あいにく、市場の方へ出かけまして、すっかり遅れちまって、何とも早や……」

まだ、長々と、口上を続けようとするのを、サキ子が、

「お父ッつァん、それくらいにして……。龍馬さんが、大変なんだよ。バナナのことで、警視庁へ連れていかれちまったんだよ……」

「え、ほんとかい。何だって、また、そんな……」

「お父ッつァんが、つまらない知恵をつけたんじゃない？　そうにきまってるよ」

「冗談いうない。おれだって、見境のねえことを、教えるもんかな、おめえの仲よしの龍馬さんじゃねえか……」

「まア、まア……」

と親子喧嘩の仲裁に入った天童は、貞造を自分の前のイスに着かせて、

「恐縮ですが、龍馬の奴が、どんな風な商売のやり方をしてきたのか、ご存じのことを、全部、話して頂けませんか」

と、頼み込んだ。

するとと、貞造は、何をカンちがいしたのか、ひどく恐れ入って、

「こうなれア、洗いざらい、申しあげますが……」

と、自分が呉天源からバナナを回して貰いたさに、龍馬をその道へ引き込んだこと、龍馬の輸入したバナナの売却は、一切、自分が当ったこと、そして、銀行や台湾商社代理店との

折衝も、主として、彼があずかっていたことなぞ、包み隠さず、述べ立てた。

「しかし、警察の眼をかすめるようなことは、一つもやっちゃいません。それどころか、あたしが、少しウマい汁を吸おうとしても、こいつの眼がうるさくて……」

と、サキ子の方を、眺めた。

「そうですか。すると、ますますフに落ちなくなるのですが、龍馬がクレームを不正に利用する知識を、持ってるとは、考えられないし、誰か、それに参画してる者があるのでは……」

「いや、あたしの外に、龍馬さんの下働きをした者はいませんよ。また、あたしたち業者は、全バ連事件ってやつを、目の前に見てるから、恐ろしくて、そんな真似は、できやしません。まア、日本の法律なんか、へとも思わない、不良華商か何かなら、別ですが……」

「なるほど。そっちの方面で、龍馬が懇意にした人間がいますか」

「べつに、懇意な男はいなかったと、思いますね。荷主の代理店へは、あたしが、いつも回っていましたから……」

「龍馬は、全然、行ったことはないんですか」

「さア、それでも、一、二回は、あたしがお連れしたことがあります」

「どんな商社です」

貞造は、東京の二社、横浜の三社の名をあげた。天童は、そのどれをも、よく知っていたが、皆、素姓の知れた、信用のある店ばかりだった。

「他には、ありませんか」

「まア、あたしの知ってるのは、それだけですが、龍馬さんも、最近は、一人で、いろいろやってましたから、その時のことは、ちょっと……」

「取引関係でなくても、華僑の友人といったような……」

「そうですね。友人なんてもんじゃありませんが、龍馬さんと、横浜のキャバレへ遊びに行った時に、紹介してあげた男がありますよ……」

「お父ッつァんは、そんなところへ、龍馬さんを誘惑したんだね」

「そうじゃねえけどさ。そのキャバレの持主の華僑が、やはり、バナナ関係で、あたしと知合いだもんだから……。張許昌さんて人でね……」

「張許昌？　あの男と、龍馬が知合いになったんですか」

天童は、顔をしかめた。

「ええ、呉さんの息子と聞いて、大変、龍馬さんを歓迎してくれましてね。その後も、龍馬さんは、度々、一人で、そのキャバレへ通った様子でした……」

それを聞いて、天童が、考え込んだ。

張許昌が、在日華僑総社の会長の選挙で、天童に敗れてから、彼に恨みを懐いて、〝自由報〟に中傷記事を書かせたことを、憶い出したのである。そのような男が、龍馬を天童の息子と知って、歓待をするわけがないのである。どうも、怪しい。張の人物と素行からいって、敵に塩を送る英雄とは、およそ反対なのである。

——ことによると、張が……。

天童は、霧の中の黒い影を、見つけた気持だった。張なら、天童に汚名を与え、ひいては会長の辞職を余儀なくさせるために、息子の龍馬を犯罪人に落しいれる計略を、企まないものでもないのである。ただ、クレーム分再送のような違反行為は、もし張が龍馬を唆《そその》かしたり、幇助したりすれば、彼もまた罪に問われなければならない。自分を傷つけてまで、龍馬を傷つける刃を、用いるはずはない。

「島村さん、あなたは張と、深い取引関係があるのですか」

「なアに、一、二度の取引きなんですが、何しろ、横浜の華僑じゃ有力者ですから、ご機嫌をとっちゃいましたがね……」

「とにかく、今度の龍馬の事件に、張が関係があるか、ないか、あなたの手で、さぐって頂けますか」

「ようがす。どこまでつきとめられるか、わかりませんが、やってみましょう。もし、あいつが、龍馬さんをケシかけたんなら、あたしだって、承知しませんぜ。なアに、対手が華僑のボスなら、こっちだって、市場の暴れん坊を、動かして見せまさア……」

と、貞造が力んでみせたが、やがて、女中が、ウナギ飯らしい重箱を、運んできた。いつか、午飯の時刻になっていた。

「お弁当代りに、どうぞ……」

紀伊子が、食卓へ招いた。そして、四人が卓を囲んだが、貞造がこの一家の食事に加わるなんて、昨日まで、誰が考えることができたろう。

「あなた……」

紀伊子が、突然、ハシを置いた。

「どうしたんだ？」

「龍馬は、今頃、どんなものを、食べてるでしょう」

誰も、返事をしなかった。

「心配することはない。あいつは、菜食家だから、警視庁の食事でも、平気だよ」

暫らくしてから、天童が答えた。

「お父ッつァん……」

今度は、サキ子がいった。

「龍馬さんが罪になれば、あたしとお父ッつァんも、同罪だよ。逃げかくれするのは、止そうね」

「そ、そいつア、おれだって、出るところへは、出らアな」

と、貞造が、ヘドモドした時に、女中が、顧問弁護士の来訪を、告げにきた。

我們熱愛和平《ウオーメンローアイホーピン》

龍馬は、その日も、その翌日も、翌々日も、家に帰らなかった。警察の拘留期間が過ぎて、検事拘留期に入った証拠だった。

総社の顧問弁護士は、警視庁に顔のきく男らしく、度々、経済係りを訪れて、情報を持ってきてくれた。違反の金額も少いし、犯行も単純を極めているし、龍馬自身も、取調べに際して、素直に認むべき事実は認めているので、係官の心証もよく、普通なら、処分保留になる見込みが充分なのだが、検察側としては、背景の有無を、重視しているようだった。学生のアルバイトのような、龍馬のバナナ取引きは、表面であって、その蔭に、日本人のバナナ業者とか、特に、華僑の有力者である父の天童が、隠れていて、もっと大規模な不正輸入をやっているのではないかと、捜査を続けているので、龍馬の留置も、永びくことになるらしかった。すでに、そのような含みで、記事を載せた新聞もあったし、華僑新聞の〝自由報〟なぞは、まるで、天童が犯人であるかのように、そして、総社会長の名誉を汚すものとして、全紙を糺弾記事に当てた。

「わたしが、バナナ嫌いということを、世間は知らんのだな」

彼は、憤慨の色も見せず、冗談をいったが、紀伊子は、ひどく、それを気にして、

「あなたが、会長なんかにおなりになるから、こんな騒ぎが起きるんですよ。龍馬は、可哀そうに、その巻添えを食ったんですよ」

と、良人の就任当時の喜びを、忘れたような口をきいた。

「もし、それが原因なら、わたしは、いつでも、会長をやめるね。あまり、ありがたいイスでもないからな」

「それと、あなたが中国の国籍なのが、いけないんですわよ。この際、思いきって、日本に帰化手続きをして頂戴よ」

紀伊子は、前から、それが希望なので、熱意をこめて、要求した。

「せっかくだが、それだけは、断るよ。べつに、中国人の誇りを持ってるわけではないが、いまの日本の様子を見ていると、日本人になったところで、幸福は期待できないぜ。どの日本人も、ノンキな顔をしているが、いまに、想像もつかない苦痛と恥辱が、この国を見舞ってくるかも知れんよ。わたしは、そんな国の国民になりたくはないね。わたしは、個人の和平を、どこまでも守り切って、生涯を送りたいのだ……」

「そんなことをいえば、中国人だって、安全とはいえないわよ」

「その通りさ。だから、わたしは、中国人といっても、事実上、どっちの中国人でもない立場を、守っているよ。台湾側でも、大陸側でもない、いわば、海の上に浮かんでる中国人だよ。わたしは、この立場が、一番自由で、一番生き易いのだ。わざわざ、それを捨てるのは、ご免蒙るよ……」

「あなたは、それでよくても、龍馬は……」

「龍馬か。あいつの時代には、国籍なんてものを、地上からなくなして貰いたいな。しかし、現在は、留置場という不自由な国から、一刻も早く、脱出させなければ」

サキ子と貞造も、毎日欠かさずに、呉邸へ詰めかけていた。貞造は、横浜へ行って、張許昌を訪ね、いろいろカマをかけて、龍馬との関係を訊き出そうとしたが、対手は、どこまでもシラを切って、〝ゴールデン・ハーバー〟で、貞造と二人で会って以来、顔も見たことはないというので、手の下しようがないことを、天童に報告した。

「でも、どうも、あいつはクサいんですよ。ただ、あいつが、そんな僅かな金儲けのために、龍馬さんを唆かすというのが、フに落ちませんがね……」

「いや、ありがとう。世の中は、わからんことが、多いですよ」

天童は、鷹揚に笑った。

「それにしても、あたしやサキ子に、まだ、警察から呼び出しが来ねえのは、ヘンですねえ」

「それア、お父ッつァん、龍馬さんがシャべらないからよ。あたしにア、わかってるわ」

サキ子が、珍らしく、感傷的な調子で、鼻をつまらせた。彼女は、龍馬の拘留が永びくにつれて、女性的な感情を、紀伊子と共に、わかち合うことが、多くなった。

「そうなのよ、龍馬さんて、そういう人なのよ。あたしや、お父ッつァんに、迷惑をかけまいと思って……」

彼女は、うつむいて、手の甲で眼を拭った。だが、すぐに、気を取り直して、

「オバサマ、お弁当できてます？　あたし、これから、差入れに行ってきますわ」

「ええ、できてるわ。でも、あんたを警視庁へやるの、心配なの。あんたまで、つかまってしまいそうで……」

冗談でもなさそうに、紀伊子がいった。

「つかまったら、ちょうどいいわ。あたし、係官に、バリバリいってやるから、龍馬さんは、誰かにダマされたんですって……」

「君が出かけるなら、わたしも、弁護士の事務所へ行くから……」

天童も、イスを立ち上った。

二人が出かけた後で、紀伊子が、腹にしまって置いた質問を、貞造に切り出した。

「島村さん、お宅では、お嬢さんお一人で、将来は、ご養子でもお迎えになるの」

すると、貞造は、急に、頭をかいて、

「エッへへ。そのことなんですがね、養子なんて、来る奴もねえでしょうが、来て貰いたくもねえんです」

「と、おっしゃると？」

「男の子が、一人いるんですよ、あたしにア。そのことは、サキ子も知らねえんですが、実は、今の家内とデキて、家へ入れる前に、子供が生まれたんですよ。ところが、家内って女が、義理のカタマリみてえな奴で……」

彼は、おせんさんの希望で、サキ子が縁づくまでは、その子を家に入れず、田舎へ預けてあることを語った。

「だから、あたしとしちゃア、早く、サキ子を嫁にやって、子供を引きとりてえんですよ。なんてったって、自分の男の子に、跡をとらしてえですからね……」

サキ子と一緒に家を出た天童は、途中で彼女と別れて、虎の門の顧問弁護士の事務所へ寄った。

小さな応接間で、待つほどもなく、短軀円顔のK弁護士が、奥の扉をあけて、出てきた。

「今日は、こちらから、伺おうと思っていたところで……。早速、吉報をお伝えしますが、あなたに対する当局の疑いは、大体、晴れた模様ですよ」

「そうですか」

天童は、別に、うれしそうな顔もしなかった。金儲けは、生涯たった一度しかしたことのない男で、バナナの不正輸入のような面倒なことは、頼まれても、できるものではない。疑う方が、始めから、まちがってる――

「あなたが、華僑の有力者であることと、遊んで暮しておられることが、問題となったらしいのですが、神戸の弟さんから、毎月、多額の仕送りを受けられてることが、判明したために……」

「そんなことまで、調べられたんですか。閉口ですな」

「それから、在日華僑間における、あなたの人望も、失礼ながら、あなたが有能というよりも、無欲な点からきてることも、検事もわかってくれたようです」

「いや、わたしだって、慾はありますよ」

「食慾ですか、ハッハハ。まア、ともかく、あなたのような人が、人から恨まれるわけがないと思うんですが、今度の捜査が始まったのは、密告が因らしいんですがね」

「誰が、そんなことを?」

「それが、わからんのです、無名の投書なんですから。しかし、明らかに、中傷が目的です。また、ご令息の違反行為も、本人はそういう法律のあることも知らず、横浜の張許昌という中国人に勧められて、金を送ったのが事実らしいのですが、張は、全然、それを否認するんです。また、送金を扱った台湾商社の代理店も、巧みに、証拠を湮滅《いんめつ》してます。しかし、ご令息の自供と、送金メモの金額は、一致してるんですが……。要するに投書をした人間は、ご令息を罪に落すことよりも、あなた自身の社会的名誉を傷つける陰謀のようで、よほど、深い怨恨を懐いてると見えます。お心当りは、ありませんか」

「全然、ありません」

　天童は、即座に、そう答えたが、心の中では、張許昌の仕業であることを、ハッキリと、認めていた。その陰謀は、中共系学生の後援をしたという中傷記事が〝自由報〟に出た時に、すでに始まっていることも、思い当った。しかし、彼のことだから、証拠を残すようなヘマはしていないだろうし、たとえ、彼であることをつきとめて、問罪したところで、何になるか。あのような、不潔な、狡猾な、悪臭を放つ一疋の虫を対手にして、何の誇りになるか。あの虫が、総社会長という餌を、そんなにしてまで欲しいのなら、くれてやったら、よいではないか。天童が辞職すれば、イスは、多分、張のところへ行くだろう——

「Kさん、わたしは、そんなことより、どうすれば、龍馬が早く家に帰れるか、それが、一番、気になるのですが……」

その時分に、呉の家では、神戸から急行してきた天源が、持ち前の大声を放っていた。

「姉さん、少しも、心配することない。商人が警察へ呼ばれるぐらい、あたりまえやぜ。わし等、何べん呼ばれたか知れん。これで、龍馬も、商人のハクがついたんや。そやから、わしは、今度のこと、新聞で見ても、少しも、騒がなんだのや。サキ子さんが、度々、電報よこさなんだら、こないして、東京へくる気なかったんやぜ」

と、半分は、慰めの気持か、ひどく強気なことをいったが、紀伊子は、

「でも、龍馬の履歴に、キズがつくと思うと……」

「アホらしい。何が、キズだすかいな。罰金払ろうたら、それで済むがな。罰金は、損失と帳簿につけたら、ええのや。一体、法律ちゅうもんは、商人に都合悪うでけとるが、ことに、為替や貿易管理法は、アホらしゅうて、話にならん。ええですか、姉さん、商人が問屋から物買うて、金払わなんだら、こら、罪になるのが当然ですわ。商人道に、背きます。しかし、龍馬のやったことは、バナナ買うて、金払ろうて、その上に、もう一度払ろうたんや。対手に、充分儲けさせて、自分も儲けようとしたんやから、商人として、一つも恥かしいことな

い。それが、罪になるちゅうのは、法律がアホらしいからや。商売ちゅうものは、自由競争でやらんならんのに、日本が、勝手に戦争に敗けて、そないな、ケッタイな法律つくりよって……」

つまり、龍馬は、台風の日に、屋根から飛んできた瓦で、頭にコブをこしらえたようなもので、当人に罪はないということを、トウトウと、述べ立てた。側で、耳を傾けてる貞造は、輸入統制のお蔭で、儲けてる男だから、一概に賛成もできないが、かねて取引きを望んでる天源の言だから、首をうなずかせて、感服のフリをした。

「しかしやな、姉さん、わしが側についておったら、龍馬の頭にコブはつくらさんな。まア、いつかもいうたとおり、龍馬は神戸へよこしなさい。拘留も、もう永いことあるまいよって、出てきたら、すぐがええ。世間の眼を、避けるためにも……」

「ありがとうございます。今度は、あたくしも、その気になりましたわ」

「そやけど、龍馬一人は、困りまっせ。あの話、その後、どないなりました？」

「それが、やっと、今しがた、サキ子さんのお父さんと、お話がきまりましたの」

と、貞造を顧みると、彼は、ピョコリと立ち上って、

「へえ、万事、よろしく、お願いしやす」

そこへ、サキ子が、警視庁から、帰ってきた。

K弁護士事務所を出た天童は、やがて、京橋に近い横通りにある、在日華僑東京総社の会

長室に、姿を現わした。

怠け者の会長が、出社してきたことと、龍馬の醜聞も聞えているので、社員たちは、眼と眼を見合わせていたが、林秘書だけは、気遣わしそうに、側へ寄ってくるのを、

「暫らく、一人で置いてくれ給え」

天童は、会長のデスクの前の回転イスに、ゆっくり、腰を下した。

――弁護士は、あのようにいうが、龍馬は、そんなに早く、帰されるか知ら。

K弁護士の見解では、事件も金額も小さく、龍馬の身分が学生であるために、恐らく、起訴猶予になるだろう。万一、起訴されたとしても、罰金刑で済むし、身柄は釈放されるだろうから、どっちみち、彼の帰宅は間近いと、保証してくれた。

――しかし、もう、六日目だ。

彼は、最初、龍馬の絶対無罪を信じていたから、任意出頭を求められても、すぐ帰されると思って、心配しなかったが、三日目ごろから、留置場にいる息子の苦痛が、彼自身の肉体の苦痛となって、もはや、堪え難いところにきていた。

「後、一日二日のご辛抱ですよ」

と、弁護士に慰められたが、何の足しにもならなかった。それは、ちょうど、彼が空腹の時に、何かの都合で、ウマい食事にありつけない苦しさと、似ていた。一面には、ひどく我慢強い性分を持ってるのに、食欲と肉親の情にかけては、まったく抵抗力のない男なのである。

そして、イスの上で、考え込んでる間に、彼は、今日中に、龍馬を留置場から出して、自

宅で安眠させる手段というものを、思いついた。

――うム、それ以外に、方法はない。うまくいくか、どうか知らんが、そうでもしなければ、わたしは、心の和平がないのだ……。

決心がつくと、彼は、デスクの上の硯箱をあけた。さすがに、中国人の団体だけあって、よい墨とよい筆が、用意されてあった。彼は、ゆっくり墨をすって、筆を浸した。

見かけによらぬ達筆で、文句を書き終ると、認印を姓名の下に捺して、ベルを鳴らした。

林秘書が、現われた。

「お呼びで?」

「君、ながながお世話になったが、今度のことの責めを負って、会長をやめることにしたよ。辞職届は、ここに書いてある。理事諸君に、伝達してくれ給え」

「会長、それはいけません。見す見す、張一派の謀略にのせられることになります。是非、思い留まって下さい」

「ありがとう。君は、そういってくれるがね、考えてみると、ぼくにも、沢山、後暗いことがあるんだよ」

「会長が潔白なことは、誰よりも、私が知っています」

「人間は、見かけによらんものだよ。とにかく、後はよろしく、頼んだよ……。それから、君、円タクを探してくれんか」

「円タクに、お乗りになるんですか」

「仕方がない。急いで、家へ帰りたいんだ……」

天童が家へ帰った時には、天源は龍馬の助命運動のために外出し、貞造も、家路についた後だった。

「天源がきたのか。そうか……」

彼は、弟に会いたかったが、これから決行することを考えると、かえって、家にいてくれない方がよかった。天源は、阻止するにきまってるからである。

「弁護士さんは、何といってました？」

と、紀伊子が訊いたが、

「うん。それより、下着類と、寝巻きを、カバンに詰めてくれないか」

「あら、オジサマ、どこへ、お出かけになるの」

サキ子が、驚いた声を出した。

「いや、警視庁だよ。龍馬も、今日で六日目じゃ、少し参ったろう。わたしが、交替してやろうと、思うんだ」

「まア、そんなこと、できますの」

「できるか、できないか、とにかく、やってみるよ。警視庁も、検事も、最初、わたしに疑いをかけていたんだから、そのわたしが罪を認めて、龍馬は無関係だといえば、うまくいくんじゃないかな」

「でも、今度は、あなたが、つかまっちまいますよ」

紀伊子がいった。

「しかし、わたしの方が、耐久力があるし、不潔な場所にも、わりと平気だからな。十日間ぐらいの取調べ期間らしいから、何とか持ちこたえるよ」

「それにしても……」

紀伊子は、良人の考えが、突飛過ぎて、同意できなかった。

「紀伊さん、わたしはね、もう一晩も、龍馬を留置場へ寝かしておけなくなったのだよ。君だって、そうだろう」

「それア、そうですけど……」

紀伊子だって、あれ以来、毎晩、満足な睡眠はとっていなかった。

「じゃア、カバンの支度をしなさい」

天童の気色が烈しいので、紀伊子も、命に従わないでいられなかった。

「オジサマ、あたし、感激したわ。オジサマは、まったく、英雄的な父親よ」

サキ子が、天童の太い腕を、両手でつかんだ。

「なアに、最も弱い父親に過ぎないよ。しかし、君は、この選手交替には、賛成だろう」

「それア、ハッキリいえば……。ご免なさい」

「いや、それで、いいんだ。成功を祈ってくれ給え」

やがて、天童は、紀伊子の持ってきた小カバンを、受けとると、二人に会釈して、

「じゃア……」

と、玄関の方へ、歩き出した。しかし、大きな忘れ物をしたように、立ち止まって、

「紀伊さん、差入れを、欠かさんように……」

「ええ、それは、きっと……」

「今晩は、神田のテンプラ屋の天丼でいいよ。明日の昼は、千葉田に頼んで、洋食にして貰いたいな。ロースト・ビーフの厚切りに、添え野菜を沢山つけてな。カラシも忘れずに……」

あとがき

『バナナ』は昭和三十四年二月十九日から、同年九月十一日まで、読売新聞に連載したものである。

＊

自作の解説めいたことは、曾てもやらず、また、そんなことの必要な作品を、書いても、しようがない。「あとがき」なぞ、装飾にすぎないが、ただ、作中の中国語の発音について、一言、おことわりをいう。

私は中国語をまるで知らず、万事、友人から教えて貰ったのだが、作中の呉一家は、台湾出身であるから、本来なら、その地の言葉に従うべきであるが、私は、日本で普及してる北京読みの方を採った。どうも、その方が、中国語くさいのである。例えば、龍馬を、台湾風に、リエンベーと発音するよりも、北京風に、ロンマーと読む方が、少くとも私には、感じが出るのである。結局、私は、大先輩近松門左衛門が『国姓爺《こくせんや》』を書いた例に倣《なら》うことにした。台湾の人や、中国語をよく知ってる人には、滑稽であろうが、私には、北京語も、広東語も、台湾語も、問題でなく、ワンタン、シューマイ的中国語で、事足りているのである。

昭和三十四年初冬

碌々居にて

著者

［付録］神戸と私

神戸には、中学一年生の時に行ったのが、最初である。

今から六十年も前の神戸だが、少年の私が一人で出かけた。べつに神戸に目的があったわけではない。東海道線を終点まで、乗ってみたかったのである。暑中休暇中で、途中、静岡や豊橋や京都の親類に泊り、最後が神戸だった。

神戸にも、親類があった。父の従兄弟の水島鉄也という人で、神戸高商の校長をしていた。住宅は、葺合《ふきあい》の熊内というところにあった。とても一人では探し当てられないので、駅から人力車に乗った。熊内というところは、何か、埃《ほこり》っぽい日本家屋ばかり列《なら》んで、繁華という感じには遠かった。

水島家に二晩ぐらい泊ってる間に、私は一人で、布引の滝というのを見に行った。歩いて行ける距離だった。それから、夜に、湊川神社に行ったが、きっとお祭りだったのだろう。それは、水島家の書生が連れてってくれた。寂しい河原があり、松が生え、神社の境内には、カンテラをつけた露店が出ていた。そこも、寂しい感じで、神戸というところは、どこへ行けば繁華なのかと、疑った。

須磨、舞子《まいこ》へも、その書生君が案内してくれたが、晴れた暑い日で、とてもキレイな海水の中で、大勢の人が、泳いでた。私は横浜生まれで、自分も、神戸と横浜を比較したが、こんな景色がよくて、海がキレイなところは、残念ながら、横浜にないと思った。ことに、舞子の松原が、立派に見えた。今とちがって、松と白砂と海とが、連結して、自然のままの美景と化していた。

その次ぎに、神戸へ行ったのは、中学五年生ぐらいの時で、今度は、花隈《はなくま》のM君という友人の家に泊った。すぐ向い側が芸妓屋で、夕方になると、芸妓が肌脱ぎになって、お化粧を始めるのが、よく見えた。その印象が、一番強く、M君とずいぶん街を歩き回ったのだが、何も覚えていない。この時も暑中休暇で、大変暑く、やたらに氷水ばかり飲んだように思う。

それから、ずっと飛んで、青年時代に、フランスから帰ってくる時に、神戸で船を降りた。久し振りに踏む日本の土なので、ずいぶん昂奮した。同船の友人から、夕飯を誘われ、たしか「菊水」という家で、スキヤキを食った。日本酒がうまくて、やたらに飲んだ。いい加減酔って、夕方、三ノ宮から乗車する東京行きの急行に、危く、乗りおくれるところだった。

それっきり、神戸へ行かなかったのである。

なぜ行かなかったのか、べつに大きな理由はない。京都や大阪へは、よく行ったが、どうも、神戸まで、わざわざ足を伸ばす気にならなかったのは、恐らく食い物のせいだったかも知れない。京都の料理は、更《あらた》めていうまでもないが、一時、私は大阪の食べ物——ことにゲテな食べものに、興味を感じた。もっとも、大阪の食べ物を知ったのは、拙作『大番』を書くために、調査に行ったのがキッカケだった。

そして、神戸の代表的な食べ物は、洋食と中華料理だろうが、どっちも東京と横浜で用が足りるので、気が進まなかったのだろう。

＊

ところが、昭和三十四年に、私は読売新聞に『バナナ』という小説を、書くことになった。この小説の主人公は、台湾出身の華僑一家で、東京に住む連中なのだが、場面の変化の必要上、彼らの一族で、神戸に住む華僑を設定した。それは『大番』を書いてるうちに、曾《かつ》て神戸に呉錦堂という中国人の大相場師のいたことを、知ったことも影響してたろう。

とにかく、私は神戸を書くために、更めて、その土地を調査に出かけた。東京から一人の記者が付き添い、また神戸支局の人も、調査に尽力してくれたのだが、神戸の華僑生活を調べる間に、私は例によって、食いしん坊の根性を抑《おさ》えることができず、土地の人の話や案内書によって、ウマいものの所在を訪ね歩いた。

すると、神戸の味覚というものが、儼然《げんぜん》として存在するのである。京都や大阪に比肩《ひけん》するのみならず、現在の横浜なぞには求められない、特色ある店と味が、いくらもあるのである。私は欣然《きんぜん》として、食べ歩いた。といって執筆の調査を、閑却《かんきゃく》したわけではない。土地の食べ物を味わうことは、その土地を知る捷径《しょうけい》であると、大義名分を立ててるのである。

まず私は、海岸通りの「キングズ・アームス」へ行った。そこでビールを飲み、ロースト・ビーフを食うと、ロンドンの裏町の小レストランへ行ったような気分になった。

また、元町へ行って「青辰」のアナゴずしを食った。これは、非常な美味だった。ガンコそうな主人の態度が気に入った。

「ハナワ・グリル」という家にも行った。コンソメとビフテキを食ったが、大変結構だった。そういうものがウマく食えれば、コックの腕を信用していいのである。その上、この店は小さく、体裁《ていさい》を飾らず、グールマン向きにできてる。私は、そういう店が好きなのである。

それから、中華料理では「牡丹園別館」というところへ行った。味も悪くなかったが、値段の安いので驚いた。その他にも、中華料理は沢山あるらしいが、時間的に、そう何軒も回れなかった。

しかし「デリカテッセン」という店へ行って、東京への土産を買うことはできた。ここのナマ作りの燻製の鮭は、イギリスで食べたドーヴァー産のそれを偲ばせた。

また「フロインドリーブ」という店へ行ってパンを買った。いい店と聞けば、すぐ出かけてみた。

パンやソーセージ類の専門店は、昔の横浜にもあって、それぞれ特色があったが、戦後は見当らなくなったので、私は神戸へきて、かえって昔の横浜を思い出した。

そして、最後には、加納町の「アカデミー」というバーへ出かけた。

バラックのような、貧弱な店で、ホステスなぞは全然いず、老いた主人が、一人でいるだけだった。そして、べつにお世辞もいわず、酒ビンを丹念に磨いていた。

私は、一度でこの店が好きになった。私は酒好きなので、酒を飲む時は、女性が不要なのである。そこで、東京で女のいないバーを探すのだが、戦後、まったく見当らない。「アカデミー」は私の理想のバーになった。

＊

その他、元町の「凮月堂」のコーヒーやアイスクリームの味も覚え、「ユーハイム」の菓子も、東京の同店よりも結構だと知り、一応、神戸の味覚に関することを、小説『バナナ』の中に書き込んだ。

すると俄然、私が神戸通である如く、買いかぶる人間が多くなった。

「神戸は、面白そうですね。一度、案内して下さい」

そんなことをいう人間が、出てきた。

そして、数年前に遂に、私は、神戸案内を実行せざるを得ない羽目になった。仲のいい新聞の連中二人と、私は明石の魚料理を食べに行くことになったのだが、その夜は、神戸のオリエンタル・ホテルに泊り、翌日は、神戸の食べ歩きという計画だった。

そして、おかしなことに、新聞の連中の一人は、神戸出身なのである。もっとも幼時を神戸で送っただけだというが、とにかく神戸人を私が案内することになったのだから、得意想うべしである。

まず、「キングズ・アームス」へ連れてって、アペリチーフを飲み、それから「青辰」という風に、こっちの知識は、一つ覚えだから、連れて行く先きは、きまってるのだが、先方は気がつかない。

「さすがに、よく知ってますね」

と、感心してる。

それに、神戸は東京のように、ダダ広くないから、方向オンチの私にも、どうやら道に迷わずに、案内できる。また、私の案内先きは大体、三ノ宮駅を中心として、そう遠くない地点だから、一層、始末がいい。

その時、好評を博したから、図に乗って、昨年の五月にも、神戸案内を敢行《かんこう》した。この時も、関西の取材を行い、神戸に足を伸ばしたので、同行者も、ジャーナリスト二人だった。しかし、案内した場所は、相変らず、ハンコで捺《お》したような、同じ店ばかりだった。ただ、最後の仕上げに、夜更《ふ》けてから、バーの「アカデミー」を訪れたら、もうあの老人の姿は見られず、元気のいい若い息子が酒を注いでくれた。

〈一九六六年四月『ワンダフル・コウベ』〉

（『獅子文六全集』第十五巻　朝日新聞社　一九六八年）

解説

鵜飼哲夫

この小説『バナナ』のちくま文庫が書店に並ぶ頃は、作者である獅子文六の名前が久しぶりにテレビやネット上でも評判になっているだろう。獅子文六の最初の新聞小説を原作にしたNHK土曜時代ドラマ「悦ちゃん」が、二〇一七年七月十五日から全八話で放送されているからである。

早くに妻を亡くした作詞家の中年男に、突然人生最大の「モテ期」がやってくる。それは、亡き妻の形見である悦ちゃんが仕組んだ――というストーリーの『悦ちゃん』が報知新聞に連載されたのは昭和十一年。「ママハハというのは、ママとハハが一緒になったンだから、一番いいお母さんなのよ」という悦ちゃんのシャレた言葉で締めくくられる小説は、同じ年に起きた二・二六事件の暗い影はなく、妻と死別し、再婚するという自らの境遇を明るくユーモラスに描き、映画にもなった。平成時代に甦るドラマの主演はユースケ・サンタマリア、娘の柳悦子を平尾菜々花が演じる。昭和十年の東京・銀座を舞台に〈昭和モダニズムあふれるお洒落なドラマをお届けします！〉とNHKの公式ホームページではうたっている。

戦前を描いてもからりと明るくモダンだった獅子は、敗戦後の混沌と混乱、つまりは、てんやわんやの時代を描いても笑いにあふれ、新聞小説の多くが映像化される流行作家だった。先だたれたフランス人妻との間に生まれた娘とのことを描く小説『娘と私』は昭和三十六年春から放送が始まったNHK朝の連続テレビ小説の第一号となり、漫才師の「獅子てんや瀬戸わんや」の芸名も、代表作『てんやわんや』から生まれた。「ゴールデン・ウィーク」という言葉も昭和二十六年、『自由学校』が大映と松竹で競作され、お盆や正月の興行成績を上回ったことで生まれたという。

昭和四十四年、文化勲章を受けた年に七十六歳で死去してからの人気も根強く、昭和三十四年生まれの記者も、学生時代から獅子文学に親しんできた。生まれる前の時代のことが大半だから、風俗などはいっけん古めかしいが、主人公は、それぞれの時代の世相に浮き沈みしながらなんとか生きようとする生身の人間たちである。風俗をいきいきと描く小説はとかく人物が点景になり、人間をいきいきと描く小説はえてしてその時代の風俗がただの物語の背景になってしまいがちだが、獅子の小説は、登場人物が時代の空気とともに息づき、その空気が時代特有の人間像を生み出すから、過去が現前し、においまでかいでいるような臨場感がある。だからこそ、古くなっても常に新しい。

なにより教養がある。明治時代に開明的な明るさのあった横浜で育った獅子は、慶應義塾に進学し、二十九歳で渡仏、パリで演劇を学び、帰国後は文学座を結成するなど、文学・演劇、海外の素養があったから、教養があるというのではない。フランス時代には、「観劇記」をつくるなど勉強熱心な獅子は、小説を書くに際しても綿密に調査した。常に新しくなる学問や文化の蓄積を貪欲に吸収し、古い教養にあぐらをかく人ではない真の教養人は、人間のすばらしさから愚かしさまでを知り尽くす心豊かで、ユーモアのセンスが抜群。今日よりも先が見えなかった戦中、敗戦直後を生きてきた作家には、現実を諦観する恐るべき老成さと、そんな現実もまた変わっていくことを身を以て信じる若々しさが同居していた。

それでも、流行は流れ行く。次第に本が減り、本屋の店頭で彼の名前を探すのは難しくなり、平成十四年には週刊文春の連載「人生は五十一から」では作家、小林信彦さんが、「いかに出版不況とはいえ、こういう作家〈獅子文六〉の作品が書店に全くないのはモンダイである。〈漱石が教科書から消えた〉どころの騒ぎではない」と嘆いていた。

そんな中で、今日の獅子文六の再来ブームに火を付けたのは、このちくま文庫である。よく過去の作品を復刊するときは、いかにも名作の登場という上から目線を感じるが、このシリーズには、それが一切ない。平成二十五年四月に出したちくま文庫の第一弾が、『悦ちゃん』『海軍』『てんやわんや』『大番』『娘と私』などの代表作ではなく、昭和三十七年から三十八年にかけて読売新聞に『可否道』というタイトルで連載され、後に改題された『コーヒーと恋愛』だったことに、そのことが如実に示されている。テレビの草創期を舞台に、恋あり、愛あり、コーヒー道あり、昭和レトロの味わいがある作品を、今日の感覚で面白がり、〈昭和の隠れた名作、ご存じですか？　今年1番面白い小説　早くも決定していいですか？〉と手書き調の気合の入った帯文で、今の読者にアピール。〈50年前の作品が、こんなに楽しく読めるなんて新鮮な驚き〉とダメ押しまでした。

教科書の名作を見てもわかるように、いい作品だから読もう、教訓になるから必携と言われれば言われるほど読みたくなくなるのが若い頃の心情である。それを、どうも三十代とおぼしき若い編集者が、今読んで、面白いというのだから本を手に取った読者が多かったのだろう。なんとこの四年間で十九刷七万九千部のロングセラーになっている。その後の『てんやわんや』『娘と私』につづく、平成二十七年の第四弾『七時間半』も秀逸だった。東京―大阪間が七時間半だった時代、特急「ちどり」の食堂車で巻き起こる恋の三角関係を時々刻々で描くラブコメディは初文庫化という代物で、ファンである記者も読んだことがなかったが、その感想は、まさに文庫の帯文にある通り。〈今まで文庫にならなかったのが奇跡こんなに面白い小説がまだあるんだ！〉。元華族の別嬪さんが活躍したり、氷冷式の冷蔵庫が登場したり、まさに時は昭和レトロだが、恋のキュートさは昔も今も変わらず、鉄道とともに恋模様を駆け抜ける疾走感あるラブコメであった。

さて、前置きが長くなったが、本作『バナナ』は、〈超絶ドタバタ恋愛劇に読んだら止まらない面白さ〉と帯にうたった『青春怪談』などにつづく、ちくま文庫第九弾で、記者の生まれた昭和三十四年に読売新聞に連載された。

最初の新聞連載を主人公の名をとって『悦ちゃん』とした際、新聞社から愛想がないから変えてくれ、と言われた獅子は即座に、漱石に『坊っちゃん』という小説があり、あんなに売れているではないかと、反駁したと、「出世作のころ」(昭和四十三年八月二〇日読売新聞夕刊)に書いている。漱石が『坊っちゃん』の後にも『門』など愛想のない題名の傑作を書いたように、漱石の『猫』のユーモアセンスを継いだ獅子も先の『七時間半』など愛想のない題の名作が続いたが、それにしても『バナナ』とはあまりにも素っ気ない。が、読めば、なるほど、日本人が大好きなバナナをめぐる人間模様が、いかに時代を映す鏡であるかが、よくわかる。文化人類学の鶴見良行が、バナナの生産現場の低賃金から、安価なバナナが日本人の消費者に届くまでにいかに高くなるのかを検証し、バナナに群がる多国籍企業の暗躍を描いた岩波新書の傑作『バナナと日本人』(一九八二年刊)に先だつこと二十年以上前。獅子は、まだバナナの輸入が自由化されておらず、輸入割り当ての権利をめぐって、専門業者や、ニワカ業者、加工業者がひしめき合っていた時代に、バナナをめぐる日本人の社会の滑稽と悲惨を描いた。連載を始めるにあたり、新聞では、「バナナは日本でならない果物なのに、日本人はバナナ好きで、バナナなしに、生きられない様子である」とし、このバナナが織りなす人間模様を書いてみたいと宣言している。

主人公は、若き日のフランス滞在で、美味なるものへ探求心を磨いた獅子と同じ、グルマンの在日華僑の呉天童で、何でもござれの食いしん坊だが、「自動車とバナナは、嫌い」と公言する人物。バナナの産地近くの台湾で生まれ、バナナが一本一銭以下の最も下級な果物であることを知っていたから、それをありがたがる人の気持ちがわからない。しかし、ひょんなことから長男、龍馬がバナナの輸入に手を出し、金をもうけ、あれやこれやの大騒ぎ。龍馬の恋人の名誉欲、一攫千金を夢見る恋人の父親、よろめき婦人となりかけた天童の妻……。バナナ一本、一皮むけば人間の金銭欲、権勢欲、愛欲、独占欲など欲望が乱舞するさまを獅子は否定もしなければ肯定もしない。やれやれと嘆息しつつも、人間という生き物の面白さを活写している。事業の展開で思わぬ窮地に陥った息子を救うために父、天童が最後にとった行動は天晴れで、幕切れは、食いしん坊らしい見事なせりふである。

「今晩は、神田のテンプラ屋の天丼でいいよ。明日の昼は、千葉田に頼んで、洋食にして貰いたいな。ロースト・ビーフの厚切りに、添え野菜を沢山つけてな。カラシも忘れずに……」

人間の欲望を笑いつつ、自分もまたその人間の一人であることを知る作家は、バナナに群がる人間を笑いつつ、バナナの皮に滑って転ぶ主人公を描く。これぞ人生の辛酸を知る大人の文学である。

（うかい・てつお　読売新聞文化部編集委員）

・本書『バナナ』は一九五九年二月十九日から九月十一日まで「読売新聞」に連載され、一九五九年十二月に中央公論社より刊行されました。
・文庫化にあたり『獅子文六全集』第七巻（朝日新聞社一九六九年）を底本としました。
・本書のなかには、今日の人権感覚に照らして差別的ととられかねない箇所がありますが、作者が差別の助長を意図したのではなく、故人であること、執筆当時の時代背景を考え、当該箇所の削除や書き換えは行わず、原文のままとしました。

ぼくは散歩と雑学がすき　植草甚一
1970年、遠かったアメリカ。その風俗、映画、本、音楽から政治までをフレッシュな感性と膨大な知識、貪欲な好奇心で描き出す代表エッセイ集。

いつも夢中になったり飽きてしまったり　植草甚一
男子の憧れJ・J氏。欧米の小説やジャズ、ロックへの造詣、ニューヨークや東京の街歩き。今なお新鮮さを失わない感性で綴られる入門書的エッセイ集。

こんなコラムばかり新聞や雑誌に書いていた　植草甚一
ヴィレッジ・ヴォイスから筒井康隆まで夜を徹して読書三昧。大評判だった中間小説研究も収録したJ・J式ブックガイドで「本の読み方」を大公開！

雨降りだからミステリーでも勉強しよう　植草甚一
1950～60年代の欧米のミステリー作品の圧倒的で、貴重な情報が詰まった一冊。独特の語り口で書かれた文章は何度読み返しても新しい発見がある。

超　発　明　真鍋博
昭和を代表する天才イラストレーターが、唯一無二のSF的想像力と未来的発想で〝夢のような発明品〟129例を描き出す幻の作品集。（川田十夢）

真鍋博のプラネタリウム　真鍋博　星新一
名コンビ真鍋博と星新一。二人の最初の作品『おーい　でてこーい』他、星作品に描かれた挿絵と小説冒頭をまとめた幻の作品集。（真鍋真）

土屋耕一のガラクタ箱　土屋耕一
広告の作り方から回文や俳句まで、「ことば」を操り、瑞々しい世界を見せるコピーライター土屋耕一のエッセンスが凝縮された一冊。（松家仁之）

うれしい悲鳴をあげてくれ　いしわたり淳治
作詞家、音楽プロデューサーとして活躍する著者の小説&エッセイ集。彼が「言葉」を紡ぐと誰もが楽しめる「物語」が生まれる。（鈴木おさむ）

青春と変態　会田誠
著者の芸術活動の最初期にあり、高校生男子の暴発するエネルギーを、日記形式の独白調で綴る変態的青春小説もしくは青春的変態小説。（松蔭浩之）

グリンプス　ルイス・シャイナー　小川隆訳
ドアーズ、ビーチ・ボーイズ、ジミヘンにビートルズ。幻のアルバムを求めて60年代へタイムスリップ。ロックファンに誉れ高きSF小説が甦る。

見えるものと観えないもの　横尾忠則
アートは異界への扉だ！　吉本ばなな、島田雅彦から黒澤明、淀川長治まで、現代を代表する十一人との、この世ならぬ超絶対談集。（和田誠）

ぼくなりの遊び方、行き方　横尾忠則
日本を代表する美術家の自伝。登場する人物、起こる出来事その全てが日本のカルチャー史！　壮大な物語はあらゆるフィクションを超える。（川村元気）

ROADSIDE JAPAN 珍日本紀行 東日本編　都築響一
秘宝館、意味不明の資料館、テーマパーク……。路傍の奇跡ともいうべき全国の珍スポットを走り抜ける旅のガイド、東日本編一七六物件。

ROADSIDE JAPAN 珍日本紀行 西日本編　都築響一
蠟人形館、怪しい宗教スポット、町おこしの苦肉の策が生んだ妙な博物館。日本の、本当の秘境は君のすぐそばにある！　西日本編一六五物件。

TOKYO STYLE　都築響一
小さい部屋が、わが宇宙。ごちゃごちゃと、しかし快適に暮らす、僕らの本当のトウキョウ・スタイルはこんなものだ！　話題の写真集文庫化！

夜露死苦現代詩　都築響一
寝たきり老人の独語、死刑囚の俳句、エロサイトのコピー……誰も文学と思わないのに、一番僕たちをドキドキさせる言葉をめぐる旅。増補版。

アンビエント・ドライヴァー　細野晴臣
はっぴいえんど、ＹＭＯ……日本のポップシーンで様々な花を咲かせ続ける著者の進化し続ける自己省察。帯文＝小山田圭吾（テイ・トウワ）

skmt 坂本龍一とは誰か　坂本龍一＋後藤繁雄
坂本龍一は、何を感じ、どこへ向かっているのか？　独特編集者・後藤繁雄のインタビューにより、独創性の秘密にせまる。予見に満ちた思考の軌跡。

バーボン・ストリート・ブルース　高田渡
流行に迎合せず、グラス片手に飄々とうたい続け、いぶし銀のような輝きを放ちつつ逝った高田渡の酔いどれ人生、ここにあり。（スズキコージ）

ぼくは本屋のおやじさん　早川義夫
22年間の書店としての苦労と、お客さんとの交流。どこにもありそうで、ない書店。30年来のロングセラー！（大槻ケンヂ）

ちくま文庫

バナナ

二〇一七年八月十日　第一刷発行

著　者　獅子文六（しし・ぶんろく）
発行者　山野浩一
発行所　株式会社 筑摩書房
東京都台東区蔵前二―五―三　〒一一一―八七五五
振替〇〇一六〇―八―四一二三
装幀者　安野光雅
印刷所　三松堂印刷株式会社
製本所　三松堂印刷株式会社

乱丁・落丁本の場合は、左記宛にご送付下さい。
送料小社負担でお取り替えいたします。
ご注文・お問い合わせも左記へお願いします。
筑摩書房サービスセンター
埼玉県さいたま市北区櫛引町二―六〇四　〒三三一―八五〇七
電話番号　〇四八―六五一―〇〇五三

ISBN978-4-480-43464-7　C0193